A. R. R. R. Roberts

Der Hobbnix

Oder:

Jetzt wird abgesahnt

Oder:

Hin und zurück, verflixt, wo hab ich ihn nur, wo ist er denn, ich glaub's ja nicht, muss ihn wohl dort gelassen haben, wieder hin, zum Kuckuck, da isser auch nicht, also wieder zurück, grummel, ach, da isser ja, lag die ganze Zeit an der Eingangstür.

Aus dem Englischen von Ute Brammertz

WILHELM HEYNE VERLAG
MÜNCHEN

Titel der Originalausgabe
THE SODDIT

Verlagsgruppe Random House FSC-DEU-0100
Das für dieses Buch verwendete FSC®-zertifizierte
Papier *Holmen Book Cream* liefert
Holmen Paper, Hallstavik, Schweden.

Neuausgabe 11/2012
Redaktion: Natalja Schmidt

Printed in Germany 2012
Karte: Dirk Schulz
Innenillustrationen: Douglas Carrel
Umschlaggestaltung: Animagic, Bielefeld
Satz: KompetenzCenter, Mönchengladbach
Druck und Bindung: GGP Media GmbH, Pößneck
ISBN: 978-3-453-53418-6

www.heyne-magische-bestseller.de

N
O
S
W
HOLUNDEABADBERG
WO DENN?
HIER
BERGEBERGEN
GEPUNKTETE LINI
RAUFUNDRUNTER
AUALAND
WINZLINGEN
GRAFSCHAFT DER KLEINEN
BRIE
CAIPI
AN CAIPI
OBEN OHNE
WIENER WALD
TIGER WOODS
HOLLY WOOD
NOBELGEBIRGE
WEIHER
VERDAMM
SCHNEMME
MÜHLE
BJÖRN
WALD DER HÖLZERNEN BÄUME
SALVA TOR
UNTEN OHNE
SCHLAIMFLUSS
SCHRÄGSCHRIFT
BRECHTAL
ERIKAVOR
DAS HÖLLENTOR VON RHODIN
M***FLUSS
BALLERMANN
EINE STADT
BERGIGE BERGE
HÜGELIGE HÜGEL
NOCH EINE STADT
EIN EINZELNER BAUM
BLÖDLAND
ALTE STEINBRÜCKE
MOUNT DUMMA
BLUBBER BUCHT
WELLEN
ECK MEER
MOUNT DUMM
NOCH ZWEI BÄUME

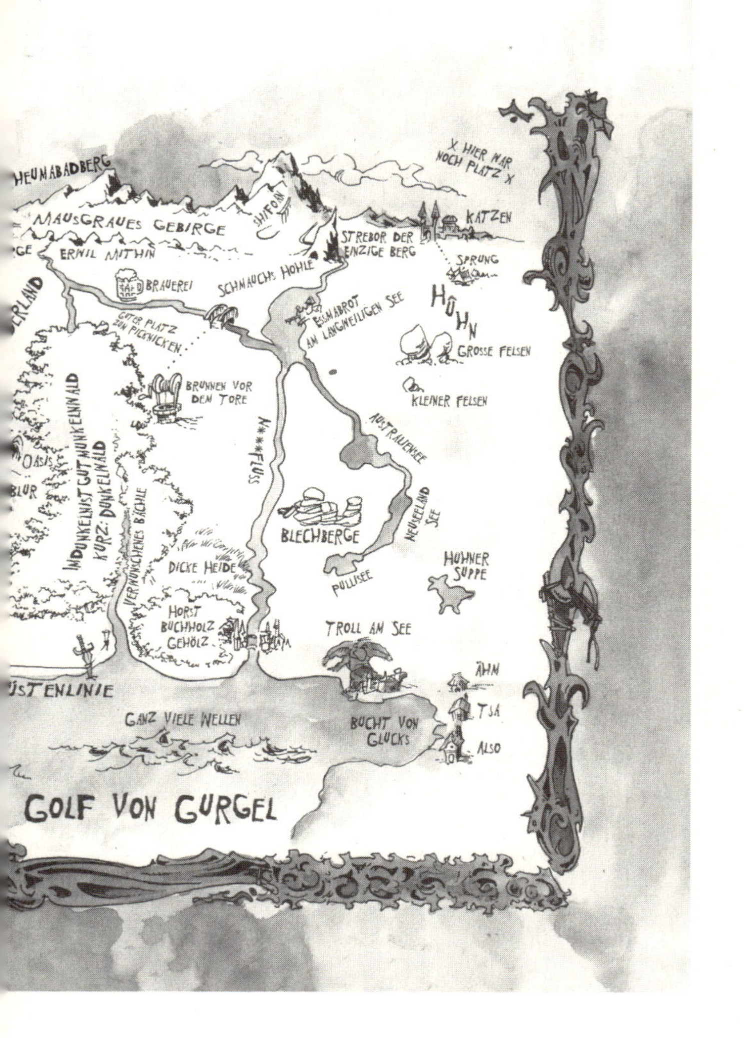

X HIER WAR NOCH PLATZ X
MAUSGRAUES GEBIRGE
ERWIL MITHIN
KATZEN
STREBOR DER EINZIGE BERG
SPRUNG
BRAUEREI
SCHMAUCHS HÖHLE
ESSMABROT AM LANGWEILIGEN SEE
HÖHN
GUTER PLATZ ZUM PICKNICKEN
GROSSE FELSEN
BRUNNEN VOR DEM TORE
KLEINER FELSEN
AUSTRAUENSEE
N***FLUSS
OASIS
INDUNKELNISTGUTMUNKELNWALD KURZ: DUNKELWALD
VERWUNSCHENES BÄCHLE
BLECHBERGE
NEUSEELAND SEE
DICKE HEIDE
HÜHNER SUPPE
PULLISEE
HORST BUCHHOLZ GEHÖLZ
TROLL AM SEE
ÄHM
TSA
ALSO
GANZ VIELE WELLEN
BUCHT VON GLUCKS
GOLF VON GURGEL

Bingo

Erstes Kapitel

Eine unvorhersehbare Gesellschaft

In einer Höhle mitten in einem äußerst schicken und heiß begehrten Stadtviertel lebte ein kleiner Hobbnix, der Held unserer Geschichte. Sein Name war Bingo ›Dietrich‹ Beutlgrabscher. Natürlich hatte er sich den Namen nicht selbst ausgesucht, das hatte seine Mutter für ihn getan. Sie konnte sich ohne weiteres für diesen Namen entscheiden, schließlich musste sie ja auch nicht die gesamte Schulzeit und den Rest ihres Erwachsenenlebens hindurch damit herumlaufen. Eltern!

Doch wo war ich? Ach ja.

Bingo lebte also in einer Höhle. Es war eine mittelmäßig prächtige Hobbnixhöhle mit einer kreisrunden, blau gestrichenen Tür, exquisiten blauen Badezimmerkacheln mit bläulichem Schimmelbelag, nicht wenigen Käfern, Silberfischen und schimmernden Würmern. Außerdem gab es reichlich Feuchtigkeit, Moder und eine Kochnische, aus der sich die Dämpfe und Gerüche, die beim Kochen entstanden, unmöglich vertreiben ließen. Nichtsdestotrotz war die Höhle nach Hobbnixmaßstäben eine recht begehrenswerte Residenz. Bingos Tante, die gestrenge Marlen E. Dietrich, war hinter eben dieser Höhle her, obwohl Bingo nicht gewillt war, jenem Zweig der Familie auch nur einen Zentimeter seiner Behausung zu überlassen. Er war ein Hobbnix von vierzig Jahren, was in Hobbnixjahren so gut wie nichts ist, lediglich eine Bagatelle, ja weniger als eine Bagatelle, mathematisch gesprochen etwa vier Fünftel einer Bagatelle, womit ich sagen will, dass er noch recht jung war.

Hobbnixe sind ein kleinwüchsiges Volk, das *in der Erde* lebt, woher auch der Name kommt (wer beim Lesen dieses Büchleins aufpasst, wird übrigens eine ganze Menge über Namen und deren Herkunft lernen). Gelehrte und Philologen debattierten gern darüber, wovon sich der Name etymologisch – zumindest teilweise – ableitet. In den einschlägigen linguistischen Fachbüchern finden sich als Beleg meist die folgenden uralten Verse:

Er hob die Erde aus des Nachbars Garten,
Er hob ein Loch, das aussah wie ein Grab,
Dann traf er den Kopf des Nachbarn mit dem Spaten
Und sagte: »Schau, was ich dir gegraben hab.«

Interessanterweise nennen sich Hobbnixe selbst nicht Hobbnixe; ich komme gleich darauf zu sprechen, weshalb das so ist. Insgesamt ist Hobbnix jedoch ein allgemein akzeptierter Terminus. Es gab einmal einen Reisenden aus dem Land der Größeren, der kreuz und quer durch das Land der Kleineren streifte, durch Winzlingen, Schrumpfhausen, Liliputien, das Land der Kotzbolde*, Dreikäse-

* Ein tapferes kleines Völkchen, das unter den ekelhaftesten und ansteckendsten Fußkrankheiten leidet. An dieser Stelle sollte vielleicht darauf hingewiesen werden, dass Fußkrankheiten in den Grafschaften der Kleinen nicht eben eine Seltenheit sind. Doch was heißt hier *vielleicht?* Wo sonst, wenn nicht in einer Fußnote, ließe sich auf derartige Nebensächlichkeiten hinweisen, die niemanden interessieren und nichts, aber auch gar nichts mit der Handlung zu tun haben? Es lebe die Fußnote!

hochs und bis nach Hoppler-Ahoi!, der Heimatstadt von Bingo, dem Helden unserer Geschichte. Als der große Reisende eines Tages in die Menschenstadt Brie zurückkehrte, zog es ihn in eine Taverne, wo er in einer Ecke saß und über seine Abenteuer nachsann. Schon bald versammelte sich eine ganze Reihe neugieriger Großer um ihn, die wissen wollten, was er auf seinen Reisen erlebt hatte. »Verzähl scho, wos host gsehn?«, drangen sie auf ihn ein. »Host wos mitbracht?« »I hob ...«, setzte er an und sog hörbar die Luft ein, bevor er leise hinzufügte, »Hob nix«, um dann nach seinem Bierkrug zu greifen. Der Name des Hobbnixes, dem der Reisende begegnet war, ist uns nicht überliefert, doch das Treffen hatte offensichtlich gewaltigen Eindruck auf den großen Mann gemacht: Er blieb zwei Tage und zwei Nächte in der Taverne namens *Drachenkönigin* in Brie, trank durchgehend und ohne ein weiteres Wort zu verlieren, verließ anschließend die Gegend und ward nie wieder gesehen.

Hobbnixe legen die Wohnräume ihrer Behausungen unterirdisch an, während sich ihre Kohlen- und Weinkeller und die größeren Räumlichkeiten inklusive der Hausbar über der Erde befinden. Ihrer Meinung nach ist dies die logischste Art der Wohnraumplanung, und die Baubehörde von Hoppler-Ahoi! hat jede andere Form des Häuserbaus für gesetzeswidrig erklärt. Besagte Bauweise führt dazu, dass die Wohnbereiche in der Regel feucht, schimmlig und voller Gewürm sind und die Bewohner unter Asthma und Bronchitis leiden, während die Kohlen-, Wein- und Partykeller zu den einbruchsgefährdetsten Gebäuden in der ohnehin nicht sehr sicheren Stadt gehören. Doch Tradition ist Tradition.

Wie ich schon sagte, nennen sich Hobbnixe selbst nicht Hobbnixe. In ihrer eigenen Sprache, die seltsam, alt und voller syntaktisch-grammatikalischer Ungereimtheiten ist, heißen sie Hoppler. Selbstverständlich gibt es einen Grund, weswegen sie sich so nennen und nicht wie der Rest der Welt die Bezeichnung Hobbnixe verwenden – und dieser Grund sind ihre Füße. Sie haben scheußliche Füße, einfach scheußlich. Aus bisher ungeklärten Ursachen* leiden die meisten Hobbnixe unter entsetzlicher Fußarthritis. Ihre Füße sind angeschwollen und voller Gichtknoten, sind drei- bis viermal so groß wie normale Füße, die Zehen sehen aus wie Kokosnüsse und die Knöchel wie mit Kieselsteinen gefüllte Kondome. Hobbnixarthritis ist höchst schmerzhaft und von daher keine spaßige Angelegenheit, auch wenn es ein wenig kurios erscheinen mag, dass diese Form der Gelenkentzündung keinen einzigen anderen Körperteil befällt. Die Arthritis verleiht ihren Füßen eine seltsam abgestorbene Farbe, die den Hobbnixfuß deutlich vom restlichen Hobbnixkörper abhebt. Hinzukommt, dass der erwachsene Hobbnix keinerlei Schuhwerk tragen kann, da der Druck des Leders an den verdickten Füßen einfach zu grässlich ist. Folglich bewegt sich dieses kleinwüchsige Volk nur unter größten Schwierigkeiten und unglaublich langsam voran. Außerdem verbringen erwachsene Hobbnixe einen Großteil ihrer Zeit mit der Suche nach dem perfekten Kissen, stoßen leise Seufzer aus, während sie sich auf ihre Sofas fallen lassen, und benutzen sodann die Hände, um ihre Füße auf gepolsterte Fußschemel zu heben.

---

* Und Hobbnixe haben über die Jahrhunderte hinweg abwechselnd die Götter dafür verantwortlich gemacht, den uralten Fluch eines Zauberers, die unzureichende orthopädische Versorgung, Erbkrankheiten und ein Dutzend anderer Faktoren.

Und nun wisst ihr alles über Hobbnixe oder Hoppler, was ihr wissen müsst, außer der einen oder anderen Einzelheit, etwa der Tatsache, dass sie gerne essen, genauso gerne trinken und äußerst gesellige Wesen sind. Und dass sie eine Vorliebe für Westen und Cord haben. Ach ja, und dass sie ausgiebig und oft Pfeife rauchen und deshalb früher, als sie eigentlich müssten, an Krebs im Mund-, Zungen- und Rachenbereich sowie an Herzkrankheiten sterben. Was noch? Sie sind konservativ eingestellte Landbewohner, die zumeist dem Kleinbürgertum entstammen. Abgesehen davon sollte nicht unerwähnt bleiben, dass die Hobbnixe trotz ihrer offensichtlichen Nachteile* die modernste semi-industrielle Gesellschaft der ganzen Welt hervorbrachten und Wassermühlen, mit Dampf betriebene Eisengießereien, komfortable Wohngelegenheiten, Pfeifen, Spielzeuggewehre, Brillen, Samtkleider, bezaubernde kleine Kirchen, Bücher und Feuerwerke entwickelten, während der Rest von Obermittelerde technisch gesehen immer noch auf dem Stand des frühen Mittelalters vor sich hin dümpelt, auf Schwerter und Pferde angewiesen ist und die Toten unter riesigen Erdhaufen begräbt. Komische Sache, aber der Lauf der Dinge ist eben seltsam und manchmal geradezu unerklärlich.

Eines Morgens saß Bingo auf seinem bequemsten Sofa und ruhte seine erbärmlich geschwollenen Arthritisfüße

* Die da wären: ihre Kleinwüchsigkeit, die verkrüppelten Füße, ihr Spießertum, die Abneigung, sich auf Fremde einzulassen oder Althergebrachtes zu ändern, die Tabak- und Alkoholsucht, ihr fester Glaube an Wohlanständigkeit und eine rigide Klassengesellschaft.

auf einem Fußschemel mit grünem Samtkissen aus. Er starrte auf die knotigen Gelenke, jene Stellen, an denen sich die einzelnen Zehen vom Fuß wegspreizen. In diesem Moment spürte Bingo, der arme Kerl, die ganze jammervolle Trostlosigkeit des Daseins in ihrer grausamen Schwere auf seinen Schultern lasten.

An der Eingangstür erklang ein lautes Klopfen, ein Geräusch, das beispielsweise von einem nichtsnutzigen Hobbnixjungen stammen konnte, der einen Feuerwerkskörper in das Schlüsselloch gesteckt und angezündet hat und dann weggelaufen ist, um nach einem enttäuschend leisen Plop zurückzukehren und verärgert die Tür mit seinen noch unverdorbenen und von daher in Springerstiefeln steckenden Füßen einzutreten. Die jungen Leute heutzutage! Was soll man nur tun? Ts, ts, ts.

Bingo seufzte. »Weg da«, rief er und fügte nach einer Pause nochmals »Weg da« hinzu.

Das Klopfen an der Eingangstür dauerte an.

Es half nichts, Bingo stand langsam auf und machte sich auf den Weg zur Tür, wobei er bei jedem Schritt zusammenzuckte und wie gewöhnlich Schmerzenslaute von sich gab, unter anderem »Ah!«, »Autsch« und hin und wieder ein geflüstertes »Aua«.*

Bingo war nicht begeistert, eine runde Eingangstür zu haben, aber wer wäre das schon? Aus geometrischen

---

* Kurz gesagt also diejenigen Laute, die jemand von sich gibt, der keinen echten Schmerz empfindet, sondern lediglich seiner Umwelt mitteilen möchte, dass er sich unbehaglich fühlt. Niemand, der tatsächlich unter Schmerzen leidet – der sich etwa ein Bein gebrochen oder dem ein Warg-Krieger einen Pfeil durch die Schulter gejagt hat –, würde jemals »Autsch!« sagen. Würde jemand in einer derartigen Situation »Autsch!« sagen, müssten wir annehmen, dass er sich lediglich über uns lustig machen möchte.

Gründen kann eine solche Tür nur an einer einzigen Türangel befestigt sein, die wiederum nicht an der effektivsten Stelle angebracht ist. Folglich zieht es häufig, die Tür ist nur schwer zu öffnen, kann aber hingegen ganz leicht von einem Hobbnix eingetreten werden, der noch jung genug ist, um Springerstiefel zu tragen. Doch Tradition ist Tradition ist Tradition, und dies war eine Tradition, die von der Baubehörde von Hoppler-Ahoi! mit besonderem Nachdruck durchgesetzt wurde. Bingo zog die Tür mit einem Ruck auf.

Draußen im Sonnenschein stand ein Zauberer. Zwar hatte Bingo noch nie zuvor einen Zauberer gesehen, doch das ›M‹ (für ›Magier‹) vorne auf der Brust des Ponchos konnte nur bedeuten, dass der Fremde der Bruderschaft der Zauberer angehörte; oder dass er ein Mitarbeiter von Wuhlwörs war, der seinen Poncho verkehrt herum angezogen hatte.

Das Klopfen hatte indessen nicht aufgehört, sondern ging lauter als zuvor weiter.

Bingo blickte zu dem Zauberer auf.

»Tja, also«, sagte der Zauberer mit dröhnender Stimme, »das tut mir Leid.«

»Tut Euch Leid?«, wiederholte Bingo verständnislos, wobei er auf seine Tür blickte, an der es immer noch klopfte.

»Der Klopfzauber, mit dem ich Eure Tür belegt habe. Ein weit verbreiteter Zauber, wisst Ihr«, brüllte der andere, als müsste er gegen einen Orkan anschreien. »Ich bin zu gebrechlich, mein fortgeschrittenes Alter erlaubt es mir nicht mehr, selbst an Türen zu klopfen. An Türen klopfen! Ha! Dazu bin ich viel zu alt und gebrechlich. Also habe ich auf den Klopfzauber zurückgegriffen, versteht Ihr?«

Bingo betrachtete die Tür. »Könntet Ihr ihn bitte wieder abstellen?«

Der Zauberer schien den Hobbnix nicht gehört zu haben. »Danke!«, verkündete er schallend. »Ihr seid zu freundlich. Es ist nur ein kleiner Zauber, aber wirksam, kann ich Euch sagen!«

»Wie lange wirkt er?«

»Ja, ja«, dröhnte der Zauberer nachsichtig. »Aber kann ich ihn abstellen? Das ist die Frage. Und die Antwort? Die Antwort lautet, ›Einen Dreck kann ich‹. Es ist äußerst diffizil, wisst Ihr? Der Zauber, ja, der ist leicht, aber der Gegenzauber ist verteufelt schwierig.«

»Wie lange wirkt der Zauber?«, fragte Bingo, indem er Pausen zwischen den einzelnen Wörtern machte und seine Gesichtsmuskeln beim Sprechen der Deutlichkeit halber zu Grimassen verzog.

»Beutlgrabscher?«, schrie der Zauberer aus vollem Hals, wobei er seine buschigen Augenbrauen hob und Bingo durchdringend anblickte. »Beutlgrabscher?« Er machte einen Schritt nach vorne, bis er den Türrahmen ausfüllte, bückte sich und betrat die Eingangshalle von Grabsch-End.

Bingo wirbelte herum, als sich die riesige Gestalt an ihm vorbeischob. Der Zauberer ging fast ganz vornübergebeugt, was ihn ein bisschen wie ein überdimensionales Klappmesser aussehen ließ. Zielsicher eilte er den Gang entlang auf das Wohnzimmer zu, wobei er immer wieder lauthals Bingos Nachnamen brüllte. Unterdessen veranstaltete die Eingangstür weiterhin ihren ohrenbetäubenden Lärm; es klang, als würde ein schweres Massivholzmöbelstück eine endlos lange Treppe hinunterpoltern. Bingo humpelte dem Zauberer ratlos hinterher. Als er endlich das Wohnzimmer erreichte, hatte es sich der alte

Zauberer bereits auf Bingos persönlichem Lieblingssofa bequem gemacht (das zwar für einen Hobbnix riesig war, dem Mann jedoch gerade einmal als Sessel diente). Er schenkte dem Hobbnix ein strahlendes, wenn auch zahnloses Lächeln. »Ihr seid also Beutlgrabscher, nicht wahr?«, rief er.

»Jaja, bin ich«, erwiderte Bingo. »Aber, ähm, es ist so, dass ich Euch bitten muss ... dass ich Euch *leider* bitten muss, zu gehen. Ihr könnt nicht einfach so hereinkommen. Und Ihr könnt Euch schon gar nicht setzen!«

»Beutlgrabscher, das stand nämlich über der Tür, wisst Ihr«, verkündete der Zauberer.

»Ich muss Euch bitten *zu gehen*«, sagte Bingo etwas lauter.

»Beutlgrabscher«, wiederholte der Zauberer, indem er sich einen Finger an die Wange legte und so tat, als würde er darüber nachdenken. »Der Name eines Diebes, oder?«

»Ich bin ein Gentlehoppler mit unabhängigem Einkommen«, erklärte Bingo und zuckte zusammen, als ein stechender Schmerz vom linken Fuß ausgehend sein Bein durchfuhr. »Und ich bitte *Euch zu gehen*, und zwar auf der Stelle.«

»Das dachte ich mir«, meinte der Zauberer mit einem wissenden Lächeln. »Das dachte ich mir.«

»*Geht! Bitte!*«, schrie Bingo aus vollem Hals.

»Sehr aufmerksam.« Der Zauberer nahm den Hut ab, um ihn sich auf den Schoß zu legen. »Ich nehme zwei Löffel Zucker. Mein Name ist Ganzalt, und ich bin ein Zauberer. In der Tat. Der berühmte Ganzalt, aber keine Angst, ich verspreche«, er kicherte vor sich hin, »ja, in der Tat, ich verspreche, obgleich ich tatsächlich ein Zauberer bin, verspreche ich, Euch nicht«, fuhr er fort, wobei seine Schultern vor Kichern bebten und sein Kopf hin und her wackelte, so vergnüglich schien er zu finden, was er zu sagen hatte, »Euch nicht in eine Kröte zu verwandeln – AAARGH CHHTTGH-KOICH-KOICH.« Er stieß auf einmal ein ungeheures Husten aus, dass den ganzen Körper mit einbezog, und für einen Moment hatte es den Anschein, als würde er sich selbst aus dem Sofa husten und auf den Boden fallen. »AACH-SCHWO'AH KOH-KOH«, hustete er. »K'OAH K'OAH K'OAH K'OAH K'OAH K'OAH K'OAH.«

Erschrocken ließ sich Bingo auf die zweitbeste Sitzgelegenheit im Wohnzimmer, einen Sessel, sinken.

»K'OAH, K'OAH K'OAH K'OAH K'OAH«, fuhr der Zauberer fort.

»Ist alles in Ord...«, setzte Bingo an.

»K'OAH K'OAH K'OAH K'OAH K'OAH«, meinte der Zauberer abschließend und ließ den Kopf nach hinten sacken. Sein Gesicht hatte jegliche Farbe verloren, und am Grau seines Bartes gleich unter dem Mund hingen unschöne Speichelfäden. »Potz Blitz!«, sagte er mit erstickter Stimme. Mit der rechten Hand kramte er in einer Tasche seines Umhangs und zog schließlich eine Pfeife hervor, die Linke förderte etwas Kermesbeertabak zutage, den er mit zitternden Händen in den Pfeifenkopf stopfte. »Gleich geht es mir wieder besser«, krächzte er und brummelte einen kleinen Zauberspruch, woraufhin eine gelbe Flamme an seinem rechten Daumennagel erschien, mit der er sich die Pfeife ansteckte. Mehrere Minuten lang sog der Zauberer geräuschvoll am Stiel der Pfeife, stieß eine Reihe orgastischer kleiner Seufzer aus und füllte Bingos gute Stube binnen kürzester Zeit mit Rauch, der so beißend und dunkel war, dass die Augen des Hobbnixes zu schmerzen begannen. »Oh, das ist schon viel besser«, murmelte Ganzalt, indem er sich erneut die Lunge mit heißen Tabakteilchen und Luft voll sog. »Viel, viel besser.«

»Ist alles in Ordnung?«, erkundigte Bingo sich ein wenig nervös.

»Hä?«, schrie Ganzalt. »Was? Ihr müsst schon lauter sprechen, ich höre nicht mehr so gut.«

Draußen aus dem Flur konnte Bingo immer noch die Eingangstür vor sich hin klopfen hören. »Ich ...«, setzte er an, wusste dann aber nicht so recht, wie er den Satz beenden sollte.

»Ja, früher«, meinte Ganzalt, »früher hatte ich Adlerohren und Augen wie ... wie ... nun, wie ein Tier mit besonders scharfen Augen. Keine Ahnung. Ein Tier mit einem sehr ausgeprägten Sehvermögen. Ein Luchs. Ja, genau. Aber das Alter fordert seinen Tribut, wisst Ihr.« Der Zauberer hustete erneut und seiner Brust entrang sich ein derart zäh-verschleimtes Röcheln, dass Bingo unwillkürlich zurückwich. »Einmal probierte ich einen mächtigen Geräuschverstärkerzauber aus«, erklärte Ganzalt mit grüblerischer, dabei aber immer noch dröhnender Stimme. »Fantastischer Zauber. Ich konnte die Vöglein auf den Bäumen jenseits des Horizonts miteinander sprechen hören und das Rascheln, das entsteht, wenn zwei Wolken am Himmel aneinander reiben. Ja, ich hörte sogar das Geräusch, das ein Regenbogen von sich gibt, während er über der Welt ein Hohlkreuz macht. Dann bellte hinter mir ein Hund und mein linkes Trommelfell platzte. Und jetzt bin ich ein bisschen taub. Wäre ungut, wenn sich das herumspräche, die Mächte des Bösen und all das, Ihr wisst schon. Da ist es wichtig, den Schein zu wahren, nicht wahr, den Schein von Magie und ... äh ... mystischer Allmacht. In Wirklichkeit, müsst Ihr wissen, bin ich nämlich kein Mensch, eher so etwas wie ein Engel.«* Er kicherte in sich hinein. »Wofür das Wort alles herhalten muss! Jetzt aber dalli!«

»Ich kann Euch nicht ganz folgen«, meinte Bingo.

»Sie können jeden Moment hier sein, unsere kleinen Freunde … ähm … also klein darf man sie nicht nennen, das mögen sie nicht, unsere … Freunde … aus dem Zwergenland. Sie sind das Salz der Erde, wirklich. Ich meine, sie graben das Salz der Erde aus und verkaufen es, ach ja, und sie pflügen Salz in die Erde von Leuten, die sie nicht mögen. Aber lasst uns bei ihren Vorzügen bleiben. Jaja. Wir machen einen Vertrag, ich hole die Landkarte heraus, und morgen kann es losgehen. Zack, zack!« Er räusperte sich und atmete anschließend tief durch seine Pfeife ein.

»Wie bitte?«, meinte Bingo.

Doch Ganzalt war eingeschlafen, sein Kopf hing ihm träge auf die Brust, und die immer noch brennende Pfeife entglitt seinen Fingern und ergoss glimmenden Tabak über die Bastmatte, die in Bingos Hobbnixhöhle als Teppich diente.

---

* Womit er übrigens Recht hat. Laut neuester theologischer Erkenntnis wird man, wenn man stirbt und in den Himmel kommt, Gott nicht umringt von lauter Leuten in Weiß mit Flügeln vorfinden, sondern von einer großen Gruppe schrulliger, bärtiger Männer mit großen Hüten und Schwertern in den nikotingelben Fingern. Also? Man soll den Tag nicht vor dem Abend loben. Schließlich weiß man nie, was noch kommt. Nicht auszudenken: Man lobt den Tag vor dem Abend, also etwa am späten Nachmittag, weil einem einmal ausnahmsweise nicht die Zeitung aus dem Briefkasten gestohlen wurde, die Geschäfte gut laufen und die Sonne scheint, nur um am Abend zu erfahren, dass die Fertigpizzen im Supermarkt ausverkauft sind, das mühsam abbezahlte Eigenheim tagsüber abgebrannt und die geliebte Lebensabschnittspartnerin mit dem Anwalt der Familie durchgebrannt ist – natürlich ohne die Kinder mitzunehmen. Und wie steht man dann da? Aber wo war ich? Moment … Geduld, Geduld – Engel, Bärte, alte Männer, ach ja. Das Leben ist schon seltsam.

Die ersten vier Zwerge kamen eine halbe Stunde später und hämmerten so heftig gegen die Tür, dass das Schloss aufsprang und die gesamte Tür nach innen fiel. »Meine Tür!«, kreischte Bingo, während er, so schnell ihn seine lädierten Füße trugen, den Flur entlang hastete.

»Hey, fett sorry«, sagte der erste Zwerg*, indem er über die geborstene Tür ins Innere stieg. »Wir haben krass lang geklopft, Mann. Aber das hast du net gehört, weil die Tür halt schon von selbst geklopft hat, weissu, wie isch mein? Hey, aber keine Panik, isch hab ein Kollegen, der was Türen macht.«

»Ultrakorrekte Türen«, meinte der zweite Zwerg.

»Hey, der wird dir eine *endcoole* Tür machen«, beeilte sich der erste Zwerg zu versichern. »Isch schwör halt, wenn er da ist, macht er dir so Kostenvoranschlag. Hey, kein Thema, oder?«

»Es muss sich um ein Missverständnis handeln«, stotterte Bingo. »Es tut mir Leid, euch Umstände zu bereiten, aber das hier ist die falsche Höhle. Hier gibt es niemanden namens Beutlgrabscher und auch keinen Zauberer. Vor allem keinen Zauberer. Ihr werdet wohl oder übel wieder gehen müssen.«

Von hinten aus dem Wohnzimmer drangen markerschütternde Geräusche, wie sie nur von jemandem stammen konnten, der sich in jahrelanger, liebevoller Kleinar-

---

* Das ist übrigens die korrekte Schreibung von *Zwerg*. Ich weiß, man ist manchmal versucht, das Wort mit k am Ende zu schreiben, weil es so gesprochen wird. Das ist aber nur die Auslautverhärtung, im Deutschen werden Plosive (b, p, d, t, g, k) am Wortende stimmlos gesprochen, und auf diese Weise manifestiert sich die Wesensart des Zwergenvolks auch auf linguistischer Ebene: harte Schale, weicher Kern. Schaut im Lexikon nach, wenn ihr mir nicht glaubt.

beit seine Lungenwände durch das Inhalieren von Rauch komplett zugeteert hat.

»Na, was geht ab? Der Alte ist auch schon da«, meinte der erste Zwerg und schob sich an Bingo vorbei. »Pralin«, sagte er. »Isch bin ein Zwerg, weißt du«, fügte er hinzu. »Das hier ist mein Vetter Qwalin.« Der zweite Zwerg machte eine Verbeugung. »Und hinter ihm kommen Milli und Vanilli, auch Vettern, hey oder?«

»Ich habe auch gar nichts im Haus, was ich anbieten ...«, setzte Bingo verzweifelt an. Doch die vier Zwerge saßen längst in seinem Wohnzimmer, sangen unmelodiös, dafür aber umso lauter, während einer von ihnen Ganzalt vergnügt auf der Brust herumhüpfte, um den Zauberer aufzuwecken. Bingo drehte sich um, wobei er über den nagenden Schmerz in den Zehen seines linken Fußes fluchte, musste sich jedoch gleich wieder umdrehen, als vier weitere Zwerge dreist sein Haus betraten.

»Mori«, stellte sich der erste Zwerk* vor. Er war ein ganz in Grün gekleideter Zwerg mit einer großen Nase, einem langen Rauschebart und Augenbrauen wie Tausendfüßler – mit Augenbrauen so dick wie Tausendfüßler, meine ich; ich wollte damit nicht sagen, dass sie ihm übers Gesicht krochen. Um den Hals trug er eine dicke Goldkette, auf der in großen Lettern MORI zu lesen stand. »Hey, und das hier sind meine Vettern Ohri, Nasi und Bohri. Krass!«, fügte er hinzu, indem er auf Bingo zutrat. »Hey, schaut mal, was der Kollege hier für ein krass glattes Kinn hat!«

Die vier Zwerge schoben ihre Bärte mit den Füßen beiseite und versammelten sich um Bingo, dem sie dabei kräftig auf die Zehen traten. »Oooooh«, sagten sie, als sie

---

* Verzeihung, das muss dem Korrekturleser wohl entgangen sein.

ihm mit ihren schwieligen Händen über das Kinn strichen.

»Weg da!« Bingo wedelte wild mit den Händen vor seinem Gesicht herum.

»Hey, fett sorry«, erklärte Mori, während er seinen Zwergenhut abnahm. »Aber wir sehen das net oft, so ein glattes Kinn – mörderscharf, isch schwör halt. Respekt. Hey, so ein glattes Kinn, wenn isch auch hätte!«

»Hey ja, und isch!«, rief Nasi.

»Dann tut's eusch halt rasieren, verzählst du uns gleisch«, meinte Mori, indem er Bingo den starken Zwergenarm um die Schultern legte und den Hobbnix dabei fast zerquetschte. »Hey, isch schwör, das wirst du gleisch sagen: Isch soll misch halt rasieren und so.«

»Werde ich nicht«, erwiderte Bingo.

»Hey, können wir aber net, weißt«, verkündete Mori triumphierend. »Psori... Psoriasis oder so. Einfach schrecklisch. Wir sind halt gegen so Bauxit allergisch, checkst du? Wir können uns ums Verrecken net rasieren und müssen mit diesen endblöden Bärte rumlaufen, hey oder? Wie isch es hasse!« Offensichtlich hatte das Zwergenvolk noch nie etwas von den fabelhaften, hautfreundlichen Rasierern von ...* gehört.

»Hey, Mann, wir *alle* hassen es.«, fügte Nasi hinzu. »Alle hassen unsere Bärte.«

»Wir sitzen alle in selbes Boot, weißt schon. So ein Bart

---

* Lieber Rasierklingenhersteller! Gegen ein noch eigens zu vereinbarendes Honorar könnte anstelle der drei Punkte an dieser Stelle schon bald der Name Ihrer Firma im Text stehen. Setzen Sie sich einfach mit unserer Marketingabteilung in Verbindung – den Rest erledigen wir! In der nächsten Auflage wird der Name Ihres Produkts unauffällig, aber wirksam im Text platziert. (Es versteht sich von selbst, dass diese Fußnote dann entfällt.)

rieschT voll krass«, bekannte Mori in vertraulichem Tonfall. »Wegen Essensreste und so. Gestern hab isch in mein Bart Döner gefunden, hey, isch schwör. Aber genug davon, Kollege.« Er ließ Bingo los. »Ist König schon da?«

»König?«, fragte Bingo.

»Thothorin, unser König, hey, lang soll er leben. Nein? Na, dann eben net. Hey, aber da hinten wird schon fett abgefeiert. Das hör isch, hey. Respekt. Lass uns mal dursch, Kollege.«

Bingo stolperte zur Speisekammer und holte eine Auswahl an Vorräten heraus, die von den Zwergen innerhalb einer Viertelstunde verschlungen wurde. Verzweifelt versuchte er, sie davon zu überzeugen, dass er sonst nichts besäße, doch sie ließen seine Einwände nicht gelten, durchsuchten die gesamte Hopplerhöhle und plünderten sie bis auf den letzten Krümel. Außerdem rollten sie sein einziges Fass Hobbnixbier hervor, stachen es an und begannen zu trinken, als ob es kein Morgen gäbe. Die ganze Zeit über sangen sie, während Ganzalt in der Ecke saß, mit dem Fuß wippte, ohne sich im Geringsten an den Takt der Musik zu halten, und vor sich hin rauchte. Sie sangen:

Gehst du neben 'nem Zwerg, hey, dann geh gebückt,
Denn Zwerge sind net sehr groß gebaut,
Und wenn die mangelnde Größe den Zwerg bedrückt,
Kann es sein, dass er dir in die Fresse haut.
Geh weiter, geh weiter, den Kopf auf der Brust,
Und fährt dir auch krass der Schmerz in die Glieder –
Geh weiter, geh weiter, selbst wenn du buckeln musst,
Oder du gehst nihiie wieder,
Du gehst NIiiihihiie wieder.

Wonach sie sangen oder besser gesagt heulten:

> HORCH WAS SCHNEIT VON DRAUSSEN
> REIN
> HOLLAHI HEY HOLLAHO
> WIRD MEIN ZWERGENSCHÄTZSCHEN
> SEIN
> HOLLAHI JAHOOOOOO!

Wonach sie darauf bestanden, dass Bingo an dem Gelage teilnahm, obwohl er beteuerte, normalerweise ein sehr moderater Trinker zu sein. Sie stießen auf sein glattes Kinn sowie seine glatte Oberlippe an und sangen noch mehr Lieder: raue Lieder, schlaue Lieder, deftige Lieder, heftige Lieder, sie sangen Sonaten und von Heldentaten, Schunkellieder und dunkle Lieder, Lieder von Poeten und Lieder, die einen treten (emotional gesprochen), Liebeslieder und Diebeslieder, Trink- und auch gleich Katergesänge, Fußballhymnen und Bänkelsänge und *Rivers of Babylon*. Sie sangen a-cappella, a-patella* und manchmal auch ein bisserl schnella. Irgendwann im Laufe der Feier trudelten die restlichen Zwerge ein, Klön, Bifi, Bofi und Wombl. Zu guter Letzt erschien ein winziger Geselle, der selbst für einen Zwerg klein war und Bingo kaum überragte. Er stellte sich als »Thothorin, d-der K-König, o-oder h-hey« vor. Die übrigen Zwerge brachten ihm jedoch bemerkenswert wenig Respekt entgegen. Aber zu diesem Zeitpunkt war Bingo schon nicht mehr ganz nüchtern; vielmehr war er angetrunken, knülle, ja stockbesoffen und fiel bald der Länge nach hin, um dann mit

* Das ist die Art Lied, die man singt, wenn einem gerade jemand gegen die Kniescheibe, auch Patella genannt, getreten hat.

einem dümmlichen Gesichtsausdruck wieder aufzustehen. Er war so unsicher auf den Beinen wie ein neugeborenes Fohlen, das man mit einer halben Flasche Whisky zwangsernährt hat. Dann fing Ganzalt zu singen an und kam bis zur Hälfte der ersten Strophe, bevor er einen unerhört heftigen Hustenanfall erlitt und Geräusche von sich gab wie eine Dachladung Schnee, die sechs Meter in die Tiefe stürzt.* Fünfundvierzig Sekunden später war der Zauberer zu schwach, um zu stehen, und ließ sich keuchend auf das Sofa sinken, während er wieder an seinem Tabaksbeutel herumfingerte.

»Meine neuen Freunde«, sagte Bingo mit Tränen in den Augen und Alkoholmolekülen im Blutkreislauf. »Meine neuen Freunde! Wie köstlich ist es, Freunde zu haben – neue Freunde zu finden!«

»Hey, rein geschäftlisch, weissu, wie isch mein, Mister Beutlgrabscher?«, erwiderte Mori. »Wir wollen uns auf fett krasse Suche begeben, weißt, und brauchen halt deine Hilfe, hey, des ist alles.«

»Ihr braucht meine Hilfe!«, wiederholte Bingo freudig und mit mittlerweile feuchten Wangen. »Meine Freunde!«

»Jaja«, sagte Mori, indem er den überschwänglichen Hobbnix von sich stieß. »Übertreib mal net, Alter. Da ist also Drache, weißt, und der hat … äh … nun, sagen wir halt … einen Schatz. Genau, hey, einen Schatz.«

---

* Eigentlich klang das Gehuste viel schlimmer, doch mein Anstandsgefühl verbietet es mir, auf diesen Seiten den passenderen Vergleich anzustellen, der sich mir angesichts der verschleimten Geräuschproduktion des wackeren Magiers aufdrängt. So schweige ich und gebe mich damit zufrieden, dass die Dachlawine zumindest die Lautstärke des Hustens, wenn auch nicht dessen Ekel erregende Qualität erahnen lässt.

»Gold?«, fragte Bingo mit tellergroßen Augen.

»Hä?«, wollte Qwalin wissen. »Ach so, ja, genau. Dem ist korrekt. Gold. Das ist gut, Mann!«

»Gold«, sagte Mori und warf den anderen Zwergen bedeutsame Blicke zu. »Alles klar, hey oder? Checkt es jeder? Herr Beutlgrabscher hier soll uns dabei helfen, *Gold* zu klauen. Ja, hey, korrekt. Es geht um des Gold, was wir dem Drachen klauen wollen. Kapiert?«

Die Zwerge grunzten einer nach dem anderen ihr Einverständnis.

»Also, Mann«, meinte Mori wieder an Bingo gewandt, »wir haben halt gedacht – hey, der Plan ist noch net so, weißt schon, ausgereift und alls – aber wir wollen halt dorthin gehen und den Drachen mit unserem ultrakorrekten Gesang ablenken, während du das ... äh ... Gold stehlen tust. Hey, isch schwör, ist voll *easy*, wo du doch Langfinger bist. Hat man uns jedenfalls gesagt, weissu, wie isch halt mein?«

Bingos Herz quoll über vor zärtlichen neuen Kameradschaftsgefühlen und tief empfundener Liebe. Folglich schluchzte er wie ein kleines Kind und versuchte Mori zu umarmen, ihm sein Herz auszuschütten und zu erklären, dass er immer gefühlt hatte, dass ihn etwas von den anderen Hobbnixen unterschied. Von jeher war da etwas gewesen, das ihn von ihnen fern hielt und sie von *ihm* – es war nicht leicht, den Finger darauf zu legen; doch gelegentlich hatte er mit einem Glas trockenem Hopplermartini in der Hand vor seiner Eingangstür gestanden, hatte den allabendlichen Verkehr betrachtet, der sich die Hauptstraße von Hoppler-Ahoi! hoch über die Brücke in die immer dichter werdende Dunkelheit schob, und irgendwie eine große Leere in sich gespürt. Alles schien auf einmal so sinnlos zu sein, die engstirnige Spießbürgerlichkeit seiner Welt fühlte sich wie ein erstickender samtener Umhang an – und die ganze Zeit über war das, was er vermisste, was seinem Leben endlich einen Sinn geben würde, hier vor seiner Nase gewesen: die Zugehörigkeit zu einer Bruderschaft, die für ein gemeinsames Ziel kämpfte. Das Bier, das diesen Gedankengang in Bingo ausgelöst hatte, hinderte ihn leider auch daran, ihn adäquat zu artikulieren, und so brachte er lediglich ein »echt-tolle-Kumpels-hicks-toll-Jungs-hab-euch-lieb« heraus.

»Also, Mann«, fuhr Mori lauter als vorher fort, wobei er sich gegen die Wand drückte, um der Hobbnixumarmung zu entgehen, »was geht? Einverstanden mit unsere Plan? Hey, escht, isch schwör, einziges Problem an ganze Sache ist, dass der ... äh ... der *Schatz* einem *Drachen* gehört!«

»Drachen! Pah!«, erwiderte Bingo. »Vor denen hab ich keine Angst. Das sind doch Insektenfresser, oder?«

»Hey, nein«, sagte Mori. »Also so'n Insektenteil ist des net, weissu?«

»Ach«, meinte Bingo, indem er wegwerfend mit der Hand durch die Luft fuhr und leicht auf seinen Füßen schwankte. »Was macht das schon?« Er hatte längst das Stadium alkoholischer Unkoordiniertheit erreicht, in dem es dem Betreffenden zunehmend schwer fällt, mit dem rechten Daumen die Spitze des linken kleinen Fingers zu berühren. Eigentlich hatte er es bereits überschritten und befand sich mittlerweile in einem Zustand, in dem es ihm schwer fiel, auch nur die Ober- und Unterlippe aufeinander zu setzen.

»Schmauch der Drache«, ließ sich Ganzalt vernehmen, der anscheinend gerade aufgewacht war. »Ein Furcht erregender, schrecklicher Anblick, dieser mächtige Lindwurm in seiner unendlichen Trostlosigkeit.«

»Endschrecklisch«, wiederholten die Zwerge einstimmig. »Krass.«

Das Bier kursierte durch Bingos Herz. »Ich bin furchtlos!«, quiekte er und versuchte, auf den Tisch zu klettern.

»Schmauch der Drache!«, schwadronierte Ganzalt verzückt. »Der schreckliche Schmauch! Ein phänomenaler Drache! Pah!« Er hustete ein-, zweimal, wobei seine Brust in Vibration geriet und ein lange andauerndes Dröhnen von sich gab.

Nun holten die Zwerge ihre eigenen Pfeifen hervor, und bald hing der Qualm in Bingos Hobbnixhöhle so dick, dass man die Raucher vor lauter Rauch nicht mehr sehen konnte.* Außerdem hatte der Rauch, der den Zwergenpfeifen entströmte, ein seltsames Aroma, diesen angenehm einschläfernden, fruchtig-würzigen Hey-cool-Mann-Geruch. Bingo betrachtete die wohlgeformten Ringe, die den Zwergenmündern entstiegen. »Ringe«, meinte er euphorisch, »außen sind die total hart und rund, Leute, und in der Mitte, da ist gar nichts, ist das nicht total abgefahren? Dass sie beides sein können? *Echt* hart außen und *echt* weich in der Mitte, habt ihr darüber schon mal nachgedacht?« Mit jedem Atemzug entwichen Aufregung und Euphorie aus Bingos Brust, er legte sich auf den Boden, die Füße auf dem Kamingitter, und summte mit, als die Zwerge ein weiteres Lied anstimmten.

---

* Übrigens habe ich promoviert, und zwar in Cambridge. Ich dachte nur, dass dieser Umstand vielleicht von Interesse sein könnte. Nicht dass jemand meint, ich sei irgendein dahergelaufener Kerl, der sich das alles aus den Fingern saugt. Wo denkt ihr hin? Ich bin ein richtiger Gelehrter und habe Angelsächsisch und überhaupt jede Menge studiert.

Schmauch der Zauberdrachen
Hey, fürschten wir ihn sehr?
In seinem krassen Zauberdrachenbau –
Dann wär'n wir net sehr tapfeheeer!
Wir reisen über Erde,
Und reisen über Meer,
Um dem Drachen in seiner Höhle zu trotzen,
Weissu, bitte sehr.

Oh ja, hey, das machen wir, das
Kannst du mir voll glauben,
Und ob wir das machen, hey, isch schwör, wir
Machen das, wir werden des tun,
Isch sag dir doch, wir machen's,
Es ist halt schon so gut wie erledigt, Mann,
Wir sind schon krass auf Weg dahin,
Dieser Drache, hey, weißt, also isch bin froh, dass isch net in sein Haut stecken tu.

Da fing Ganzalt mit einem Mal an zu schreien. In dem Irrglauben, Mori leise ins Ohr zu flüstern, schrie er, »Ich hab mir überlegt, warum sagen wir dem jungen Hobbnix nicht, wir seien hinter *Gold* her? Na, wär das nicht schlau?« Gedämpft vernahm man Moris Stimme, jedoch nur als undeutliches Gemurmel. »Es ist doch so«, brüllte Ganzalt noch lauter als zuvor. »Wenn der Hobbnix *denkt*, wir seien hinter einer Ladung *Gold* her, fragt er nicht nach dem *wahren* Grund unserer Suche, versteht Ihr?« Wieder erklang Moris Gemurmel, diesmal eindringlicher, aber immer noch unverständlich. Von dem Platz, an dem Bingo lag, konnte er gerade einmal den pyramidenförmigen Umriss des Zaubererhuts erkennen sowie Moris schemenhafte Gestalt. Der Zwerg stand gebückt da und versuchte verzweifelt, mit dem alten Mann zu kommunizieren. »Ich verstehe kein Wort, wenn Ihr so nuschelt«, schrie Ganzalt gereizt. »Ich sage ja auch nur, dass das eine gute Möglichkeit wäre, den Hobbnix abzulenken. Auf diese Weise müssen wir ihm nicht sagen, warum wir wirklich dorthin irkch, irkch, mmphmmmphdd.«

Im rauchverhangenen Kerzenlicht erschien es Bingo, als wäre Ganzalt eben ruckartig der Hut über den Kopf gezogen worden, was dem jungen Hobbnix sehr seltsam vorkam. Doch das unwiderstehliche Verlangen nach Schlaf machte schließlich Bingos Lider schwer, und bald schon verschwamm die Szenerie vor seinen Augen.

Trolle

Zweites Kapitel

Gebratenes Hundefleisch

Dampfwolken aus Ganzalts Pfeife weckten Bingo. Der Rauch verursachte ein Stechen in den Schleimhäuten seiner Nasennebenhöhlen und roch für ihn wie eine Mischung aus versengten Haaren, brennender Baumrinde und schwelendem Gummi. Als der junge Hobbnix sich hustend in eine sitzende Position brachte, nahm er undeutlich Ganzalt wahr, der träge auf dem Sofa saß.

»Guten Morgen, Beutlgrabscher, mein lieber Junge«, sagte der Zauberer freundlich und zog so heftig am Mundstück der Pfeife, dass seine Augäpfel ein Stück in ihre Höhlen zurückwichen.

»Wie spät ist es?«, fragte Bingo aufgeregt. Noch während er die Worte aussprach, fiel sein Blick auf die Taschenuhr auf dem Kaminsims. Es war ein paar Minuten vor neun. Als er sich die Augen rieb, sah er etwas klarer, und er erkannte, dass es sich bei den *paar Minuten* um exakt fünfzig handelte. »Zehn nach acht?«, klagte er. »Zehn nach acht *am Morgen*?« (Wie ihr sicher wisst, pflegen Hobbnixe bis mittags zu schlafen – eine Gewohnheit, die so tief in ihrer Kultur verwurzelt ist, dass die Behauptung, es gäbe so etwas wie einen Vormittag, für die meisten lediglich eine rein spekulative, bisher noch nicht wissenschaftlich bewiesene Hypothese darstellt.)*

Ganzalt nickte wissend. »Frisch auf«, meinte er. »Ach,

die erste Pfeife des Tages. Die erste ist immer die schönste.« Er nahm noch einen Zug.

»Zwerge!«, sagte Bingo, indem er unsicher aufstand. »Alkohol! Gras! Halluzinationen!« Sein Kopf fühlte sich an, als hätte man sein Gehirn schön langsam aus seinen Ohren gedroschen und ungeordnet wieder hineingestopft.

»Jaja«, erwiderte Ganzalt nachsichtig. »Es ist spät, ich weiß. Aber Thothorin hat es einfach nicht übers Herz gebracht, Euch zu wecken. Ihr habt so friedlich geschlafen. Doch jetzt macht Euch lieber auf den Weg. Habt Ihr den Brief gelesen?«

»Welchen Brief?«

»Gut, ich bin froh, dass Ihr zumindest den Brief gelesen habt.«

Bingo fand den Brief, nachdem er zehn Minuten lang das trostlose Chaos durchsucht hatte, das einst sein Heim gewesen war. Auf feinstem Zwergenpergament, einem dünn geschabten Stein, stand geschrieben:

Hey Kollege,

du hast ja wohl net schon unser Vereinbarung vergessen, hey oder? Wir treffen uns neun Uhr morgens in Drachengolf Taverne bei Amcaipi. Hey, wenn du dann net da sein tust, bist du krasser Todfeind von uns Zwerge und wir jagen disch und machen disch kalt, du Abschaum, hey! Tu

---

* Für den Autor dieses Büchleins gilt dasselbe, sodass die Darstellung von Geschehnissen, die vor dem Mittagessen stattfinden, bitte mit Vorsicht zu behandeln ist. Was Vormittage betrifft, berichte ich lediglich aus zweiter Hand, da ich selbst diese geheimnisvolle Naturerscheinung noch nie persönlich erlebt habe.

nix verlieren Zeit, Mann. Punkt neun, Kollege, weil wir halt dann zu unsere große Suche nach Osten aufbreschen tun und zu Höhle von escht bösen Drachen Schmauch reisen.

Fette Zwergengrüße,
Thothorin (König) & Co.

PS: Mori lässt dir ausrischten, dass Ziel von unsre Suche *Gold* ist, hey, ehrlisch, Mann! *Gold*, voll viel Gold und sonst nix – ganz bestimmt nix, das was net mit Gold zu tun hat. Hey oder?

»Mich jagen und … kaltmachen? Ich Abschaum?«, fragte Bingo stockend.

»Prächtige Illumination am H, nicht wahr?«, sagte Ganzalt, der dem Hobbnix über die Schulter blickte. »Das da ist ein fliegender Fußball und davor steht Kaan, der große Zwergenheld.«

»Werden sie mich tatsächlich umbringen, wenn ich nicht erscheinen sollte?«

»Aber nein, natürlich nicht«, kicherte Ganzalt kopfschüttelnd. »Nein, nein, nichts dergleichen. Andererseits«, fügte er hinzu, indem er mehr Tabak in seine Pfeife stopfte, »werden sie Euch mit Sicherheit umbringen, wenn Ihr nicht erscheinen solltet. So sind die Zwergentraditionen, wisst Ihr. Pünktlichkeit«, erklärte er, »und diese bescheuerten Goldketten.«

In wilder Panik floh Bingo aus dem Wohnzimmer, stieg über die Trümmer seiner immer noch klopfenden Tür und hastete so schnell ihn seine wunden Füße trugen in Richtung Amcaipi.* Eine Minute vor Ablauf des Ultimatums erreichte er keuchend die Drachengolf Taverne und umklammerte wehklagend seine schmerzenden Füße. Die Zwerge warteten bereits unter dem bemalten Wirtshausschild auf ihn (das einen Drachen in Golfhosen bei dem Versuch zeigte, den Ball einzulochen, während im Hintergrund ein Salamander zu sehen war).**

»Hey, grad noch geschafft, Mann«, begrüßte ihn Mori, als die Turmuhr zur vollen Stunde schlug, oder besser gesagt ein dumpfes *Klonk* von sich gab – was sie zu jeder Stunde tat, seitdem ein gelangweilter Hobbnixhalbstarker die Glocke gestohlen hatte, um sie als Hut zu tragen. Auf der Stelle schulterten die Zwerge ihre Bündel und brachen zu ihrer großen Suche auf, während Bingo jammernd hinter ihnen herhumpelte.

Sie unterbrachen ihre Reise in Obenohne, wo sie ein Lasttier namens Klepper kauften. Der Name war (wie der Händler, der ehrliche Anton, versicherte) witzig ge-

---

* Der Caipi, an dem Amcaipi liegt, ist ein kristallklares, schnell fließendes Gewässer, das zwanzig Meilen südöstlich von Hoppler-Ahoi! in den großen Schlaimfluss mündet. Der Legende nach soll das Flüsschen nach einem klaren und sehr starken alkoholischen Getränk benannt worden sein, das bei den Hobbnixen sehr beliebt ist. Der Caipi kommt von den vereisten Bergen des Nordens her und fließt durch die Obstgärten der Winzlinge (nördlich von Aualand). Deshalb tanzen in seiner Strömung des Öfteren Eisstücke aus dem Gebirge sowie zahlreiche Limetten.

** Golf ist ein beliebter Sport in Aualand. Seine Ursprünge hat das Spiel in einem uralten Hobbnixkult. Damals wurde eine göttliche Kartoffel verehrt, und die Gläubigen säten die Feldfrüchte des kommenden Jahres in einem ritualisierten Wettkampf aus. Eine Kartoffel nach der anderen wurde mit einem Zauberstab geschlagen, bis sie in das zuvor gegrabene Loch fiel. Man muss wohl nicht extra erwähnen, dass diese Art des Kartoffelanbaus höchst unwirtschaftlich war und die Kartoffelernte folglich eher mager ausfiel. Die Hobbnixe lasteten dies jedoch lieber dem Zorn ihres Gottes Knoll als ihrer eigenen agrarischen Unfähigkeit an.

meint und sollte ironisch auf den stattlichen Leibesumfang und den ausgezeichneten Gesundheitszustand des Tieres anspielen, »als würde man einen richtig fetten Kerl, der John heißt, Little John nennen, versteht ihr?«, hatte der ehrliche Anton gesagt. Weder Bingo noch die Zwerge verstanden es, schauten sich jedoch, ihre Unwissenheit einzugestehen. Keiner von ihnen besaß sonderlich viel Erfahrung, was Ponys betraf, und so glaubten sie dem Händler, als er ihnen erklärte, die unter dem Fell hervorstehenden, rippenähnlichen Gebilde rund um den Rumpf des Tieres seien ein Schutzmechanismus gegen Raubfeinde, ähnlich wie bei Gürteltieren. »Man staunt doch immer wieder über Mutter Natur und ihre Tricks und Kniffe«, fügte der ehrliche Anton hinzu, während er zufrieden das Geld der Reisenden einsteckte.

Nachdem ihre sämtlichen Vorräte auf das traurige Lasttier gepackt waren, brach die Gesellschaft weiter gen Osten auf und wanderte über flache Hügel, dramatische Steigungen und zugige Plateaus. Am Mittag des dritten Tages erreichten sie den Wienerwald, wo sie nur langsam vorankamen. Bingo musste alle dreißig bis vierzig Meter anhalten, um seine Füße auszuruhen, und die Zwerge ärgerten sich über die Verzögerung. Schließlich hoben Bifi und Bofi den Hobbnix hoch und trugen ihn ein Stück. Doch Bingo beschwerte sich lautstark über ihre holprige Gangart und so ließen sie ihn wieder fallen.

Die Reisenden überquerten den Nils – ein Fluss, der nach einem der berühmtesten und legendärsten Helden der Grafschaften der Kleinen benannt ist (Nils der Kleine, staatlich geprüfter Flüssenamenerfinder). Daraufhin erreichten sie einen weiteren Wald, den Tiger Woods, wo gefährliche wilde Tiere in Sandlöchern lauerten und das Kartoffelspiel ursprünglich erfunden worden war.

Nach zahlreichen Abenteuern, auf die ich aus Zeitgründen* nicht näher eingehen kann, ließen sie diesen bedrohlichen, gleichzeitig aber äußerst gewinnenden Ort hinter sich.

Bei Sonnenaufgang des folgenden Tages hatte die Gesellschaft den Wald der hölzernen Bäume erreicht, und alle waren erschöpft. Die Zwerge hatten abwechselnd den Hobbnix getragen, mittlerweile war ihnen jedoch der Geduldsfaden gerissen. Sie hatten den Geduldsfaden sogar bereits wieder zusammengeknotet, und er war ein zweites Mal gerissen.

Unglücklicherweise war ihr kleines Packpferd Klepper, das einzige zum Verkauf stehende Pony in ganz Obenohne (das ihnen von Schwindler-Toni, dem einzigen Ponybesitzer in ganz Obenohne, verkauft worden war), in den Schlaimfluss gefallen und ertrunken, wobei es ihre gesamten Vorräte mit sich in die Fluten gerissen hatte. Geblieben war ihnen lediglich ein Kessel, den Ohri als Helm trug.

---

* Ich möchte hiermit darauf hinweisen, dass die Verlagsfuzzis an dieser Stelle Seite um Seite des Besten, was ich jemals geschrieben habe, weggekürzt haben! Ursprünglich wollte ich die Reisenden die unterschiedlichsten Abenteuer in den Grafschaften der Kleinen bestehen lassen: Sie hätten einen Angriff von blutrünstigen Feldmäusen abwehren, den Verführungskünsten völlig nackter Schnecken widerstehen müssen und vieles mehr. In meiner Lieblingsepisode (für deren Erhalt ich vor meinen Lektoren auf die Knie gefallen bin, ohne dass sie auf mich gehört hätten) ging es um das Land der Tellurtabbies – jener harten, metallischen Cyborgwesen von Furcht einflößender Grausamkeit mit in den Rumpf integrierten Computerbildschirmen und seltsam geformten Antennen auf den oberen Prozessoreinheiten. Ihre ohrenbetäubenden Schreie »Assimiliert!«, »Du! Wirst! Assimiliert!« und »Tabbie-hau-hau-ent-zweeiiii!« haben über die Jahre hinweg unzählige junge Kinderherzen erfreut.

Als sie ihr Lager aufschlugen, dämmerte es bereits. Alle hatten Hunger.

»Hey, Kollege«, sagte Mori, indem er Bingo mit dem stumpfen Ende des Stiels seiner Axt anstupste. »Hol was zu essen. Isch hab konkret Hunger.«

»Macht Ihr Witze?«, fragte Bingo, der damit beschäftigt war, sich die Sohlen seiner schmerzenden Füße mit einem Kampferblatt einzureiben. »Das ist doch jetzt ein Witz, oder?«

»Dursch die Bäume, weißt du, da kann man so Feuerschein sehen«, erklärte Bofi und deutete auf einen leuchtend orangefarbenen Lichtklecks in der Ferne. »Hey, schau, wer des ist, und tu ihnen das Essen klauen, Grabscher! Dafür haben wir disch mitgenommen, hey oder?«

Die anderen Zwerge bekundeten lautstark ihre Zustimmung. Sie taten dies mit Hilfe von Grunzlauten, Knurren, zwei »Dem ist korrekt«, einem »Ja, mach schon, Mann«, einem »Hey oder?« und einem »Mutter Beimer!« Letzteres stammte von einem Zwerg, der schon eingeschlafen war, sodass der Ausruf wahrscheinlich nichts mit der Sache direkt zu tun hatte.

Bingo war zu müde, um zu diskutieren, und so kroch er durch die dichten Bäume des Waldes immer auf den Schein des Lagerfeuers zu. Er biss die Zähne zusammen, um etwaige Schmerzensbekundungen zu unterdrücken. Bald schon erreichte er unter minimalem Ästeknacken, Rascheln, Geschrei am Boden nistender Vögel, *sotto voce* Auas und dergleichen mehr den Rand einer kleinen Lichtung. Von hier aus hatte er freien Blick auf diejenigen, die sich an besagtem Lagerfeuer auf besagter Lichtung wärmten.

Trolle! Vier kolossal riesige, steinerne Trolle – genug, um selbst dem tapfersten Hobbnix ein flaues Gefühl in der Magengegend zu verursachen.* Sie saßen im Kreis und brieten drei Hunde über dem offenen Feuer. »Hmmmm«, sagte der Troll, der am nächsten saß, und fuhr sich mit seiner gewaltigen steinernen Zunge über die Lippen. »Wieder einmal 'undebraten. *C'est bon.*«

»'undebraten magst du, *n'est pas,* Bertrand?«, sagte ein zweiter Troll.

»In der Tat, Pierre«, stimmte Bertrand ihm zu, nahm einen der Kadaver vom Feuer, die an hölzernen Spießen über den Flammen brutzelten und zischten, und biss genüsslich in die Flanke.**

Trolle sind, wie ihr wisst, Furcht erregende Geschöpfe. Es ist etliche Jahre her, seitdem sie ihren ursprünglichen Wohnraum verließen und mit ihrer traditionellen Ernährungsweise brachen (sie essen nicht mehr ausschließlich Weinbergschnecken und Froschschenkel), um auf der Suche nach freieren Entfaltungsmöglichkeiten und dem schnellen Geld durch die Gegend zu streifen. Trolle sind

---

* Und Bingo war mit Sicherheit *nicht* der tapferste Hobbnix.

** Die Verleger haben mich gebeten, deutlich darauf hinzuweisen, dass sie den Verzehr von Hunden auf keinen Fall befürworten, vor allem nicht von Dackeln, Dalmatinern, Collies, dem Hund aus den *Fünf Freunden* oder irgendwelchen anderen haustierähnlichen Lebewesen. Hunde sind für Weihnachten da und um im neuen Jahr an der A8 ausgesetzt zu werden – nicht zum Essen. *Kühe* sind zum Essen da, nicht Hunde. Schließlich sind Kühe groß genug, um auf sich selbst aufzupassen, während es ein braunäugiger, winselnder Terrier nicht ist. Denkt an den Slogan des Tierschutzvereins *Hundesindauchmenschen e. V.:* »Hunde sind auch Menschen!« (Der Slogan von *Kühesindauchmenschen e. V.* ist um einiges zweideutiger: »Kühe sind auch Menschen, wenn auch keine sehr klugen, und wir geben zu, dass sie äußerst lecker sind, wenn man sie brät oder besser noch grillt und mit Senf oder Bratensoße serviert, dazu Kartoffeln und Gemüse und ein Glas süffigen Rotweins ... och ja ... mach schon, auf die eine kommt es auch nicht an, wo es doch auf den Almen Millionen davon gibt.«)

natürlich riesengroß, ein Meter achtzig ist keine Seltenheit, und manche werden bis zu einem Meter fünfundachtzigeinhalb groß. Die Ausmaße ihrer einzelnen Körperteile sind dementsprechend, sie haben Bäuche wie Felsbrocken, Arme wie die Wurzeln riesiger Eichen und ihr Kopf sieht aus der Ferne aus, als befände sich eine Baskenmütze darauf, bis man näher kommt und sieht, dass es eben bloß ihre Kopfform ist. Als reine Naturwesen wuchert Trollen zotteliges Moos auf Brust, Armen und Beinen, außerdem sprießen ihnen Bartstoppeln in Form von Dornen am Kinn. Die Schädeldecken sind jedoch glatt wie polierter Stein. Ihre Augen sind rot wie Granate und die Brauen ragen bedrohlich und äußerst buschig hervor – eigentlich mehr als buschig: Im Grunde sind es regelrechte Hecken, die ihnen da auf der Stirn wachsen.

Diese speziellen Trolle, denen Bingo nun begegnete, waren in der Hoffnung aus den Bergen gekommen, mit den Fuhrmännern und den Bauern aus dem Nordwesten ins Geschäft zu kommen. Sie trugen die traditionelle Tracht ihres Volkes: Spitzenunterwäsche, Strapse, Strümpfe (aus demselben Maschendraht, aus dem andere Leute Zäune herstellen), kurze rote Flatterröcke aus Seide und unverschämt knappe, tief ausgeschnittene Oberteile von S. Trolliver, ebenfalls in Rot. Bertrand hatte seinem Outfit mit Hilfe eines schicken Seidenschleifchens um den Hals eine persönliche Note verliehen. François, der größte der vier, trug flache Schuhe, während die übrigen Steinstilettoschuhe von Mantrollo Blahnik anhatten. Pierre trug bis zu den Ellbogen reichende Handschuhe, die einst jungfräulich weiß gewesen waren. Mittlerweile hatten sie sich jedoch zu einem schmutzigen Rosa verfärbt, da er sie zu oft mit Menschenblut daran in die Wäsche gegeben hatte. Der Vierte in der Runde, Jean

Paul, hatte ein Faible für Make-up. Seine winzigen, funkelnden Augen wurden von vier dicken, miteinander verwobenen Wimpernreihen eingerahmt. Die Wimpern sahen aus, als hätte er sich große, grotesk überfütterte Venusfliegenfallen an die Lider geklebt (was er wahrscheinlich auch getan hatte).

Bingo hatte seit dem gestrigen Tag keine warme Mahlzeit mehr genossen, sodass ihm beim Geruch des Hundebratens das Wasser im Mund zusammenlief. Er lugte um einen Baumstamm herum und schlich dann lautlos zum nächsten, um besser sehen zu können. Zwecks Tarnung presste er sich dicht an den Stamm, bevor er einen weiteren vorsichtigen Blick wagte. Zu seinem Unglück war der Baumstamm jedoch gar kein Baumstamm, sondern Pierres Bein. Bevor der Hobbnix wusste, wie ihm geschah, hing er quiekend und um sich tretend in der Luft.

»*Et voilà*!«, rief Pierre, indem er den anderen seinen Fang zeigte. »Seht einmal, was *moi* gefunden 'at!«

Die Trolle kamen näher und stießen Bingo mit ihren riesigen Fingern forschend in die Rippen.

»Eine Snack!«, meinte Jean Paul. »Der ge'ört mir!«

»Das ist ja gerade mal ein 'appen, *très petit*«, warf François ein.

»Egal«, erwiderte Pierre, »er ist mein 'appen.«

»Und was ist mit uns?«, sagte Bertrand herausfordernd. »Wer soll den 'appen bekommen?«

»*Moi* 'at ihn gefangen«, gab Pierre zu bedenken.

»'abe zuerst …«, meinte Jean Paul.

»Aber, aber, *mesdames*! Lasst uns Lose zie'en«, schlug François vor.

»Was für Lose denn?«, wollte Bertrand wissen.

»Gibt es noch mehr 'appen wie diesen 'ier in die Gegend?«, fragte Jean Paul, wobei seine riesige Steinvisage

Bingos Gesicht gefährlich nahe kam. Auf der Stelle stieg dem Hobbnix der Gestank von *Amour de Troll* in die Nase.

»Nein!«, kreischte Bingo.

»Ach was«, meinte François, indem er das Gesicht verzog. »Natürlisch gibt es noch mehr, *n'est-ce pas*?«

Ohne ein weiteres Wort zu verlieren trollten sich François, Jean Paul und Bertrand in den Wald. Unterdessen tröstete sich Bingo, der immer noch keuchend an Pierres Arm in der Luft hing, mit dem Gedanken, dass die Trolle unglaublich viel Lärm verursachten. Die Zwerge würden zweifellos gewarnt sein. Weiterhin dachte er, dass die Zwerge grimmige und tapfere Krieger waren und die Trolle schnell besiegen würden, sodass seine Kidnapper bald nichts weiter als Schutthaufen sein würden. Unglücklicherweise trafen beide Gedanken nicht zu. Nach nicht einmal zehn Minuten kehrten die drei Trolle jeweils mit mehreren Zwergen unter dem Arm zurück. Sämtliche Mitglieder von Thothorins Gesellschaft waren mit ihren eigenen Bärten zusammengebunden worden. Dies war ein erniedrigender Umstand, der bildlich gesprochen noch Salz in die Wunden streute – doch wird dieses Bild dem tatsächlichen Schmerz der Zwerge eigentlich nicht gerecht. Vielmehr müsste man sagen, dass neben dem Salz noch Pfeffer und Chilipulver in die Wunden gerieben wurde, bis diese Mischung aus Erniedrigung, Demütigung und Schmach wirklich verflixt wehtat. Nachdem die Zwerge wie große behaarte Puppen am Feuer auf einen Haufen geworfen worden waren, wurde Bingo mit einem alten Trollstrumpfband gefesselt und auf die Spitze des Zwergenstapels gelegt.

»*Voilà*, das sieht doch schon viel besser aus«, verkündete Jean Paul, als er sich auf dem breiten Felsblock niederließ, der ihm schon vorher als Hocker gedient hatte. Er rieb seine großen steinernen Hände am Feuer, bis Steinsplitter durch die Luft flogen. »Eine *formidable* Festmahl wird das.«

»Zwerge«, meinte Bertrand, indem er mit den Lippen schmatzte, beziehungsweise sie ruckartig aneinander klappern ließ. »Lecker! *Très délicieux*!«

»Jetzt müssen wir uns nur noch Gedanken über *la haute cuisine* machen«, meinte Jean Paul, »wie wir sie am besten kochen.«

»Am besten«, erwiderte François, »klopft man Swerge erst einmal zart, mit eine Knüppel oder vielleischt eine Schaufel, und dann werden sie zer'ackt.«

»*Mais non*!«, rief Bertrand verächtlich. »Zwerge zer'ackt man doch nischt, man zerreißt sie. Und dann gibst du sie in eine Topf zusammen mit Zwiebeln, Paprika, einem Dutzend Knoblauchzehen, etwas Kardamom, *grünen* Chilis, *oh, là, là*, und ein *citron*. Nach fünfundvierzisch Minüten nimmst du die Topf von die Feuer, fügst erst dann Basilikum, ein Lorbeerblatt, eine Spur Minze und vier Dutzend Karotten 'inzu, stellst ihn wieder auf die Feuer, aber nischt anbrennen lassen, und nach zwei Stunden 'ebst du Sahne und Demerara-Brandy unter, rührst wieder ein wenisch um, dann noch ein *citron*, und zum Abschluss fischst du ihre 'üte und Stiefel 'eraus (unbedingt auf'eben, daraus lässt sisch exzellente Brühe machen!). *Et voilà*, dann servierst du das Ganze mit Kartoffeln. *Bon appétit*! Köstlisch ist das, einfach köstlisch.«

»Oder wir setzen uns einfach auf sie drauf«, schlug François vor.

»Das geht natürlisch auch«, meinte Bertrand.

Die Trolle betrachteten den Zwergenhaufen. »Weißt du was, Pierre?«, sagte François. »Setz *du* disch drauf.«

»*Moi*?«, fragte Pierre pikiert. »Wieso isch?«

»Du 'ast den größten 'intern.«

»Red doch keinen Ünsinn!«, entgegnete Pierre, der wutentbrannt aufgestanden war. »Jean Pauls ist sischerlisch zweimal so groß wie meiner.«

»Lügner!«, brüllte Jean Paul, der sich nun ebenfalls erhoben hatte. Bertrand kicherte verhalten und höhnisch.

»'inter meine Rücken über misch zu lachen!«, schrie Jean Paul.

»Das geht nur, weil 'inter deine Rücken so viel Platz ist!«, spottete Pierre.

Da schlug Jean Paul ihm mit der Faust ins Gesicht. Unter der furchtbaren Wucht des Schlags erbebte die Erde, doch Pierre verzog keine Miene. Stattdessen holte er mit dem rechten Arm aus und landete einen zerstörerischen Haken mitten in Jean Pauls Gesicht. Der Hieb machte ein Geräusch wie ein Donnerschlag. Wasserbecher, die zufälligerweise in der Nähe auf der Erde standen, wackelten verdächtig, doch Jean Paul zuckte nicht einmal mit der Wimper.* Im Grunde ist es ziemlich sinnlos, wenn Trolle eine Schlägerei anfangen. Es ist beinahe ausgeschlossen, dass sie einander verletzen, außerdem verspüren sie ohnehin so gut wie keinen Schmerz. Aber manchmal tun sie der Form halber so, als würden sie kämpfen. Nach ein paar weiteren Schlägen setzten Pierre und Jean Paul sich wieder hin.

»Bitte, meine werten Herren«, meinte Bingo, der all seinen Mut zusammengenommen und sich den Kopf darüber zerbrochen hatte, was er sagen sollte. »Esst uns nicht! Wir werden euch Gold geben!«

---

* Was bei seinen enormen falschen Wimpern wohl auch unmöglich gewesen wäre.

»Gold«, meinte Bertrand nachdenklich. »Das 'abe ich schon einmal gegessen. Ein Getreide'ändler aus die Norden schenkte mir einst ein goldenes Armband, rischtig mit Gravierung – *Für meinen Schatz in Erinnerung an das glücklischste Wochenende meines Lebens, dein 'asilein J. 'arald Weizenfeld jun., Getreide- und Textilien'ändler, saisonbedingte Tarife.*« Bertrand schniefte, als würde ihn die bloße Erinnerung zutiefst bewegen. »Isch 'abe es natürlisch gegessen, aber es 'atte einfach schockierende Auswirkungen ... da ünten ...« Verschämt deutete der Troll auf seinen Unterleib. »Ihr wisst schon, was isch meine.«

Die anderen drei Trolle ließen ein zustimmendes Grummeln vernehmen.

»Ist nischt besonders gut verdaulich«, meinte François nickend. »Gold, *n'est-ce pas*?«

»Moment mal«, warf Jean Paul ein. »Du 'ast ein Ver'ältnis mit einem Getreide'ändler aus die Norden? Warum treiben wir uns 'ier im Wald 'erum, wenn *l'amour* dir einen Getreide'ändler aus die Norden beschert 'at?«

»*Oh, là, là*«, erwiderte Bertrand verschmitzt. »Ehrlisch gesagt ist das ein ganz besonderer kleiner Freund von mir.«

»Was soll das 'eißen? Deswegen kannst du doch trotzdem teilen«, beharrte Jean Paul.

»Würde isch ja auch«, meinte Bertrand. »Aber isch 'abe ihn letztes Frühjahr gegessen. Er 'at misch immer auf kleine Reisen mitgenommen, es war wunderschön, die besten 'otels und exquisitesten Restaurants, so oft und viel, wie isch nur essen konnte. Doch eines Morgens wachte isch auf, sah ihn an und dachte mir, ›Du siehst zum Anbeißen aus, *mon amour*‹, also 'abe ich ihn eben gegessen. *C'est la vie.*«

»Schlüss mit dem Palaver«, sagte François. »Isch gehe

mir jetzt einen Zwerg zerquetschen, sonst sitzen wir 'ier noch bis morgen früh.«

Er stand auf und griff sich einen zappelnden Zwerg aus dem Haufen. Unterdessen hatte Pierre jedoch einen anderen Zwerg unten aus dem Stapel gezogen und blitzschnell auf François' Felsblock gelegt. Als der nichts ahnende Troll sich setzte, erklang ein ekelhaft schmatzendes Geräusch. Seine drei Freunde brachen in donnerndes Gelächter aus, während er sich überrascht umblickte. »'a 'a«, meinte François mit strengem Gesicht. »Wirklisch sehr witzig«, fügte er sarkastisch hinzu. »Isch platze gleisch vor Lachen.«

»'ättest dein Gesischt sehen sollen«, erwiderte Bertrand.

»Da«, sagte François. »Nimm du den 'ier.« Er warf Jean Paul seinen Zwerg zu und erhob sich behutsam. Mittlerweile hatte sich jeder der anderen Trolle zu einem eigenen Zwerg verholfen. Vorsichtig legten sie ihr Essen auf den jeweiligen Baumstumpf – oder eine entsprechende Felssitzgelegenheit – und ließen sich darauf nieder. Anschließend vernahm man mehrere Minuten lang nur noch, wie die vier Trolle unter Knirschen und Rülpsen ihre Beute verspeisten.

Es stand nicht zum Besten für unsere Gesellschaft.

»Der 'ier«, erklärte Jean Paul alsbald, »schmeckt ein bisschen nach 'ühnschen.«

»Für misch schmeckt alles nach 'ühnschen«, entgegnete François. »Außer Gold«, fügte er hinzu.

»Sollten wir nischt erst die Schale entfernen, bevor man sie isst?«, wollte Bertrand besorgt wissen und stocherte sich mit einem steinernen Fingernagel ein zerquetschtes Stück Kettenhemd aus den Zähnen.

»Ihr stinkt«, erklang auf einmal eine recht zittrige, dabei aber tiefe Stimme. Es war die Art Stimme, derer sich ein heranwachsender Junge ungewollt bedient, der auf der Schwelle zum Mannesalter steht. »Ihr stinkt und ... äh ... keiner mag euch.«

»Wer war das?«, zischte Pierre.

»François«, sagte die bebende Stimme.

»Nein, das stimmt nischt«, widersprach François.

»Es kam von da drüben«, meinte Jean Paul, der aufgestanden war und in Richtung Bäume deutete.

»Nein, kam es nicht«, sagte die zitternde Stimme. »Es war François. Er hat gesagt, dass ihr alle ganz furchtbar stinkt und ... ähm ... dass ihr, ach, was weiß ich, dass ihr dem Namen Troll Schande macht ... ähm ... *oui, oui.*«

»*Alors*, wer *ist* das?«, fragte Pierre.

Nach einem verdächtig nach Raucherhusten klingenden Räuspern fuhr die mysteriöse Stimme einen Halbton tiefer fort: »Sprich gefälligst nicht so mit mir, kleiner François, du bist derjenige, der uns Schande macht. Zufälligerweise weiß ich nämlich, dass die anderen beiden mit mir darin übereinstimmen, dass du die Ehre der Trolle in den Dreck gezogen hast.« Es folgte eine kurze Pause. »Das war Pierre.«

Pierre war aufgestanden. »So klinge isch über'aupt nischt«, verkündete er, womit er nicht ganz Unrecht hatte.

»Nein, nein«, erwiderte die Stimme, »es war ganz bestimmt Pierre, der sucht Streit. Lässt du dir das etwa gefallen, François? Wirst du ni Hurgh Hurgh! Hurgh! Hurgh! Hurgh! Hurgh!« Die Stimme hustete so heftig, dass die Blätter ringsum erzitterten. »Hurgh! Hurgh! Hurgh! Hurgh! Hurgh!«, sagte sie.

Jean Paul griff mit seiner riesigen Pranke zwischen die

Bäume und zog eine zappelnde Gestalt in einem grauen Poncho hervor, die einen kegelförmigen Hut trug.

»Hurgh! Hurgh! Hurgh! Hurgh!«, sagte die Gestalt.

»*Mon dieu*, ein Zauberer!«, rief Pierre. »Das ist ja wohl die 'öhe.«

»Isch 'abe noch nie einen Zauberer gegessen«, meinte François freudig.

»Er ist unglücklischerweise ein bisschen dürr«, erklärte Jean Paul, der seine Beute untersuchte.

»Hurgh!«, sagte die Gestalt, wobei das Husten langsam abzunehmen schien. »Hurgh!«

»Ganzalt!«, fiepste Bingo. »Rettet uns.«

Der Troll hielt Ganzalt mit steinernem Griff am Hals und ließ ihn mitten in der Luft baumeln. Dennoch gelang es dem Zauberer, seinen Kopf so weit zu drehen, dass er auf Bingo hinabblicken konnte. Der Blick aus seinem angespannten Gesicht schien zu sagen, *Was denkt Ihr, versuch ich hier, Trottel?* Dann schien er hinzuzufügen, *Und nun schaut Euch an, in welcher Lage ich stecke. Was machen wir jetzt? Für Euch ist das alles ganz einfach, aber ich bin nicht mehr der Jüngste und kann es wohl kaum allein mit vier ausgewachsenen Trollen aufnehmen. – Nicht dass ich mich beklagen möchte, ich meine ja nur.* Ein Zucken der Augenbraue des Zauberers schien hinzuzufügen, *Könnt Ihr nicht an eines der Schwerter der Zwerge herankommen, ihre Fesseln durchtrennen, den Rest von Thothorins Gesellschaft befreien, ein großes Loch graben, die Trolle dort hineinlocken und es schnell mit mehreren hundert Tonnen Erde zudecken?* Als die Verzweiflung, die sich in Bingos Gesichtszügen widerspiegelte, eine negative Antwort nahe legte, schloss der Blick: *Ihr seid aber auch zu nichts zu gebrauchen, alle miteinander völlig nutzlos!*

Es war in der Tat ein außergewöhnlich vielsagender Blick.

»Also«, krächzte Ganzalt in Richtung der Trolle. »Meine Herren, ich rate euch, nur nichts zu überstürzen. Es ist nur fair, wenn ich euch mitteile, dass ich ein Zauberer bin.«

»*Et oui*?«, wollte Jean Paul wissen.

»Nun, ich könnte euch einigen Ärger bereiten. Ist das nicht«, er keuchte, während er versuchte, mit beiden Händen und unter erbärmlichem Beingestrampel Jean Pauls Finger zu lösen, »ist das nicht zum Beispiel der erste Sonnenstrahl, der sich da unversehens von hinten an euch herangeschlichen hat, haha?«

Bertrand blickte über die Schulter. »*Oui,* das ist er wohl.«

»Nun«, meinte Ganzalt, dessen Gesicht mittlerweile purpurrot angelaufen war und dessen Stimme immer keuchender klang. »Solltet ihr nicht schleunigst in eure Trollhöhle flüchten?«

»Wes'alb sollten wir das tun wollen?«

»Na ja, ihr wisst schon, die Morgendämmerung, der Sonnenschein wird euch, also ihr wisst schon ... umbringen.«

»*Non,* wird er nischt«, erklärte Pierre. »Was für ein Blödsinn.«

»Oh«, keuchte Ganzalt. Er schien nach Worten zu ringen. »Sicher nicht?«

»Ganz sischer nischt«, meinte Pierre.

»Letztes Jahr bin isch im Urlaub in den Süden an die Côte d'Azur gefahren«, warf François ein. »Wunderbarer Sonnenschein, bin rischtig braun geworden. Braun werden ist vielleischt der falsche Ausdrück, es war mehr so eine Art Oxidationsprozess.«

»Wenn Ihr vielleicht ...«, zischte Ganzalt, dessen vormals purpurnes Gesicht nunmehr fast schwarz angelaufen war, »die Freundlichkeit besäßt ... mich abzusetzen ...«

»Was sagt er?«, wollte Bertrand wissen. »Setz ihn doch mal einen Moment ab, Jean Paul. *Vite, vite.*«

Der Zauberer fiel zu Boden und lag dort eine Weile nach Luft ringend, während die Trolle beratschlagten, wie er am besten in ihr Festmahl zu integrieren sei.

»Jetzt reicht es«, meinte Ganzalt, indem er sich schwankend erhob. »Ihr habt mich wirklich wütend gemacht.«

Die vier Trolle verstummten und blickten neugierig auf den Zauberer hinab.

»Als Gentleman«, fuhr Ganzalt fort, »bin ich dazu verpflichtet, euch eine faire Chance zu geben. Bindet meine Begleiter hier los, entschuldigt euch gebührlich bei ihnen, und ich bin bereit, euch eurer Wege ziehen zu lassen. Doch ich warne euch, solltet ihr nicht auf der Stelle von eurem rüpelhaften Verhalten absehen, kann ich nicht für die Konsequenzen garantieren.«

»Welsche Konsequenzen?«, fragte François.

»Schreckliche Konsequenzen«, antwortete Ganzalt und schüttelte seine Faust. Vielleicht hielt er ihnen auch nur seine Faust entgegengestreckt, und sein ausgeprägtes Altmännerzittern sorgte für den Rest.

»Isch glaub dir kein Wort«, meinte Bertrand. »Schrecklische Konsequenzen für *wen*? Das würde isch einmal gerne wissen.«

»Schrecklisch für *ihn*, würde isch sagen«, pflichtete Pierre ihm bei.

»Soll isch ihn gleisch zertreten?«, schlug Jean Paul vor.

»Ich bin ein Zauberer«, bemerkte Ganzalt, in dessen Stimme so etwas wie verletzter Stolz mitzuschwingen schien. »Wirklich.«

»Na und?«

»Ich werde euch verzaubern. Ich kenne ein paar ziemlich unangenehme Zauber, müsst ihr wissen.«

»'a 'a 'a«, sagte Bertrand. Er sprach das Gelächter mehr als dass er es lachte, um den Zauberer besonders herablassend und sarkastisch wissen zu lassen, dass er ihm kein Wort glaubte.*

»Ich verfüge über mächtige Magie!«, meinte Ganzalt. »Manche Zaubersprüche sind geradezu schrecklich. Und ob.«

»Unge'euerlisch, *n'est-ce pas*?«, sagte François.

»O ja«, bekräftigte Ganzalt.

»Was ist dein unge'euerlischster Zauber?«, wollte François wissen.

»Ich könnte euch alle zu Stein verwandeln«, verkündete Ganzalt würdevoll. »Überhaupt kein Problem.«

»Aber wir sind schon aus Stein, du Dümmerschen«, bemerkte Pierre. »Weshalb sollte uns das Angst einjagen?«

Bingo fand, dass Pierre nicht ganz Unrecht hatte.

»Hmmm«, meinte Ganzalt, als müsste er über diesen Gesichtspunkt erst nachdenken.

»Uns zu Stein verwandeln!«, rief Bertrand. »*C'est bon!*«

»*Alors*«, meinte Jean Paul. »Zeig uns etwas Beeindruckendes.«

In der Düsternis konnte man nicht gut sehen, denn die Schatten der Bäume tauchten alles trotz der zunehmenden Morgendämmerung in Dunkelheit. Dennoch kam es

---

* Warum funktioniert das nur bei Gelächter? Wenn dir jemand einen schlechten Witz erzählt und du *ha ha* sagst, drückst du damit eine müde, fast schon desinteressierte Verachtung für seinen nur schwach entwickelten Sinn für Humor aus. Doch wenn man dir minderwertigen Pfeffer ins Gesicht streut und du *hatschi* sagst anstatt tatsächlich zu niesen, hat das ganz und gar nicht dieselbe Wirkung.

Bingos vor Schreck geweiteten Augen so vor, als würde die gewaltige Gestalt des Trolls für einen Augenblick gefrieren, bevor sie in sich zusammenfiel und auf einmal spurlos verschwunden war. Die übrigen drei wandten sich verwirrt der Stelle zu, an der gerade noch ihr Gefährte gestanden hatte. Einen Augenblick später brachen sie selbst zusammen, büßten ihre steinerne Substanz ein und zerbröselten ins Nichts. Sie schienen sich in Luft aufgelöst zu haben, und im ersten Moment mochte der Hobbnix seinen Augen nicht trauen.

Ganzalt ließ sich auf einem Felsblock nieder, der noch voller Zwergenblut war, zündete sich seine Pfeife an und paffte eine Weile nachdenklich vor sich hin. Dann stand er auf, als wäre ihm etwas Nebensächliches eingefallen. Er schlurfte zu Bingo und löste dessen Fesseln. Gemeinsam befreiten sie die übrig gebliebenen Zwerge. Fünf Minuten später drängten sich alle um das Feuer, rieben ihre steif gewordenen Glieder und warfen den immer noch vor sich hin brutzelnden Hundekadavern angewiderte, aber auch hungrige Blicke zu.

»Ganzalt?«, fragte Bingo leise. »Versteht Ihr mich jetzt?«

»O ja«, erwiderte der Zauberer, ohne aufzuhören an seiner Pfeife zu ziehen. »Ihr schient mir alle miteinander in einer unangenehmen Lage zu stecken, und so stellte ich meinen Hörzauber eine Idee höher. Die ganze Zeit lasse ich ihn aber nicht gerne laufen«, ergänzte er. »Das kostet mich zu viel Batterien … äh … Zauberkraft.«

»Was habt Ihr mit den Trollen gemacht?«, drängte Bingo.

»Habe sie zu Stein verwandelt, genau wie ich es angedroht hatte.«

»Hey, lässige Aktion, Alter«, meinte Mori, der mit den

Füßen in den Überresten der Wesen herumstocherte, »du hast sie halt voll krass in Sand verwandelt.«

»Ich sagte ja auch nicht, in *welche Art* von Stein ich sie verwandeln würde«, erklärte Ganzalt. »Das zeigt einmal mehr, dass man sich besser nicht mit einem Zauberer anlegen sollte. Ich schlage vor, ihr verteilt den Sand im ganzen Wald, und zwar in alle Richtungen. Er ist lebendig, wisst ihr, und es wäre besser für uns, wenn wir ihn daran hinderten, sich zu … ähm … sammeln. Danach sollten wir uns schleunigst wieder auf den Weg machen.«

Feige(r) Elb & Wilde(r) Elb

Drittes Kapitel

Psst

»Pssst«, sagte Ganzalt.

Sie waren vor drei Tagen weiter gezogen, erst betrübt im Gedenken an ihre vier gefallenen Begleiter, dann zunehmend abgekämpfter und schließlich wirklich schlecht gelaunt. Sie sangen keine Lieder und erzählten keine Geschichten an diesem Tag. Sie erzählten auch keine Lieder und sangen Geschichten. Am Horizont wuchsen die Berge, doch sie wuchsen nur sehr langsam.

»Ist das *der* Berg?«, wollte Bingo wissen. »Der, zu dem uns unsere Suche führt?«

»Hey, des ist halt mehr so des Prallste, des was isch jemals gehört hab«, erwiderte Mori herablassend.

»Phmmf«, machte Ohri, wobei es sich um den nasalen Ausdruck exakt derselben Empfindung handelte. »Hey oder?«, fügte er hinzu, diesmal jedoch mit dem Mund anstatt mit den Nasenlöchern.

Sie gingen eine Zeit lang schweigend weiter.

»Es tut mir schrecklich Leid«, meinte Bingo zaghaft, »dass ihr eure ... ähm ... Kameraden verloren habt. Kumpel? Brüder?«

Ohri blickte mürrisch drein und Bingo kam sich dumm vor, überhaupt gefragt zu haben.

»Wir Zwerge, Mann, wir trauern halt voll leise«, verkündete Mori. »Weißt, wir sind ein Volk, das was brutal verschwiegen und fett stark ist und so. Ein slaves Volk halt.«

»Ach so«, meinte Bingo. »Ich verstehe. Was bedeutet *slav*?«

»*Slav*«, wiederholte Mori. »Hey, des bedeutet so viel wie … des kommt aus Zwergensprache und bedeutet … ähm … hmmm. Wombl!«, rief er. »Hey, was bedeutet *slav* gleisch noch mal?«

Wombl trottete am anderen Ende der Truppe. »Ist das net Wort für so Leibeigener, Mann?«

»Hey, hast du *brain*-Ausfall oder was?«, warf Vanilli ein. »Du meinst halt *Sklave*, hey oder?«

»Ach ja, korrekt, Mann.«

»Ist des net so Meereslebewesen?«, flötete Gofur. »Ist net viel größer wie Insekt und tut so an Meeresboden leben.«

»Hey, was geht?«, widersprach Mori. »Des ist ein *Zwergen*wort, hey oder? Es hat also etwas mit Zwerge zu tun.«

Dies war der Augenblick, in dem Ganzalt »Pssst!« machte.

Alles schwieg.

»Elben!«, erklärte der Zauberer. »Seht ihr sie in den Bäumen?«

Die Gesellschaft befand sich am Rand eines großen Waldes. Dieser Wald bestand aus herrlichen silbernen Birken mit goldgrünen Blättern. Über allem hing eine Wolke betörenden Wohlgeruchs. Bingo folgte mit seinem Blick Ganzalts ausgestrecktem Zeigefinger und konnte zwischen den Ästen im Wald schmale, scharf geschnittene Gesichter ausmachen, die hochintelligent wirkten.

»Elben!«, stieß der Hobbnix hervor.

»Elben«, murrten die Zwerge.*

»Hey, Alter, müssen wir unbedingt dursch diesen verfluchten, fett elbenverseuchten Wald ziehen, oder was?«, wollte Mori wissen. »Können wir net ein Bogen drum machen?«

»Nun«, setzte der Zauberer zu einer Antwort an, die sich offensichtlich auf eine völlig andere Frage bezog. »Es gibt zwei verschiedene Elbenarten, wisst ihr. Lasst es mich erklären: Da sind die Dorianelben. Sie sind nach ihrem Stammvater Dorian Gray benannt, einem dekadenten Knilch, der nichts Besseres zu tun hatte, als ständig sein eigenes Bildnis anzugaffen. Und dann gibt es die Baumelben. Wonach die benannt sind, dürfte wohl klar sein. Das erste dieser beiden extravaganten Völker mag Pflanzen, vor allem purpurfarbene Nelken. Die pflegen sie an den gefährlichsten Orten zu pflücken und sich dann ins Knopfloch zu stecken, um sie der ganzen Welt zu präsentieren. Dieser Hang zum gefahrvollen Nelkenpflücken hat dazu geführt, dass sie auch Wilde Elben ge-

---

* Wie allseits bekannt ist, haben Elben und Zwerge nicht sonderlich viel füreinander übrig. Wenn ich sage, dass sie nicht sonderlich viel füreinander übrig haben, meine ich damit, dass sie einander nicht mögen. Doch wenn ich darüber nachdenke, fällt mir auf, dass die Formulierung, sie hätten *nicht sonderlich viel* füreinander übrig, so interpretiert werden könnte, als ob sie zumindest *etwas* füreinander übrig haben. Man könnte meinen, dass sie bei der Verwaltung ihres großen, aber eben nicht unendlichen Liebesvermögens so viel Liebe auf Ameisen und Ambosse und schöne Kleider und Blechscheren verwenden, dass einfach nicht mehr so viel Zuneigung übrig bleibt, wie sie der anderen Partei gerne schenken würden. Das war aber nicht die Bedeutung, die mir vorschwebte – ich meinte etwas ganz anderes. Vielleicht hätte ich es folgendermaßen formulieren sollen: *Zwerge und Elben hassen einander wie die Pest.* Das wäre weniger zweideutig gewesen. Doch nun ist es zu spät. O weh! Zu spät, zu spät!

nannt werden – doch sagt ihnen das auf keinen Fall ins Gesicht, denn der Ausdruck ist alles andere als nett gemeint. Die Baumelben hingegen vermeiden jegliche Gefahr. Solange keine äußere Kraft sie tötet, sind Elben unsterblich; und die Baumelben sind verständlicherweise der Auffassung, dass sie alles in ihrer Macht Stehende tun sollten, um zu verhindern, durch äußere Einwirkungen zu Tode zu kommen. Aus diesem Grund verachten Wilde Elben sie und nennen sie Feige* Elben – doch benutzt auch diesen Namen nicht und sagt ihnen das ebenfalls auf keinen Fall ins Gesicht, denn: diese Bezeichnung ist noch viel weniger nett gemeint. Bis zum heutigen Tage ist es wahr, dass Wilde Elben wild sind. Ich habe einmal einen gekannt, der doch tatsächlich leuchtend purpurne Kniehosen zu einem giftgrün-orange karierten Rüschenhemd trug! Kein Feiger Elb würde jemals den Mut aufbringen, so herumzulaufen. Zu mehr als zu dezentem Tweed reicht es bei diesen vorsichtigen Gesellen nicht.«

Mori schenkte dem alten Zauberer ein herzliches Lächeln. »Hey, Alter, du taube Nuss verstehst ja eh kein

---

* Ihr werdet doch wohl von Nathan Feige gehört haben! Nathan Feige? Der um die Jahrhundertwende geborene Schauspieler und Dramatiker? Autor zahlreicher geistvoll-ironischer Gesellschaftsstücke? – Aber Oscar Wilde ist vielleicht dem einen oder anderen ein Begriff?!? Ich fasse es nicht! Wozu die ganzen literarischen Anspielungen und intertextuellen Verweise, die ich kunstvoll in die Geschichte eingeflochten habe? Sagt bloß, es ist euch entgangen, dass die Figuren in diesem Roman alle auf Charakteren aus Dostojewskijs *Die Brüder Karamasow* basieren, die Kapitelüberschriften ein berühmtes Gedicht von Goethe ergeben und dass man, wenn man das Buch ins Hebräische übersetzt und dann rückwärts liest, sämtliche Songtexte von ABBA erhält? Wozu mache ich mir überhaupt die Mühe, wenn ich es letzten Endes doch nur mit Analphabeten zu tun habe? Das übernächste Kapitel wollte ich ursprünglich im Stil des *Nouveau roman* schreiben, aber das könnt ihr jetzt vergessen!

Wort, des isch sag«, meinte er und griff nach der runzeligen Hand des Zauberers. »Da kann isch dir ruhig mal verklären, dass du der langweiligste Labersack von ganz Obermittelerde bist, Kollege!«

»Danke, mein lieber Zwergenfreund«, erwiderte Ganzalt mit vor Rührung tränenfeuchten Augen. »Besten Dank.«

»Also«, meinte Bingo, den Ganzalts Ausführungen tatsächlich interessiert hatten. »Also die Elben da im Wald, sind das Wilde Elben oder Feige Elben?«

»Hey, schaust du mein Goldkette an, Mann. Steht da Elbenauskunft oder steht da Mori der Zwerg?«, entgegnete Mori.

Da ertönte wieder Ganzalts dröhnende Stimme. »Die Antwort auf Eure Frage lautet Nein. Andererseits fragt Ihr Euch wahrscheinlich, ob die Elben hier im Wald *Wilde* Elben oder *Feige* Elben sind. Eine vielschichtige Angelegenheit, doch ich denke, ich kann es erklären.«

Mori stieß einen Seufzer aus.

»Lord Halbelf selbst ist ein Wilder Elb, doch als Gefährten nahm er sich einen Feigen, den schönen Oilofolaf, sodass Angehörige beider Arten gemeinsam dort leben. Doch ihre Zeit ist nicht die unsere, die Tage dort vergehen anders – wie ein flüchtiges Flackern. Die Elben stehen meist nicht vor dem Mittag auf und schlafen überhaupt sehr viel.«

Als sie den exquisiten Wald betraten, schlenderte ein Elb aus dem Schatten auf sie zu und stellte sich ihnen in den Weg. Er war eine groß gewachsene, elegante Erscheinung, ganz in grünen Samt und Seide gekleidet. Sein Oberkörper war leicht zur Seite geneigt, da er eine Hand keck in die Hüfte gestützt hatte. Die Augen glitzerten, oder genauer gesagt, glitzerte eines mehr als das andere –

dasjenige nämlich, vor dem er eine kreisrunde Scheibe aus geschliffenem Glas trug.

»Ganzalt der Zauberer«, sagte er mit matter Stimme. »Und Begleitung. Welch Überraschung.«

»Ach!«, rief Ganzalt. »Sunkist, der Elb des Morgens, nicht wahr?«

»Ich bin Elbbaum, der Baumelb«, erwiderte der Elb gekränkt. »Voll Bestürzung stelle ich fest, o Zauberer, dass Ihr mich nicht wiedererkennt. Teilten wir uns nicht einst für zwei Wochen eine kleine Hütte an einem Seeufer, wo wir uns ... entspannten ... und gelegentlich schwammen? Nichtsdestotrotz grüße ich Euch und werde Euch und Eure Begleiter zu Lord Halbelf höchstpersönlich führen.«

»Ach ja, das ist natürlich eine gute Frage«, verkündete Ganzalt strahlend. »Ich würde sagen Brot, außer in den Wintermonaten, wenn es wohl eher eine Portion Spreu sein dürfte.«

Elbbaums gläserner Augenschutz blitzte im Sonnenlicht auf, als er seinen Kopf schräg legte. Der Wind strich sanft durch die Bäume hinter ihm.

Mehrere Minuten lang herrschte Schweigen.

Schließlich bedeutete Elbbaum ihnen mit einem Wink, ihm durch den Wald zu folgen.

Lord Halbelf saß hoch oben in einem Baum auf einem Thron aus Zweigen und kunstvoll zurechtgestutzten Ästen. Es war unmöglich zu sagen, wie alt er war. Er war ganz in Purpur und Blau gekleidet, trug im Auge ebenfalls ein poliertes Kristallglas und im Knopfloch die Nelke der Wilden Elben. Mori flüsterte Bingo zu, dass alle Elben auf Bäumen lebten, auch wenn es dem Rest der Welt äußerst seltsam vorkam. Und tatsächlich war Halbelf in seinem Blätterreich von zahlreichen Elben umgeben, die hochmütig auf die Reisenden hinabblickten.

»Ganzalt der Zauberer«, sprach Halbelf. »Wie schön ist es, Euch wiederzusehen. Verläuft Eure Suche zufriedenstellend?«

»Schätzungsweise halb fünf«, antwortete Ganzalt. »Schwer zu sagen«, fügte er hinzu, »so ganz ohne Uhr.«

»Und Ihr seid Thothorin, der König der Zwerge, wenn ich mich nicht irre«, fuhr Halbelf gelassen fort.

Thothorin machte eine so tiefe Verbeugung, dass sein Bart auf dem Boden wie ein kleines Pelztier vorwärts kroch. »E-es i-ist k-krasse E-ehre, h-hier in f-fett b-berühmten E-elbenpapalast z-zu s-sein, h-hey i-isch schschwör«, erklärte er.

»Pardon?«, fragte Halbelf. »Ich fürchte, ich habe Euch nicht ganz ...«

Mori kam ihm zu Hilfe. »Hey, unser Chef, der König, hat halt endkorrekte Begrüßung gemacht – weissu, wie isch mein, Lord Halbelf, Mann?«

»Thothorin«, meinte Thothorin kleinlaut und blickte zu Boden.

»Unsere Reise war halt voll brutal«, sprach Mori weiter. »Story, ja? Wir haben mehrere Mitglieder von unsere Gesellschaft verloren – Brüder, Kameraden, die einen krass endruhmvollen Tod gefunden haben.«

»Tatsächlich?«, erkundigte sich Halbelf, mit einem Mal hellwach. »Wie das?«

»Trolle«, verkündete Mori düster. »Vier von unsere Kameraden mussten sterben tun, bevor wir die oberüblen Monster vernischten konnten, hey. Qwalin, Nasi, Klön und Bifi. Ihre Namen mögen in alle Ewigkeit mit Respektcredits genannt werden.«

»Oje«, erwiderte Halbelf. »Einen Zwerg zu verlieren

mag als Unglück gelten. Vier zu verlieren ist fast Schlamperei.«

Die Elben um ihn herum lachten ihr glockenhelles Lachen.

»Hey, Kollege, hast du irgendein Problem? Lachst du über misch, oder was?«, wollte Mori wissen, dem die Zornesröte ins Gesicht stieg.

»Einen Zwerg zu verlieren«, wiederholte Halbelf, »mag als Unglück gelten. Vier zu verlieren ist fast Schlamperei. Das ist ein Bonmot.«

»Hey, Mann, soll des ein Witz sein, oder was?«

»Nein, ein Bonmot.«

»Findest du des vielleischt lustig, dass vier Leute gestorben sind?«, sagte Mori. »Wieso ist es schlampig, wenn einem vier Freunde *gekillt* werden? Was redst du da von Schlamperei, Mann? Außerdem ist des doch fett tragisch und net komisch, hey oder?«

Halbelf wirkte ein klein wenig beunruhigt. »Die Guten enden glücklich, die Bösen unglücklich, das ist es, was man unter Zwergentum versteht.«

»Hey, Pause. Was geht denn jetzt ab?«, ereiferte sich Mori. »Sind schon mal vier von deine Freunde auf ein Schlag gestorben, Alter? Fändest du des korrekt, dass disch einer als schlampig bezeichnen tut, wenn ...«

Elbbaum trat einen Schritt nach vorne. »Ich fürchte, hier liegt ein Missverständnis vor. Elben und Zwerge, lasst uns nicht zu Feinden werden.«

»Auf keinen Fall«, stimmte Halbelf träge zu. »Denn in der Wahl seiner Feinde kann man gar nicht vorsichtig genug sein.«

Mehrere Elben im Baum hinter ihm fingen wieder an, erheitert und melodiös zu kichern.

»In der Wahl seiner Feinde, hey oder?«, fragte Mori.

»Was soll das heißen? Man tut sisch seine Feinde net einfach so *auswählen*, Mann. Weißt so, ›Hey, der hat schwule Frisur, des ist jetzt voll mein Erzfeind.‹ Das ist doch voll der Schwachsinn, des was du von dir geben tust.«

»In der Tat, Lord Halbelf. Eure Aussage scheint mir nicht den geringsten Sinn zu ergeben«, pflichtete Bingo dem Zwerg bei.

Niemand sagte etwas.

Ganzalt brach das Schweigen, indem er einmal kurz markerschütternd hustete, doch dann verstummte auch er wieder.

Mit einigem Unbehagen gewahrte Bingo, dass die Augen aller auf ihm ruhten. Verzweifelt suchte er nach einem unverfänglichen Gesprächsthema. »Muss schrecklich sein, auf einem Baum zu leben«, meinte er schließlich. »Könntet ihr nicht einen schönen, modernen Graben ausheben und unter der Erde leben, wie es Gottes Wille ist? Was gut genug für Tote ist, ist doch mit Sicherheit auch gut genug für euch! Da drüben ist zum Beispiel ein ausgesprochen hübsches Fleckchen Erde.«

»Dem ist korrekt«, erklärte Mori. »Hey, auf Bäume leben? Ist des euer Ernst?« Er warf einen Blick in die Runde. »Das war jetzt eben keine eschte Frage, checkt ihr – halt eher so rhetorisch.«

»Wohl wahr, das Leben ist schrecklich«, verkündete Halbelf. »Es gibt auf der ganzen Welt nur eins, was schlimmer ist, als ein Elb zu sein, und das ist, *kein* Elb zu sein.«

Ein Dutzend Elben lachte, was sich wie das Gezwitscher eines Schwalbenschwarms anhörte. Dann ebbte die Heiterkeit ab.

»Das verstehe ich nicht«, sagte Bingo. Unruhig bemerkte er, wie sich Dutzende Elbenaugenpaare auf ihn richteten und ihn von oben durch ihre geschliffenen Kristallgläser betrachteten.

»Ihr *versteht* es nicht?« Zum ersten Mal klang Halbelf verärgert. »Was ist denn daran so schwierig?« Er rückte sich sein kunstvoll gearbeitetes Elbenmonokel zurecht.

»Ich will damit nur sagen«, setzte Bingo vorsichtig an, »dass ich es nicht ganz … also, ich meine, wenn Ihr das sagt – seid Ihr denn nicht *gern* ein Elb?«

»Natürlich bin ich das«, fuhr Halbelf ihn an. »Welch absurde Frage!«

»Es ist doch aber so«, erwiderte Bingo. »Indem Ihr sagt, *es gäbe auf der ganzen Welt nur eins, was schlimmer sei, als ein Elb zu sein*, setzt Ihr voraus, dass es furchtbar ist, ein Elb zu sein, und dass nur *kein Elb zu sein* noch furchtbarer ist.« Langsam aber sicher fand er Gefallen an dem Thema. »Im Grunde behauptet Ihr, dass das Dasein an sich entsetzlich ist und das Elbendasein lediglich dadurch hervorsticht, dass es eine Spur weniger entsetzlich ist als jede andere Existenzform. Ich denke, ich kann es verstehen, wenn jemand einen derart nihilistisch-absolutistischen Standpunkt vertritt, doch es ist schwierig, das Ganze als … als *Witz* aufzufassen, meint Ihr nicht? Ich begreife nicht, weshalb das komisch sein soll – ich meine, wenn das Dasein wirklich *so* eine grässliche Angelegenheit ist, wären dann nicht viel eher Tränen und Wehklagen angebracht?«

Viele Minuten lang herrschte Schweigen in den Bäumen. Schließlich sprach Halbelf. »Wie dem auch sei, am besten kommt ihr hoch und trinkt einen Tee mit uns.«

Also kletterten Bingo und alle anderen die Bäume an elegant geschnitzten Holzleitern empor und machten es sich in einem Halbkreis um Halbelfs Thron bequem, nachdem sie unsicheren Schrittes über schaukelndes Astwerk balanciert waren. Im Nu war der Tee serviert; man nippte eifrig daran und knabberte an dem biskuitartigen Elbeneinwegbrot. Ganzalt rauchte. Halbelfs Gesicht war zu einem etwas verkniffenen, schmerzerfüllten Ausdruck verzogen, als hätte er mehr von seinen Gästen erwartet. Da bemerkte er: »Ich war immer der Meinung, dass Arbeit der Fluch der Tee trinkenden Klasse sei.« Ein süffisantes Lächeln umspielte seine Lippen. Doch während seine Jünger kurzzeitig amüsiert vor sich hin gluckten, stieß die Bemerkung bei den Zwergen lediglich auf Unverständnis, sodass Halbelf verstummte.

Alsbald war der Tee getrunken und alle hatten die letzten Krumen des nährwertlosen Gebäcks verzehrt.

Die Gesprächspause wurde immer länger und bedrückender.

»Endlich«, meinte Halbelf. »Hier kommt mein Gefährte, Oilofolaf der Schöne. Ohne Zweifel wird er unser Treffen beleben. Oilofolaf! Huhuuu! Hier oben.«

Ein stämmigerer, ganz in Grün gekleideter Elb mit hoher Stirn und einer leicht klobigen Nase erklomm die Leiter. »Gäste? Wie entzückend, wie wunderbar! Ist das Ganzalt, den ich da gegen den Baumstamm gelehnt vor sich hin dösen sehe? Und Zwerge – fabelhaft! Wir müssen unbedingt eine Party veranstalten.«

Man wurde miteinander bekannt gemacht.

»Ihr seid also tatsächlich ein Hobbnix?«, erkundigte sich Oilofolaf bei Bingo. »Woher kommt Ihr, kleiner Mann?«

»Aualand«, erläuterte Bingo. »Kennt Ihr es?«

»Durchaus«, erwiderte der Elb. »Sehr flach. Aualand.«

»Oh«, meinte Bingo. »Ja, also, einige Hügel gibt es schon, aber es ist wohl insgesamt recht flach …«

»Und Ihr wollt zum Nobelgebirge?«

»In die Richtung.«

»Na, dann scheint es mit Euch endlich wieder bergauf zu gehen, wie?«, meinte Oilofolaf mit samtiger Stimme.

Bingo vernahm Gekicher in seinem Rücken. »Ja, sicher.«

»Olaf«, sagte Halbelf. »Es tut mir Leid, dir mitteilen zu müssen, dass unsere Freunde vier ihrer Kameraden verloren haben.«

»Du meine Güte«, erwiderte Oilofolaf, während er an seinem Tee nippte. »Wie denn das?«

»Anscheinend sind sie von Trollen gefressen worden.«

»Grässliche Wesen, diese Trolle«, murmelte Oilofolaf.

»In der Tat«, sagte Halbelf und fügte dann flüsternd hinzu: »Und unsere Gäste sind äußerst empfindlich, was die Angelegenheit betrifft, also pass auf.«

»Aufpassen«, entgegnete der Feige Elb. »Natürlich. Ohne Zweifel ein heikles Thema – jedoch ...«, ergänzte er und stimmte ein Lied an, beziehungsweise verfiel in einen halb gesungenen, halb vorgetragenen Sprechgesang:

Oh, seid nicht allzu grässlich zu den Trollen,
Wenn sie uns endlich in die Hände fallen wollen,
Auch wenn man manchmal streng sein muss,
Gebt ihnen ein Törtchen mit Zuckerguss.

Er schloss mit einem hastig dahin gemurmelten, »Danke, vielen Dank, zu freundlich«, bevor er sich wieder zurücklehnte.

Der Wind raschelte in den Blättern der Baumwipfel. Irgendwo unter ihnen bellte ein Fuchs.

»Reizend«, sagte Halbelf trocken.

»Zuckerguss?«, fragte Bingo zweifelnd.

Da ergriff Mori das Wort. »Hey, wir würden fett gerne

noch länger bleiben tun, aber unsere Reise ist halt noch endlang.«

Die Zwerge gerieten in Bewegung. Einer nach dem anderen erhob sich.

»Natürlich«, meinte Halbelf. »Ihr müsst weiter. *Bon voyage*. Bitte erlaubt uns, Euch etwas mit auf den Weg zu geben: lang haltbare Lebensmittel, elbische Segenssprüche und dergleichen. Wohin reist ihr doch gleich wieder?«

»Über das Gebirge«, gab Mori Auskunft. »Durch den großen Wald.«

»Ach«, meinte Halbelf. »Wie aufregend!«

»Zum Einzigen Berg.«

»Tatsächlich? Ist das nicht der Wohnsitz von Schmauch dem Drachen?«

Die Zwerge nickten, wobei sie ausgesprochen grimmig aussahen.*

»Nun denn, viel Glück, viel Glück! Schaut doch auf dem Rückweg wieder vorbei, wenn ihr in der Nähe sein solltet.«

»Oh!«, rief Ganzalt, der sich gerade zu einem fünften Stück Elbenkeks verholfen hatte. Verwirrt stellte er fest, dass alle anderen längst aufgestanden waren und von den Bäumen kletterten. »Geht es schon weiter?«

---

* Es ist selbstverständlich leicht, grimmig auszusehen, wenn man einen dichten, langen Bart hat. Schwierig wird es erst, wenn man einen dichten, langen Bart hat und *nicht* grimmig aussehen möchte.

Schmollum

Viertes Kapitel

Finsteres Rätselraten

Der nächste Morgen war ein so klarer und wunderschöner Hochsommermorgen, wie man ihn sich nur wünschen kann. Die Sonne tanzte auf dem Wasser.* Ganzalt, Bingo und die Zwerge wanderten auf das Nobelgebirge zu, das sich noch immer am Horizont erhob.

»Ist das unser Ziel?«, fragte Bingo, der neben Mori herhinkte. Blinde Hoffnung hatte ihn zu der Frage getrieben, obwohl er tief in seinem Innern ahnte, dass die Antwort alles andere als positiv ausfallen würde.

»Nein«, entgegnete Mori. Dann fügte er unter melodischem Singsang, die Tonleiter abwärts, hinzu: »Nein nein nein nein nein nein nein nein.« Schließlich meinte er, »Nein, Kollege, neinoneinonein. Irgendwie müssen wir *auf andere Seite* von Nobelgebirge kommen, weißt du, den brutal breiten Fluss Misissiisiisisiissississippisipisipisipso-

---

* Dieser Satz ist natürlich nicht wörtlich gemeint, sondern metaphorisch. Er will also lediglich besagen, dass die Sonnen*strahlen* von einer Elementarwelle zur nächsten tanzten und dabei headbangten – wie kleine Photonenpakete auf Amphetaminen. Stellt euch bloß vor, die Sonne würde tatsächlich auf dem Wasser tanzen! Herrje! Das würde nicht nur den qualvollen Flammentod unserer Helden bedeuten, sondern der ganzen Welt, eine globale Apokalypse und den endgültigen Untergang! Du meine Güte!

factoisisipisi* überqueren und uns dann einen Weg dursch den schrecklischen Dunkelwald suchen. Hey, weißt, erst dann kommen wir langsam zu Einzigen Berg.«

»Zum Einzigen Berg?«

»Hey, des ist natürlisch net wirklisch der einzige Berg von ganze Welt. Genauer gesagt gibt es noch fett viele andere Berge. Aber es ist halt der *Einzige Berg von Bedeutung, wenn man ein Zwerg isch*, weissu wie isch mein? Ein paar Tage müssen wir halt schon noch gehen, Mann. Hey, kleiner Tipp: Wenn wir voll schnell gehen, sind es ein paar Tage weniger, hey oder? Also, *pronto*, Kollege.«

Eine Zeit lang humpelte Bingo schweigend weiter. Dann sprach er ein Thema an, das ihm schon des Längeren im Hobbnixmagen lag. »Mori, ich werde den Gedanken nicht los, dass der Zweck unserer Suche …«

»Gold«, fiel ihm Mori ins Wort, ohne ihn anzusehen.

»Ja, klar, sicher. Gold. Selbstverständlich, aber ich werde den Gedanken nicht los, dass es bei unserer Suche – obwohl es angeblich um Gold …«

»Gold«, pflichtete Mori ihm bei.

»… um Gold geht, ja, aber dass es bei unserer Suche in Wirklichkeit eigentlich gar nicht um Gold geht.«

Die beiden gingen mehrere Minuten lang weiter, ohne dass auch nur eine gesprochene Silbe die morgendliche Stille gestört hätte.

»Und?«, meinte Bingo auffordernd.

»Hä?«, erwiderte Mori.

»Hab ich Recht?«

»Wie jetzt, Rescht?«

---

* Der Einfachheit halber wird besagter Fluss in der Folge als M***-Fluss bezeichnet.

»Wegen unserer Suche.«

»Gold«, verkündete Mori mit lauter Stimme. »Darum geht es hier, Mann. Ja, logo hey, wieso? Hey, jetzt muss isch aber ... isch muss ... ähm ... also ... muss voll wischtig mit einem von die anderen reden.«

Und weg war er.

An jenem Abend legte sich die Gesellschaft zum Schlafen unter einige große Stachelbeersträucher. Gegen Mittag des folgenden Tages erreichten sie die Ausläufer der Nobelberge. Diese gewaltige Gebirgskette, deren schneebedeckte Gipfel wie riesige Totenköpfe hoch in den Lüften thronen, erstreckt sich von den eisigen Regionen des Holunderbadberges im Norden schier endlos bis hin zum Höllentor von Rhodin im Süden. Die steilen Abhänge der unzähligen Berge glitzern eisig und weiß vor Schnee in der Sonne. Am Fuß dieser in den Himmel emporragenden, undurchdringlichen Felswand zu stehen bedeutet, von Ehrfurcht gepackt zu werden vor der majestätischen Schönheit der Natur. Wie jedes atemberaubende Gebirgsmassiv lösten die Nobelberge Erhabenheit und Begeisterung in der Brust eines jeden Wanderers aus. Ihr bloßer Anblick genügte, um ihm die Sprache zu verschlagen.

»Verdammter Mist«, meinte Bingo, als er sich auf einen Felsblock sinken ließ und seine wunden, pelzigen Zehen zu massieren begann. »Und da müssen wir oben drüber, oder wie?«

»Berge, hey«, verkündete Mori, eine Träne im Auge. Mit einem Finger spielte er verzückt an seinen Barthaaren herum. »Krasskrasskrasskrasskrasskrasskrasskrass-krasskrasskrasskrasskrasskrasskrasskrasskrasskrasskrass krasskrasskrasskrasskrasskrasskrasskrasskrasskrasskrass krasskrasskrasskrasskrasskrass schöne Berge.«

»Aha, Zwerge mögen also Berge«, folgerte Bingo messerscharf.

»Net wirklisch, Mann«, erklärte Mori. »Wir sind halt mehr so lieber *unter* die Berge, verstehst du? Aber schau dir die geilen Teile doch bloß mal an, hey! Der Berg da drüben, hey, sieht Endphase krass aus.«

»Und wir müssen auf die andere Seite.«

»Ähm, ja, Mann«, sagten die Zwerge einstimmig.

Bingo betrachtete seine angeschwollenen, blutroten Füße, in denen der Schmerz pochte. »Haben wir denn die nötige Bergsteigerausrüstung? Seile, dicke Socken, all so etwas?«

»Ähm, nein, Mann«, sagten die Zwerge einstimmig.

»Also ich glaube wirklich nicht, dass wir über diese Berge klettern sollten, meine Füße machen da nicht mit; werden nicht sonderlich gut mit Schnee fertig. Ganzalt?« Damit wandte sich Bingo an den betagten Zauberer, wobei er vorsichtshalber seine Stimme erhob. »Ganzalt? Habt Ihr etwa vor, über die Berge zu klettern?«

Die Frage musste lediglich acht- oder neunmal wiederholt werden, bevor Ganzalt sie verstand. Der Zauberer war damit beschäftigt gewesen, die Berggipfel zu zählen, indem er mit dem Finger auf einen nach dem anderen deutete und lautlos die jeweilige Zahl vor sich hinmurmelte.

Als Bingos Frage schließlich zu ihm durchgedrungen war, schnaubte der Zauberer verächtlich. »Klettern?«, knurrte er bissig. »Sehe ich vielleicht wie ein Bergsteiger aus?«

»Wie ein *was*, Alter?« Mori legte sich die Hand ans rechte Ohr und blickte den Zauberer mit gerunzelter Stirn an.

»Seid Ihr taub?«, fuhr Ganzalt den Zwerg an. »Ob ich

vielleicht wie ein *Bergsteiger* aussehe, habe ich gesagt! Nein, nein, nein. Klettern ist nicht, das würden wir nie schaffen. Zum Glück können wir *unter* den Bergen durch.«

»Dursch Salva Tor?«, wollte Tori ehrfürchtig wissen, während sich blankes Entsetzen auf seinem Gesicht abzeichnete.

»Hey, dursch die krass tiefen, voll extremen Höhlen unter Gebirge, hey oder?«, ergänzte Vanilli.

»Und wieder nach draußen dursch Höhle, die was Schwemme heißt und dursch die der scheißkalte Fluss Zwick fließt?«, sagte Milli.

»Nein, macht euch doch nicht lächerlich«, lautete Ganzalts unwillige Antwort. »Ich meine *durch* das Salva Tor – und wieder nach draußen durch das Höhlenlabyrinth und die Schwemme mit dem eisigen Zwick auf der anderen Seite. Das ist der einzig vernünftige Weg, alles andere wäre Unfug.«

»Aber Salva Tor ist voll krass verzaubert, weißt schon, Alter«, gab Milli zu bedenken.

»Ach ja«, erwiderte Ganzalt ächzend, während er sich auf einem Baumstumpf niederließ und seine Pfeife herausholte. »Ich bin froh, dass Ihr mich das fragt, mein wackerer junger Zwerg. Ja, fürwahr, ein außerordentlich wichtiger Punkt. Doch keine Sorge: Ich habe die Bergspitzen sorgfältigst gezählt. Es scheint nicht einen einzigen Gipfel mehr zu geben als bei meinem letzten Aufenthalt hier.«

Zwerg sah Zwerg sah Hobbnix an, doch keiner hatte auch nur die leiseste Ahnung, wovon der Zauberer sprach.

»Ich glaube also wirklich nicht, dass wir uns *deswegen* Sorgen machen müssen«, erklärte Ganzalt mit einem zufriedenen Lächeln. »Allerdings ist das Salva Tor verzaubert. Vermutlich war dieser Umstand niemandem von euch bewusst. Ich werde mir das Hirn zermartern müssen, um auf das Zauberwort zu kommen! Und zusätzlich werde ich ein paar meiner wirksamsten Öffnungszauber anwenden.«

Nachdem der Zauberer seine Pfeife fertig geraucht und anschließend zehn Minuten lang zähflüssigen Schleim ausgehustet hatte, wanderte die Gesellschaft weiter. Sie kamen durch weitläufige Täler, ließen einen unheimlich aussehenden See hinter sich und erreichten schließlich das Salva Tor. Es war Nachmittag, die Schatten wurden länger. Rosenrotes Licht lag wie ein zarter Schleier der Hoffnung über den Ländereien im Westen – den Feldern, dem Unterholz und den Wäldern, Heuhaufen und vereinzelten Hütten. Bingo ließ seinen tränenfeuchten Blick über das Land schweifen, das er nun zurücklassen musste. Hinter ihm lag alles, was er kannte. Vor ihm lag nur geheimnisvolles Dunkel.

Ganzalt stieß beim Salva Tor auf die eine oder andere Schwierigkeit. Der mächtige Eingang war einst aus einem einzigen, riesigen Block Anthrazit gemeißelt worden, zwölf mal zwölf Meter, und Yale von Yore hatte das Tor mit einem großen und schrecklichen Zauber belegt. Eine Weile saß Ganzalt da und rauchte, während er unverständliches Zeug vor sich hin murmelte. »Zwei Dinge gilt es zu beachten bei meinem Zauber«, erklärte er schließlich. »Zuerst müssen wir herausfinden, wo genau sich die Tür befindet. Es nützt nichts, wenn ich blind Zaubersprüche gegen einen soliden Felsen schleudere, ohne zu wissen, wo er sich öffnen soll!«

»Und wie können wir herausfinden, wo die Tür ist?«, wollte Bingo mit unsicherer Stimme wissen. Ehrfurchtsvoll betrachtete er die glatte schwarze Wand des Massivs, die ausgesprochen massiv wirkte – was genau genommen die Aufgabe eines Massivs ist.

»Aber nein«, erwiderte Ganzalt. »Wie seid Ihr nur auf diesen Gedanken verfallen? Zuerst einmal müssen wir herausfinden, wo die Tür überhaupt *ist*. Doch die Ränder werden nur bei Mondlicht sichtbar. Heute ist Neumond, also wird es nichts mit dem Mondlicht. Ich bezweifle auch, dass morgen ausreichend Mondschein vorhanden sein wird, um uns den Umriss der Tür zu zeigen. Außerdem sieht es reichlich bewölkt aus, ohne Aussicht auf baldige Wetterbesserung. Alles in allem«, sagte er, wobei er zwischen den einzelnen Sätzen an seiner Pfeife zog, »kann es uns passieren, dass wir hier vierzehn Tage feststecken. Vielleicht sollten wir besser aufgeben?«

Anstatt lautstark gegen den Vorschlag des Zauberers zu protestieren, legten sich sämtliche Zwerge im Zustand tiefster Depression auf den Boden. Erstaunt fragte Bingo sich, ob ihnen vielleicht der Verlust ihrer Kameraden seelisch zugesetzt und ihren Kampfgeist gebrochen haben mochte.

»Mondlicht«, setzte Bingo an, »ist letztendlich nichts anderes als Sonnenstrahlen, die vom Mond reflektiert werden. Können wir den Fels nicht mit reflektiertem Licht der Sonne bestrahlen? Für die Tür dürfte das keinen Unterschied machen, oder?«

Ganzalt tat, als hätte er den kleinen Hobbnix nicht gehört, und vielleicht – ja sehr wahrscheinlich sogar – hatte er ihn tatsächlich nicht gehört. Doch Mori war sehr angetan von der Idee. Auf der Stelle schüttelte er seine Niedergeschlagenheit ab und packte mit Bingos Hilfe einen von Thothorins Schilden aus. Sie lehnten den Schild so gegen die Felsen, dass das Sonnenlicht auf die silberne Innenfläche traf und von dort auf die schwarze Felswand vor ihnen geworfen wurde. Augenblicklich wurde der Umriss einer riesigen Tür sichtbar sowie etliche, elegant in den Stein gemeißelte Zeilen Elbisch.

»Was bedeuten die silbernen Buchstaben, Ganzalt?«, flüsterte Bingo ehrfurchtsvoll.

»Hä?«, entgegnete Ganzalt.

»Die Elbenschrift an der Tür«, sagte der Hobbnix lauter und deutete auf die Zeichen. »Was heißt das?«

»Was?«

»WAS BEDEUTET DAS ELBISCH?«, schrie Bingo direkt ins Ohr des Zauberers. »DA! DA!«

»Was?«, meinte der Zauberer und folgte Bingos ausgestrecktem Arm. »Ach, sieh an! Elbenzeichen! Seht nur!«

»Was bedeuten sie, Mann?«, riefen drei Zwerge gemeinsam.

»Wie bitte? Was sie bedeuten?«, fragte der Zauberer.

Er betrachtete die Zeichen mehrere Minuten lang. »Kringel, Striche, Punkte«, stellte er fest. »Keine Ahnung. Das dort sieht ein bisschen wie ein P aus. *Poqqop*? Sagt das jemandem etwas?«

Die Zwerge, die mittlerweile alle in einer Reihe standen, wirkten nicht sehr beeindruckt. »Hey, Alter, willst du damit sagen, dass du des net abchecken kannst, oder was?«, wollte Mori vorwurfsvoll wissen. Ganzalt konnte die Frage in den Zwergenmienen lesen, auch wenn er Moris akustischen Tadel höchstwahrscheinlich nicht vernommen hatte.

»Woher denn auch?«, meinte er mürrisch. »Schließlich bin ich kein Elb, sondern ein Zauberer. Passt bloß auf! Habt gefälligst mehr Respekt vor Zauberern, erbärmliches Zwergenpack.«

»Vergiss die Schrift, Alter«, sagte Mori, indem er verärgert den Kopf schüttelte. »Kannst du wenigstens die

Tür mit Zauberspruch aufmachen, weissu, wie isch mein?«

»Ich habe doch gerade eben erklärt, dass ich die Schrift *nicht* lesen kann«, erwiderte der Zauberer verdrossen. »Aber ich sag euch was: Wieso öffne ich stattdessen nicht einfach die Tür mit einem meiner Zaubersprüche?«

Die Zwerge nickten, was man aufgrund der mangelnden Länge ihrer Hälse (und ihrer ganzen Körper) hauptsächlich am Wackeln ihrer Bärte sah.

Ganzalt ließ sich vor der Tür nieder und steckte seine Pfeife an. »Passt bloß auf«, murmelte er vor sich hin. »Jetzt kommt der mächtigste Öffnungszauber, den ich kenne.« Er atmete aus, atmete tief ein und hob dröhnend an: »*Quandog quandoggli*.«

Nichts geschah.

»*Quandog quandoggli*«, wiederholte Ganzalt, diesmal noch eindringlicher.

Nichts geschah.

Ganzalt sog eine Weile nachdenklich an seiner Pfeife. »Versucht einen anderen Öffnungszauber«, schlug Bingo vor. Der greise Mann sah ihn weise an.* Dann räusperte er sich.**

»*Quandog quandoggli*«, sagte er.

»Ich fürchte fast, dieser spezielle Zauber wirkt nicht sonderlich gut«, meinte Bingo vorsichtig.

»*Quandog quandoggli, quandog quandoggli, quandog quandoggli*«, gab Ganzalt in atemberaubendem Tempo von sich.

»Ich denke nicht ...«

»QuanDOG«, versuchte es Ganzalt. »QUANDoggli.«

---

* In diesem Satz liegt doch tatsächlich ein Binnenreim vor!

** Hier leider nicht.

»Also ich bin mir beinahe sicher, dass keines dieser Wörter das Zauberwort ist«, rief Bingo so laut er konnte. Das Tageslicht wurde zunehmend schwächer. Sobald die Sonne untergegangen war, würde ihnen nichts anderes übrig bleiben, als die mondlose Nacht im Freien zu verbringen. Dieser Gedanke behagte dem Hobbnix gar nicht. Ihm gefiel der unheimlich aussehende See nicht, an dem sie vorhin vorbeigekommen waren. Irgendwie sah das tiefdunkle Wasser unheimlich aus. »Vielleicht …«

»*Qua-aa-andoggli*«, sagte Ganzalt in einem seltsamen Singsang, wobei er trillernd beim hohen C anfing und dann immer tiefer wurde, sodass er die letzte Silbe in dunkelstem Bariton brummte.

»Vielleicht wäre es ratsam, irgendein anderes Zauberwort …«

»QUANDOG!«, rief Ganzalt. »QUANDOGGLI! QUAN-AGH! ACH! A-KEUCHKAHKOOKAH!«

Es folgte der schlimmste Hustenanfall des Zauberers, den Bingo bisher miterlebt hatte.

Ganzalt stieß aus, »HU-KHAA! HU-KHAA! HU-KHAA! HU-KHAA!« Er meinte, »KLAK! KLAK! KLAK!« und atmete tief ein, bevor er fortfuhr: »HUUUUCH! HU-HUAAACH!« Hierauf verlor er seinen Hut, da sein Kopf beim Husten unkontrolliert nach hinten und vorne geschleudert wurde. »WO-HOHOWO?«, keuchte Ganzalt, als würde er eine Frage stellen. Dann sagte er mit leiser und kläglicher Stimme »Ojemine«, um sofort mit großem Nachdruck »Hust! Hust! Hust! Hust! Hust!« hinzuzusetzen.

Als der Anfall endlich vorbei war, ließ sich der Zauberer langsam zu Boden sinken und krächzte unter hörbarem Stöhnen, »Gebt mir eine Minute.« Erfolglos kramte er in einer Tasche seines Ponchos nach Tabak.

»Seht!«, rief Bingo.

Es war unmöglich zu sagen, welches der Geräusche, die der Zauberer unbeabsichtigt hervorgebracht hatte, die Tür dazu gebracht hatte, sich zu öffnen. Doch offen war sie – so offen, wie man sie sich nur wünschen konnte. Ganzalt musste zufällig *in extremis* auf das Zauberwort gestoßen sein, ohne sich dessen bewusst zu sein.* Die Zwerge jubelten verhalten. Es schien fast so, als sei das Glück endlich einmal auf ihrer Seite.

Sie packten den wimmernden, aschfahlen Zauberer und trugen ihn ohne viel Federlesens durch die Öffnung im Fels. Als sie die Schwelle überschritten hatten, begann die Tür sich ächzend hinter ihnen zu schließen.

Sobald sie Fackeln angezündet hatten, erkundeten sie das Innere. Sie befanden sich in einer riesigen Eingangshalle, die direkt aus dem Stein gehauen zu sein schien. Unzählige Treppen führten von hier aus nach oben und nach unten. »Hey, des hier ist konkreter Platz für so Lager«, schlug Mori vor. »Hey, isch schwör halt, wenn wir ausgeruht sind, finden wir schon Weg dursch diesen krassen Berg.«

Alle erklärten sich einverstanden.

Sie machten ein Feuer unter ihrem tragbaren Kessel und kochten gepökeltes Rindfleisch mit Salzkartoffeln und – zwecks Würze – gepökeltem Knoblauch. Um die Mahlzeit hinunterzuspülen, tranken sie mit Salz kon-

---

* Jaja, ich weiß, das werden jetzt wieder einige unwahrscheinlich und an den Haaren herbeigezogen finden. Dabei geschehen tagtäglich die unglaublichsten Zufälle. Die Welt ist ein seltsamer Ort – viel seltsamer, als die meisten Leute glauben. Überhaupt kann es mir gleichgültig sein, was ihr denkt. Wenn ihr bis hierher gekommen seid, habt ihr das Buch ohnehin schon längst gekauft, und die Honorarzahlungen fließen auf mein Schweizer Bankkonto.

serviertes Bier. Ein Festessen, das genauso satt wie durstig machte. Nach ungefähr vierzig Minuten schien Ganzalt sich so weit von seinem Hustenanfall erholt zu haben, dass er ein Stück Fleisch (»Ich möchte nur ein Stückchen«, wie er es formulierte) und einen Schluck Bier (»… nur ein Schlückchen …«) zu sich nehmen konnte. Binnen weniger Minuten war er betrunken und vertrieb sich die Zeit damit, sechzehn oder siebzehn Mal hintereinander »Stückchen-Schlückchen-Stückchen-Schlückchen« zu sagen. Dann verdüsterte sich seine Stimmung. »Dunkel hier«, bemerkte er. Mehrmals.

Er steckte sich seine Pfeife an und rauchte eine Zeit lang schweigend vor sich hin.

»Ein unglaublicher Ort«, meinte Bingo zu Mori, der neben ihm saß und seine Axt polierte.

»Endkrass«, erwiderte der Zwerg lakonisch.

»Und diese riesengroße Halle wurde von Zwergen aus dem massiven Fels gehauen?«

»Hey, isch schwör«, antwortete Mori, »und so Gewölbe, die noch hundertmal größer sind! Tausend Meter hoch und viele Kilometer lang. Hey, und gestützt werden die Hallen von voll coolen … so Dingern … Säulen, weißt schon. Die sind auch endhoch und echt krass. Sieht alles fett nach Respekt aus, Mann. Dann gibt es da riesige Treppen aus eschtem Marmor, voll teuer, sag isch dir. Mansche von Gewölbe sind so lang und so breit wie das ganze Nobelgebirge, Mann. Das musst du dir mal vorstellen! Du siehst hier halt mit deinen unwürdigen Augen die Großen Zwerghallen von Zwerghalla, die Minen von Mario – hey, der Mario, weißt, der war krass berühmter Zwerg, der was voll viele so Abenteuer bestanden hat. Die Minen von Mario sind fett größte Errungenschaft von unseren Volk, Kollege!«

»Potz Blitz«, sagte Bingo.

Eine Zeit lang saßen sie schweigend nebeneinander.

»Und all das«, setzte Bingo zu einer Frage an, die ihm soeben in den Sinn gekommen war, »wurde mit welchen Werkzeugen aus dem Stein gehauen? Mit Äxten?«

»Spaten, Mann«, meinte der Zwerg, wobei er absichtlich in eine andere Richtung zu blicken schien.

»Mit Spaten? Das alles hier? Du meine Güte. Gibt es dann also, mit Verlaub gesprochen, viele Zwerge auf der Welt?«

»Wir spreschen net gerne über unsere persönlische Angelegenheiten, hey oder? Ist halt privat«, erwiderte Mori.

»Aber nehmen wir doch einmal an«, fuhr Bingo lebhaft fort, »es gäbe – ach, was weiß ich – zehntausend Zwerge auf der Welt. Wie viel Fels kann ein einzelner Zwerg im Laufe eines Jahres mit einem Spaten abtragen?«

»Hey, das sind vielleischt die großen Geheimnisse der Zwergenbergleute, Mann«, murmelte Mori, der immer noch angestrengt in eine andere Richtung sah.

»Sagen wir eine halbe Tonne. Das macht fünftausend Tonnen im Jahr, also fünfhunderttausend Tonnen im Laufe eines Jahrhunderts; vorausgesetzt jeder Zwerg auf der Welt arbeitet ohne Unterbrechung. Das würde gerade einmal ausreichen, um die Eingangshalle hier fertig zu stellen.«

Mori grummelte etwas, wovon nur »vielleischt« und »schwer zu sagen, hey« zu verstehen waren.

Bingo fuhr unbeirrt fort: »Um Gewölbe auszugraben, die so lang wie die Gebirgskette sind, muss das Zwergenvolk hunderttausende – ach was – *Millionen* von Jahren gearbeitet haben. Wie lange gibt es Zwerge denn überhaupt schon? Mal ganz abgesehen von dem ungeheuren Verschleiß an Spaten ...«

»Hey, hast du Pause«, entgegnete Mori aufgebracht, der sich plötzlich zu Bingo umdrehte. Sein Gesicht war jetzt ganz nah vor dem des Hobbnix. »Na, was geht, Klugscheißer? Brauchst gar net so groß rumtun. Hast du vielleischt schon mal probiert, massiven Fels mit so Bronzespaten zu bearbeiten? Ist net so leischt, kann isch dir sagen. Hey, aber bleibt unter uns, weissu, wie isch mein? Ein paar von die anderen, weißt, die glauben noch an die Legenden.«

»Legenden?«

»Jajaja. Dass die Zwerge krass gute Bergleute waren und so. Alles Legenden. Es *gab* mal Minen und so, ganz bestimmt. Jedenfalls glauben wir das. Ist aber schon lange her, seit ein Zwerg mal in einer gearbeitet hat. Die Bergwerke wurden halt alle vor langer Zeit geschlossen, Mann.«

»Oh«, sagte Bingo. »Und wo arbeiten die Zwerge jetzt?«

»Die meisten in Geschäften, auf Märkten oder in Dönerbuden. Mansche auch in Unterhaltungsindustrie. Singende Zwerge kommen fett gut an. Vielleicht hast du von Qylie, der singenden Zwergin, gehört? Nein? Hey, escht nicht? Mörderscharfe Zwergenbraut, hey, isch schwör. Bloß die Zähne sind ein bisschen groß. Aber unsere Legenden sind voll wischtig für uns, checkst du? Respekt und so. Nimm sie uns net weg, Kollege.«

»Hat das etwas mit unserer Suche zu tun?«, wollte Bingo wissen, dessen Interesse nun definitiv geweckt war. »Ist der wahre Grund für …«

»Gold«, fiel ihm Mori ohne Widerspruch zu dulden ins Wort.

Es schien Bingo nicht ratsam, diesen Argumentationsstrang weiterzuverfolgen. Stattdessen meinte er: »Was ich nicht ganz verstehe ist, wenn ihr diese riesigen Gewölbe unter den Bergen nicht geschaffen habt, wer dann?«

Im rötlichen Schein des niederbrennenden Feuers war es schwer zu erkennen, doch Bingo hatte den Eindruck, dass Mori mit den Schultern zuckte. »Die Natur, hey«, sagte der Zwerg schließlich.

»Die Natur?«

»Alles hohl, verstehst schon? Hey, ob du es glauben tust oder net: Die Berge und sogar die Bäume und so, des ist hier alles halt mehr so hohl. In den Hügeln gibt es so Kammern und Räume. Nix ist wirklisch solide.«

»Was für eine bizarre Vorstellung«, erklärte Bingo.

»Isch weiß, Mann, aber die Welt ist halt voll krass seltsamer, wie die meisten Leute glauben.«*

»Aber wie ist das möglich? Die Berge sollen hohl sein?«

»Es gibt da so ein endkrasses Schöpfungsmüüü... so ein Teil halt ...«

»Mythos?«

»Ja, genau, und das Ding verzählt, dass die Welt am Anfang wie eine fett riesige Seifenblase vom Großen Gott aufgeblasen worden ist. Also du musst dir das so vorstellen: Zuerst war auf Erde bloß ein dünne, flache Kruste. Und dann hat der Typ mit sein Nikotinatem die Hügel und Spitzen und Kurven und so hineingepustet. Musst du dir vorstellen wie so krasse Brustvergrößerung, Mann. Vorher alles flach, nachher Riesentitten, hey oder? Ist natürlisch nur ein Mümümü ...«

»Mythos.«

»Korrekt, Mann.«

Ihre Unterhaltung wurde von einem Dröhnen unter-

---

* Na, hab ich es nicht gesagt? Aber *mir* glaubt natürlich niemand.

brochen, das aus der Ferne zu ihnen drang. Mit einem Mal war die gesamte Gesellschaft aufgesprungen und stand in der Mitte der Eingangshalle versammelt. Alle sahen besorgt aus und hielten einander aus Angst fest umklammert; außer Ganzalt, der das Dröhnen nicht gehört hatte und nur zufällig in das allgemeine Gedränge geraten war.

Durch lautes Rufen, das mehrfach wiederholt werden musste, brachten sie Ganzalt dazu, sich selbst mit einem Hörzauber zu belegen. Er tat es nur unter murrendem Protest. »Ah«, sagte er, sobald der Zauber seine Wirkung zeigte. »Was ist das für ein Geräusch?«

Den Kopf schräg zur Seite geneigt lauschte er in das Dunkel.

»Trommeln«, verkündete er schließlich.

»Aber wer trommelt?«

»Gobblins selbstverständlich«, erwiderte der Zauberer. »Wer sonst?«

»Gobblins?«, fragten die Zwerge, wobei sie ängstlich zurückwichen.

»Das sind wohl recht unangenehme Zeitgenossen?«, wollte Bingo wissen. »Gobblins, meine ich.«

»Schrecklich«, bekräftigte Ganzalt. »Diener des Herren der Finsternis, der nicht genannt werden darf ...«

»Hey, Alter, du meinst den Großen und Bösen Saubua«, sagte Mori.

»Der Herr der Finsternis darf nicht genannt werden!«, zeterte Ganzalt. »Ja, Gobblins. Schrecklich, schlimm. Herrje, sie müssen sich hier unten eingenistet haben, diese bösen Wesen. Daran hätte ich vielleicht besser denken sollen, bevor ich uns an diesen Ort brachte. Ist mir einfach entfallen. Aber wo wir gerade davon sprechen, fällt mir ein, dass es hier in den Bergen vor Gobblins nur so wimmelt. Verflixt, das ist jetzt aber blöd!«

»Was sind Gobblins überhaupt?«, erkundigte sich Bingo, dem das alles gar nicht geheuer war.

»Was? Gobblins?«, meinte Ganzalt. »Vor langer Zeit holte der Herr des Bösen harmlose, tugendhafte Truthähne und Hühner von den Feldern und Höfen in Obermittelerde. Er folterte sie grausamst und verwandelte sie in ein hässliches, monströses und leicht beeinflussbares Volk. Damit stockte er die Reihen der mächtigen Armeen der Finsternis auf, die seine bösen Befehle ausführen. Gobblins sind sehr leicht zu erkennen, mein wackerer junger Hobbnix. Die Abstammung vom Truthahn wird an ihrem schrecklichen, monströsen Aussehen deutlich: die Hautlappen an ihren Hälsen, die kleinen Köpfe, der panische Blick, die Neigung, kreischend im Kreis herumzutrippeln, und so weiter.«

Ganzalt nahm einen Zug aus seiner Pfeife.

»Vielleicht«, meinte er abschließend, »wäre es doch besser, wir gingen durch die Tür zurück und kletterten *über* die Berge.«

Just in dem Moment, als die Zwerge ihr uneingeschränktes Einverständnis signalisierten, erklang ein ohrenbetäubender Knall, und Gobblins strömten in die Eingangshalle.

Gewaltige Gobblins!* Auf jeden Zwerg kamen vier,

---

* Es dürfte offensichtlich sein, dass ich das Wort *gewaltig* an dieser Stelle nicht in einem absoluten Sinn benutze. Da Bingo der Hobbnix, wie wir bereits wissen, ein ziemlich kleines Kerlchen ist, wäre es Blödsinn, behaupten zu wollen, dass ein Wesen, das nur halb so groß ist wie er, objektiv gesehen gewaltig sei. *Winzig* wäre ein weitaus besseres Wort, wollte ich mich objektiv ausdrücken. Doch ich meinte gewaltig im Vergleich mit anderen Gobblins. Außerdem würde der Beschreibung: *»Winzige, schlecht gebaute Gobblins strömten in die Eingangshalle …«* irgendwie die bedrohliche Komponente fehlen. Meine Meinung jedenfalls.

und selbst für Bingo waren noch zwei übrig. Sie fielen über die Gruppe her, bevor unsere wackeren Helden wussten, wie ihnen geschah. Die Reisenden wurden an Händen und Füßen gefesselt und, sofern vorhanden, an den Bärten gezogen. Im Nu trug der Gobblinschwarm die Gefangenen unter fortwährendem Gackern und Kopfnicken in einem Triumphzug fort.

Es sah düster aus für die Gemeinschaft – und zwar in jeglichem Sinne: Zum einen in der übertragenen Bedeutung, dass ihre Aussichten alles andere als rosig waren, zum anderen ganz wörtlich gesprochen: Sie sahen nichts, da sie durch stockdunkle Gänge, unbeleuchtete Säle usw. usw. geschleppt wurden. »Bringt sie zum Gobblinkönig!«, riefen die Gobblins. »Bringt sie in die Halle des Gobblinkönigs!« Dann sangen sie ihr schreckliches Lied:

Ein bisschen Hobbnix, ein bisschen Zwerge,
für alle Gobblins, die mit hier wohnen.
Ein bisschen Hobbnix, ein bisschen Zwerge,
Dazu etwas Soße, das wünsch ich mir.

Iiiiss mit mir ein kleines Mahl,
dass dein Bauch in Frieden ruht.

Daraufhin ließen sie ihre hässlichen Arme kreisen und sangen noch eines ihrer Lieder. Diesmal in ihrer eigenen, primitiven Sprache:

Gaaaackgagagack GAAAACK
Gack-Gack-Gack
GaGaGAAACK Gagagack
Gack-Gack-Gack
Gack-Gack-Gack

Das taten sie ohne Unterlass.

»Ganzalt«, zischte Mori. »Hey, mach was, Alter!«

»Ich habe furchtbare Kopfschmerzen«, klagte der Zauberer. »Das Explosionsgeräusch in der Eingangshalle ist von dem Hörzauber verstärkt worden. Ich habe dieses grässliche Summen im Ohr. Einen Moment.«

Ein greller, blauweißer Blitz durchzuckte lautlos die Dunkelheit. Einen Augenblick lang konnte Bingo alles in dem breiten Gang sehen, den er und seine Gefährten entlanggeschleppt wurden: die Tunnelwände und das hohe, gebogene Deckengewölbe sowie die schreckliche, brodelnde Masse der Gobblins, die ihre hilflose Fracht trugen. Dann schlug er mit dem Gesicht auf dem Felsboden auf und rollte gegen die Wand. Anscheinend hatte Ganzalts Zauberspruch die Eisenkette zerstört, mit der er gefesselt worden war. Unsicher kam Bingo auf die Beine. Noch immer benommen von dem Sturz sah er Ganzalt inmitten der Gobblins aufragen. Der alte Zauberer schwang ein großes, leuchtendes Schwert und ließ es immer wieder auf die Gobblins niedersausen. Sein Gesichtsausdruck war verbissen. Ganzalt wirkte entschlossener, als Bingo ihn jemals zuvor erlebt hatte. »Nehmt das, ihr Gobblins!«, schrie er und sein Schwert sauste durch die Luft. »Hackebeil! Tranchiermesser!«, kreischten die Gobblins entsetzt, wobei sie verwirrt hin und her liefen. »Käsehobel! Schäler!« Tatsächlich machte Ganzalts Schwert kurzen Prozess mit den langen Gobblinhälsen. Die Köpfe rollten. Die frisch enthaupteten Gobblins hingegen liefen weiter hin und her – beinahe lebhafter als diejenigen, die ihren Kopf noch nicht verloren hatten. Inmitten einer Horde panisch herumrennender Gobblins erhob sich der Zwerg Milli, dessen Fesseln ebenfalls durch Ganzalts Zauber gelöst worden waren. Das leuchtende Schwert, das unentwegt durch die Gobblinmenge mähte, drang auf den unglückseligen Zwerg ein. Einen Moment später hüpfte und rollte Millis Kopf inklusive Zwergenhelm den Stollen entlang. »'tschuldigung!«, krähte Ganzalt, der unverdrossen weitermetzelte.

Da erklang von hinten ein Furcht erregender Schlachtruf, und Bingo gewahrte eine gewaltige Gobblinschar, die durch den Stollen heranpreschte. Alle trugen Äxte mit Klingen in Schnabelform und alle stürmten in ihre Richtung.

Bingo rannte so schnell ihn seine Hobbnixbeine trugen. Er rannte unter lautstarkem Keuchen viele Minuten lang, bis er über einen Stein stolperte, eine Seitentreppe hinunterstürzte und sich den Kopf anschlug. Schwarze Bewusstlosigkeit umfing ihn wie ein dunkler Vorhang in der ohnehin nicht sonderlich hellen Umgebung.

Als er wieder zu Bewusstsein kam, war es dunkel. Sehr dunkel. Stockdunkel, pechschwarz, zappenduster. Stellt euch das dunkelste Dunkel vor, das ihr euch nur vorstellen könnt. Nein, noch dunkler! Habt ihr jetzt eine richtige, echte, pechschwarze Dunkelheit vor eurem geistigen Auge? Sehr gut – und nun müsst ihr euch vorstellen, dass es hier noch viel dunkler war, denn das war es. Bingo kroch in der Finsternis herum und stieß sich den Kopf an der Wand an. Zwar versuchte er aufzustehen, doch er fand es schwer, im Dunkeln zwischen oben und unten zu unterscheiden, sodass er gleich wieder hinfiel. Danach verlegte er sich vorsichtshalber aufs Kriechen.

Dann geschah etwas. Etwas unglaublich Bedeutsames, das sein Leben für immer verändern würde und auch das Leben aller Bewohner von Obermittelerde – einfach den Lauf der Welt! Nichts war danach so, wie es vorher war.

Es war das Folgenreichste, was sich in Bingos ganzem Hobbnixleben ereignen würde, obgleich *ihm selbst* dieser Umstand nicht bewusst war. Doch nur weil er nicht realisierte, wie absolut bedeutsam dieser Augenblick war, und weil (wenn ich es mir recht überlege) an keiner Stelle dieses Buches wirklich darauf eingegangen wird, möchte ich nicht, dass ihr diesen Augenblick verpasst. Er ist nämlich in der Tat *schrecklich* wichtig. Versteht ihr? Ich kann euch nicht genau sagen, warum, jedenfalls nicht an dieser Stelle. Ja, es kann sogar passieren, dass dieses Geheimnis noch nicht einmal am Ende dieses Buches gelüftet werden wird. Ihr müsst mir einfach vertrauen. Also Obacht:

Die – unglaublich wichtige! – Sache, die geschah, war das Folgende: Bingo stolperte über ein Ding.* Es handelte sich um ein kleines Ding™, das ein Stück abseits am Rande des Stollens lag. Bingo hatte nicht den Eindruck, dass es sich um ein schrecklich bedeutsames Ding™ handelte (obwohl er sich in dieser Hinsicht irrte, da es in Wirklichkeit sehr wohl schrecklich bedeutsam war). Dennoch steckte er es in eine seiner Taschen, bevor er weiterkroch.**

Just in dem Augenblick hörte er eine Stimme. Die Stimme sagte: »Hallo.«

Bingo erkannte, dass er in eine Höhle gekrochen sein musste. Er stand auf. Die Höhle wurde von einer Art phosphoreszierender Flechte schwach erleuchtet, die an der Decke wuchs. Bingo wusste das natürlich nicht. Für ihn war es einfach nur ein bisschen heller geworden. In der Höhle befand sich ein Teich, und in der Mitte des

---

* Das Ding™, das Bingo fand, ist ein eingetragenes Warenzeichen und darf ohne Einwilligung des Verlags nicht benutzt, zitiert oder in irgendeiner anderen Form reproduziert werden.

** Und das war es schon. Mehr gibt es im Moment nicht zu sagen.

Teiches eine Insel, und auf der Insel lebte ein Geschöpf namens Schmollum. Schmollum war ein Einzelgänger von notorisch schlechter Laune. Ihm fehlten das gesellige Wesen und die Verspieltheit, die uns bei unseren Mitmenschen beliebt machen. Außerdem war er nicht in der Lage, im Gespräch Interesse an geistlosen oder monotonen Themen zu heucheln. Stattdessen interessierte er sich für Philosophie, Metaphysik, Ontologie und Psychologie (mit dem Schwerpunkt Schizophrenie). Monat um Monat hatte er sich von seiner ursprünglichen Dorfgemeinschaft entfremdet, bis es ihn weit in die Tiefen des Berges verschlagen hatte. Hier vegetierte er nun in einer einsamen Hütte an einem kalten Teich vor sich hin, ernährte sich von rohem Fisch und brachte ab und an vorübergehende Passanten um – eine Lebensweise, die unter Akademikern und Hochschullehrern nur allzu verbreitet ist. Sobald er vernommen hatte, dass jemand den Tunnel entlang kam, platschte er durch das Wasser, um den Neuankömmling zu begrüßen.

»Hallo«, sagte Bingo.

Schmollum seufzte. Der Seufzer begann als Zischen und endete mit dem reflexartigen Schließen des Gaumensegels, das den Ton zu einem beinahe labialen Abschluss brachte. Ob ihr es glaubt oder nicht, von diesem Geräusch kam Schmollums Name. Seine Seufzer waren nämlich das Bemerkenswerteste an ihm.*

---

* Sein ursprünglicher Name war Schmiergold gewesen, auch wenn er ihn schon seit vielen Jahren nicht mehr gehört hatte. Als er noch unter seinesgleichen lebte, hatte er immer Schmiere gestanden, wenn eine Diebesbande Gold stahl. Daher der Name. Selbstverständlich hatte ihn diese Beschäftigung bei seinen Nachbarn und Verwandten nicht sehr beliebt gemacht. Bald hängte sich außerdem die Polizei an seine Fersen, da sie sicher sein konnte, dass gerade ein Verbrechen geschah, wenn Schmiergold pfeifend an einer Straßen-

Bingo blickte sich um. Er konnte gerade die glatte Oberfläche des Teiches erkennen. Das Gewässer schien von Felswänden umgeben zu sein, von denen Bingo jedoch nur einen Teil ausmachen konnte. Er sah Schmollum forschend an und registrierte dessen kahlen Kopf, die großen, nachdenklichen Augen und die melancholisch herabgezogenen Mundwinkel.

»Sehr erfreut«, erklärte Bingo, der auf keinen Fall unhöflich wirken wollte. »Ich scheine mich verlaufen zu haben.«

»In der Tat«, erwiderte Schmollum und ließ in seinen Worten eine gewisse Tragik mitklingen.

»Ich heiße Bingo Beutlgrabscher«, verkündete der Hobbnix. »Ich bin ein Hobbnix, müsst Ihr wissen.«

»Ach«, meinte Schmollum gedehnt. Er musste daran denken, dass seine eigenen Ursprünge nicht so weit entfernt waren von denen der Hobbnixe. Einige seiner Vettern hatten sogar Hobbnixe geheiratet. Das alles ließ klägliche und deprimierende Erinnerungen in ihm aufsteigen. Welch unglückselige Fügung. Seit sieben Jahren hatte er sich mit solipsistischer Philosophie beschäftigt und war nur gelegentlich von einem dieser dämlichen Gobblins gestört worden, der sich verlaufen hatte und als Sonntagsbraten auf Schmollums Tisch landete. Um als Philosoph solipsistischen Gedanken nachhängen zu können, benötigt man absolute Ruhe und Einsamkeit. Und nun war er unterbrochen worden.

ecke stand und so unauffällig wie möglich um sich blickte. So mieden ihn mit der Zeit auch seine kriminellen Freunde, und Schmiergold war schließlich ganz allein. Schon in jungen Jahren musste er lernen, dass sich Verbrechen nicht lohnen. Kleine Verbrechen jedenfalls. Bei fiesen Syndikatsbossen, Drogenhändlern, betrügerischen Vorstandschefs und korrupten Politikern ist das natürlich etwas anderes.

»Wie heißt Ihr?«, wollte Bingo wissen.

»Schmollum«, antwortete Schmollum.

»Ach was! Fabelhafter Name, einfach fabelhaft. Könnt Ihr mir helfen?«

Schmollum stieß einen Seufzer aus. »Euch helfen?«, sagte er schließlich.

»Ja. Wie bereits gesagt: Ich scheine mich verlaufen zu haben. Den Kopf habe ich mir auch angestoßen.«

»Euren Kopf habt Ihr Euch angestoßen«, wiederholte Schmollum langsam. Dann fügte er mit einem gewissen Widerwillen hinzu: »Ein Leckerbissen, ein höchst delikater Festschmaus wäre das für mich, Euer Kopf.« Dann seufzte er wieder.

Bingo konnte seinem Gegenüber nicht ganz folgen, fühlte sich aber dennoch zunehmend unwohl. »So, so«, meinte er nervös. »Könnt Ihr mir nun helfen?«

»Nun«, sagte Schmollum ärgerlich. »Da stellt sich wohl die Frage, ob es im Universum überhaupt so etwas wie eine bedingungslose, also frei gewählte Handlung geben kann, oder ob nicht vielmehr alle Lebewesen dem Gesetz notwendiger Ursachen unterliegen.«

»Sicher«, stimmte Bingo ihm nach einer Weile zu.

»Wenn Ihr mich jedoch besiegen würdet, in einem Wettkampf oder Ähnlichem, sodass meine Einwilligung erzwungen wäre ...« Schmollums Stimme verlor sich.

Bingo stand da und wartete.

»Wie wäre es mit Rätseln?«, schlug Schmollum vor.

»Ja«, sagte Bingo schlicht.

»Also schön. Ich werde Euch Rätsel stellen und Ihr mir.« Schmollums unbewegte Miene wirkte gleichzeitig hochmütig und betrübt, als betrachtete er Bingos erbärmliches kleines Leben von weit oben und fände das, was er vor sich sah, nicht eben beeindruckend.

»Rätsel«, meinte Bingo. »Also gut. Fragt Ihr zuerst.«

»Na schön.« Schmollum schluckte hörbar. Es klang wie das Geräusch, das ein Gummiball macht, der von einer federnden Matratze abprallt. »Ich werde anfangen, darauf haben wir uns geeinigt. Dann seid Ihr an der Reihe. Der Erste, der ein Rätsel nicht lösen kann, verliert den Wettkampf.«

»In Ordnung«, sagte Bingo und ließ sich im Schneidersitz auf dem Boden nieder.

Schmollum fragte:

Wie kann im Hinblick darauf, dass die ontologische Notwendigkeit der Existenz als essentiell für das Dasein zu definieren ist, ein derartiges Fundament der epistemologischen Funktion überhaupt artikuliert werden, ohne eine ungerechtfertigte a priori-Prämisse der Existenz vorauszusetzen?

In der Höhle herrschte lange Zeit Schweigen. Irgendwo draußen im Teich streifte ein Fisch die Unterseite der Wasseroberfläche und brachte sie für einen Moment in Bewegung, bevor er wieder in die Tiefe abtauchte. Das Geräusch, das dabei entstand, klang so: *Plop*.* Bingo tat

* Besagter Fisch wurde von seinen Freunden aus diesem Grund tatsächlich auch Plop genannt. Sein eigentlicher Name lautete Schmiergoldfisch, aber die anderen Fische zogen es vor, ihn Plop zu nennen, da es leichter auszusprechen war. Bei formellen Anlässen wurde er gelegentlich Schmiergoldfisch-Plop genannt, doch normalerweise einfach nur Plop. Doch ich bin dabei, den roten Faden zu verlieren. Der Fisch ist nicht von sonderlich großer Bedeutung für den weiteren Handlungsverlauf. Kein bisschen, um ehrlich zu sein. Ihr werdet diesem Fisch nie wieder begegnen. Hört sofort auf, diese Fußnote zu lesen, und widmet euch wieder dem Haupttext. Nun macht schon! Keine Widerrede, oder es heißt, ab ins Bett – und das Buch schreibe ich auch nicht für euch zu Ende!

einen tiefen Atemzug, um die Luft dann langsam wieder aus seinen Lungen entweichen zu lassen.

»Ihr wollt also eine Antwort?«, fragte er.

»Ja«, entgegnete Schmollum.

»Eine Antwort auf Euer Rätsel?«

»Ja.«

»Das Rätsel, das Ihr mir gerade gestellt habt?«

»Ja.«

»Alles klar. Tja, also, ich würde mal sagen, die Antwort darauf ist«, meinte der kleine Hobbnix und zog sich mit der rechten Hand am linken Ohrläppchen. »Ist«, wiederholte er, wobei er den Vokal so weit wie möglich dehnte. Schniefend rieb er sich die Augen. »Die Antwort auf das Rätsel«, gab er sodann von sich, indem er sehr langsam sprach und auf jeder einzelnen Silbe verweilte, »I-i-i-i-ist.« Die nächsten zwei Minuten hüllte er sich in Schweigen.

Schließlich drängte Schmollum, »Ja?«

»Ja, was?«

»Eure Antwort?«

»Ich dachte, ich sei fertig«, erklärte Bingo.

»Oh«, gab Schmollum düster von sich. Eine Weile saß er grübelnd da, bevor er meinte: »Das verstehe ich nicht.«

Nach kurzem Zögern erkannte Bingo die Gelegenheit, die sich ihm bot. »Ach, Ihr versteht es nicht?«, stieß er sarkastisch hervor. »Meine Antwort ist wohl zu komplex für Euch? Das *tut* mir aber Leid. Ich bitte *vielmals* um Entschuldigung. Es ist zu schade, dass ich mich nicht einfacher ausgedrückt habe. Möchtet Ihr, dass ich versuche, meine Antwort für Euch verständlicher zu formulieren?«

»Nein, nein«, versicherte Schmollum eilig. »Das habe

ich nicht gemeint. Eure Antwort ist … ähm … *ist*. Richtig?«

»Wenn Ihr meint«, entgegnete Bingo.

»Nein, nein«, kam es wieder von Schmollum. »Ich glaube, ich verstehe es jetzt. Das Präsens des Verbs *sein* in der dritten Person Singular – ist es das, was Ihr meint?«

»Hm«, gab Bingo wissend von sich. »*Ist* es so?«

»Ihr habt Recht, schätze ich«, erklärte Schmollum kleinlaut. »Jeder Akt des Fragens kann nur innerhalb eines semantischen Bezugssystems stattfinden, das ein bestimmtes Tempus voraussetzt, eine bestimmte Beziehung zum kontextuellen temporalen Rahmen. Durch das Hervorheben der Ist-heit von *ist* und damit des immer währenden Seinsprozesses, der notwendigerweise dem Prozess der Zeit inhärent sein muss, beantwortet Ihr eventuell tatsächlich meine Frage.«

»Nun«, meinte Bingo und versuchte seiner Stimme eine Nuance geheimnisvolles, verschleiertes Wissen beizumischen. »Wenn Ihr es sagt, will *ich* nicht widersprechen. *Ich* nicht«, fügte er hinzu, als könnte er die Möglichkeit nicht ausschließen, dass jemand anders es vielleicht täte.

Ein Fisch stieß erneut von unten an die stille Oberfläche des Teiches und sank wieder in die Tiefe hinab. Diesmal war es nicht Plop.

Innerlich gratulierte Bingo sich dazu, diese knifflige Situation gelöst zu haben. Er zuckte zusammen, als er Schmollums feuchte Hand auf seinem Knie spürte.

»Ihr seid an der Reihe«, sagte das seltsame Wesen.

»Hä? Mit was an der Reihe?«, wollte Bingo wissen.

»Ihr könnt jetzt Euer Rätsel stellen«, erklärte Schmollum voll ruhiger, melancholischer Geduld. »Und wenn ich es nicht lösen kann, habt Ihr gewonnen.«

»Dann habe ich gewonnen«, wiederholte Bingo. »Schön, schön. Mein Rätsel.«

Bingo stellte also sein Rätsel:

Warum trinken Mäuse keinen Alkohol, weil sie Angst vor dem Kater haben?

Schmollum dachte eine Weile nach und seufzte dann leise. »Kann es sein«, meinte er ernst, »dass die Lösung Eures Rätsels versehentlich in der Frage enthalten ist?«

»Ha!«, rief Bingo. »Aber *wisst* Ihr die Lösung wirklich?«

»Ich meinte lediglich«, erklärte Schmollum, »dass es eventuell nur in Eurer Absicht lag, den ersten Teil der Frage zu stellen. Dass Ihr vielleicht ursprünglich vorhattet, die zweite Hälfte als Antwort zurückzubehalten?«

»Versucht nicht, Euch zu drücken.«

»Ihr könntet ein anderes Rätsel stellen, wenn Ihr möchtet ...«

»Antwortet!«

»Aber Ihr habt mir doch schon ...«

»Antwortet!«, grölte Bingo. »Antwortet! Antwortet! Antwortet!«

»Weil«, zischte Schmollum, »Sie. Angst. Vor. Dem. Kater. Haben.«

Bingo strich sich nachdenklich über das Kinn. »Ihr kanntet das Rätsel wohl schon.«

»Ich bin an der Reihe. Jetzt kommt mein Rätsel, und wenn Ihr es nicht beantworten könnt, habe ich gewonnen«, verkündete Schmollum.

»Sicher«, meinte Bingo übermütig. Seiner Meinung nach hatte er sich bei Schmollums erstem Rätsel wacker geschlagen, und sein Selbstbewusstsein war dementsprechend gewachsen.

Schmollum fragte:

> *Was geschieht, wenn eine unaufhaltsame Kraft auf ein unbewegliches Objekt trifft?*

»Sie geht drum herum, würde ich sagen«, erwiderte Bingo schnell. »Wie der Wind um einen Zaunpfahl. Ich bin dran! Also, was nehmen wir denn ...«

»Einen Moment«, entgegnete Schmollum. »Ich fürchte, dass Eure Antwort den Kern meines Rätsels nicht ganz erfasst.«

»Tut sie wohl.«

»Wohl kaum.«

»Doch.«

»Nein«, meinte Schmollum. »Das tut sie nicht.«

»Doch.« Widersprechen war eine Tätigkeit, die viel mehr nach dem Geschmack des Hobbnixes war als die ganze absurde Rätselraterei. Bingo steigerte sich kurz entschlossen in seinen Widerspruch hinein, und seine Entgegnungen kamen nun wie aus der Pistole geschossen.

»Tut sie nicht.«

»Doch!«

»Nein, Mister Beutlgrabscher, sie geht wirklich ...«

»Doch!«

»Aber wenn sich die Kraft in irgendeiner Weise verändert, handelt es sich logischerweise um eine Kraft, die sich aufhalten lässt. Eben dies verbieten jedoch die Bedingungen des Rätsels ...«

»Tun sie nicht«, sagte Bingo.

»Doch, das tun sie«, sagte Schmollum.

»Nö«

»Doch!«

»Nö!«

»Doch!«

»Ich bin dran! Jetzt kommt mein Rätsel! Seid kein Spielverderber. Nun müsst Ihr mein Rätsel lösen, oder ich habe gewonnen.«

Fischers Fritz fischt frische Fische. Frische Fische fischt Fischers Fritz?

»Nun, also«, meinte Schmollum, dessen ernsthafter Habitus im Laufe des Gesprächs spürbar gelitten hatte. »Hierbei handelt es sich nicht wirklich um ein Rätsel, wie? Gebt es ehrlich zu, kleiner Hobbnix: Das ist ein Zungenbrecher, nicht wahr, und im Grunde überhaupt kein Rätsel. Ich meine, das ist doch wohl eindeutig ein Zungenbrecher, oder?«

»Nicht die Spur«, widersprach Bingo, wobei er zur Seite blickte. »Wo ich herkomme, ist das ein ziemlich berühmtes Rätsel. Jawohl. Es ist definitiv ein Rätsel. Ihr könntet jeden x-beliebigen Hobbnix fragen, und er würde Euch sagen, es ist ein Rätsel, o ja, und was für ein Rätsel! Tja, und nun stellt sich die Frage, ob Ihr es auch lösen könnt.«

»Es lösen? Ihr habt überhaupt kein richtiges Rätsel gestellt«, stieß ein mittlerweile verärgerter Schmollum hervor. »Seid gefälligst ehrlich und gebt zu, dass es ein Zungenbrecher ist.«

»Hat sich für mich sehr nach einer Rätselfrage angehört«, beteuerte Bingo.

»Natürlich, weil Ihr im Laufe des zweiten Teils Eure Stimme gehoben habt, um die typische Intonation einer

Frage nachzuahmen. Doch damit habt Ihr noch lange kein echtes Rätsel gestellt, sondern lediglich ein Fragezeichen ans Ende gesetzt. Ihr könntet an jeden Satz Eurer Wahl ein Fragezeichen setzen. Das würde aber nicht unbedingt eine echte Frage aus dem betreffenden Satz machen.«

Bingo pfiff eine Melodie, die er soeben komponiert hatte und die aus vier willkürlich ausgewählten Tönen bestand. Dann sagte er: »Ist das Eure Antwort? Denn ich muss Euch sagen, mit *der* Antwort seid Ihr meilenweit von der Wahrheit entfernt. Meilenweit.«

»Nein, selbstverständlich ist das *nicht* meine Antwort«, fauchte Schmollum. »Ich wollte lediglich darauf hinweisen, dass dieses *so genannte Rätsel*, das ihr angeblich gestellt habt, überhaupt keines ist.«

»Ist *das* Eure Antwort?«

»Nein, nein, nein«, sagte Schmollum aufgeregt. Im schwachen bläulichen Licht der phosphoreszierenden Flechte sah Bingo undeutlich, wie Schmollum mit seinen dunklen Froschhänden in der Luft herumfuchtelte. »Wieso hört Ihr mir nicht zu?«

»Ich fürchte, ich muss Euch auffordern, mir endlich eine Lösung für mein Rätsel zu nennen.«

»Aber Ihr habt überhaupt kein richtiges Rätsel gestellt!«

»Die Zeit läuft ab. Ihr müsst mir jetzt wirklich eine Antwort geben.«

»Macht Euch doch nicht lächerlich!«

»Frische Fische?«, meinte Bingo, indem er sich nach vorne beugte. »Fischers Fritz? Ihr habt die Wahl!«

»Ich bestehe darauf ...«

»Na, na, na«, warnte Bingo. »Antwortet!«

»Aber ...«

»Antwortet! Kommt schon, kommt schon!«

»Ich wollte nur ...«

»Die Zeit läuft ab, die Sekunden verstreichen. Tick, tack, tick, tack.«

»Frische Fische!«, kreischte Schmollum.

»Haha!«, triumphierte Bingo. »Falsch! Falsch! Die Antwort war Fischers Fritz. Es ist ganz einfach, wenn man es einmal weiß, nicht wahr? Ich habe gewonnen! Hurra!«

»Das ergibt nicht den geringsten Sinn«, zischte Schmollum, der sich mittlerweile verdächtig nach einer Dampfpfeife anhörte. Sein ursprünglich ernstes und feierliches Auftreten hatte völlig dem Ärger über den Hobbnix Platz gemacht. »Ihr habt Euch willkürlich eine Antwort ausgesucht.«

»Na, wer wird denn ein schlechter Verlierer sein? Lasst das lieber, so etwas ist sehr unschön.«

»Wenn ich Fischers Fritz gesagt hätte, hättet Ihr einfach behauptet, die Antwort laute frische Fische.«

»Ach ja?«, meinte Bingo nachsichtig. »Nun, das würde aber doch nicht gehen, wie? Frische Fische – das passt ja gar nicht.«

»*Ihr* ...« Schmollums Stimme senkte sich um beinahe eine Oktave und klang außerdem, als würde man eine Hand voll Kiesel aneinander reiben. Doch er beendete den Satz nicht.*

»Also«, jubilierte Bingo, während er aufsprang und sich vor Freude über den Sieg in der Dunkelheit selbst umarmte. »Ich habe gewonnen! Welchen Preis habe ich eigentlich gewonnen?«

---

* Ich persönlich tippe darauf, dass Schmollum entweder sagen wollte, »Ihr habt vollkommen Recht, logo, und das Spiel habt Ihr sowieso gewonnen«, oder aber: »Ihr möchtet wohl nicht vielleicht ein Fisch-Fondue mit mir teilen?« Aber ich kann mich natürlich irren.

Schmollum schmollte eine Minute lang. »Ihr dürft mich essen«, meinte er dann knapp.

»Euch essen?«, wiederholte Bingo.

»Darum ging es bei unserem Spiel. Wenn ich gewonnen hätte, hätte ich Euch gegessen, ohne mit der Wimper zu zucken. Da Ihr gewonnen habt, müsst Ihr mich essen. Um ehrlich zu sein, bin ich beinahe erleichtert«, fügte das Höhlengeschöpf mit vor Selbstmitleid triefender Stimme hinzu. »Ich habe es langsam satt, hier unten im Dunkeln zu leben. Los, macht schon, verspeist mich. Fangt am besten mit den Beinen an.«

»Ich möchte Euch nicht essen«, versicherte Bingo, dem beim bloßen Gedanken daran flau im Magen wurde.

»Oh, aber Ihr müsst«, erklärte Schmollum. »Es ist die Funktion der Unausweichlichkeit, das Gesetz der Notwendigkeit. Hinzukommt, dass Ihr gewonnen habt.«

»Können wir es nicht so machen, dass Ihr mir einfach den Weg nach draußen zeigt?«

»O nein«, antwortete das Geschöpf. »Das wäre nicht richtig.«

»Wir könnten ja noch einen Rätselwettbewerb machen«, schlug Bingo vor. »Wenn ich gewinne, müsst Ihr mir den Weg ins Freie zeigen. Und wenn *Ihr* gewinnt, muss *ich* ihn Euch zeigen.«

»Aber ich möchte den Weg ins Freie gar nicht gezeigt bekommen«, gab Schmollum zu bedenken.

»Und ich möchte Euch nicht essen«, fuhr Bingo ihn an. »Nun kommt schon, seid fair. Schließlich habe ich den Rätselwettbewerb gewonnen.«

»Wollt Ihr tatsächlich von Eurem Recht Abstand nehmen und Euch die Gelegenheit entgehen lassen, mich zu verspeisen?«, fragte Schmollum mürrisch.

»So ist es«, sagte Bingo.

Schmollum stieß einen Seufzer aus, ein zutiefst trauriges Geräusch. Selbst wenn Schmollums Teich aus nichts als seinen Tränen bestanden hätte, hätte der Seufzer nicht deprimierter klingen können.

»Ihr verletzt mein Ehrgefühl, Sir«, sagte er. »Und mein Ehrgefühl ist das Letzte, was mir in meinem Leben noch geblieben ist. Meinem Leben muss ein Ende gesetzt werden, Sir, oder ich sehe mich gezwungen – vorsichtig, gerissen und unerbittlich –, Rache an Euch zu nehmen. Genau genommen besitze ich außer meiner Ehre nur noch ein Ding™, das von irgendwelchem Wert ist. Es ist ein uraltes Ding™, äußerst kostbar und vielseitig verwendbar. Dieses Ding™ ist der einzige Trost, den mir mein erbärmliches Dasein gewährt.«

»So ein Zufall aber auch«, erwiderte Bingo. »Wahrscheinlich glaubt Ihr mir das jetzt nicht, aber gerade eben im Tunnel auf dem Weg hierher habe ich ein Ding™ gefunden. Ich habe es hier in der Tasche.«

Es herrschte Schweigen. Schmollum verzog sein Gesicht zu einer finsteren Grimasse. Im schwachen bläulichen Licht der Höhle konnte Bingo erkennen, dass die Zähne seines Gegenübers messerscharf waren.

»Tatsächlich?«, fragte Schmollum, wobei seine Stimme leicht gereizt klang.

»Aber ja, ich tippe mal darauf, dass es sich um ein und dasselbe Ding™ handelt, von dem Ihr eben gesprochen habt«, fuhr Bingo fort. »Ich habe es gefunden, also gehört es jetzt natürlich mir. Aber sagt, ist das nicht ein phänomenaler Zufall? Zuerst gewinne ich mir nichts, dir nichts unser Rätselspiel, und dann stellt sich auch noch heraus, dass ich Euer Ding™ habe! Das Leben ist schon komisch.«

»Vielleicht habt Ihr die Güte, es mir zurückzugeben?«,

erkundigte sich Schmollum. Seine Frage verriet den Pessimisten, der schon mit einer negativen Antwort rechnete. Und eben die bekam er auch.

»Nein«, sagte Bingo. »Aber könnt Ihr mir vielleicht den Weg nach drau ...«

Im nächsten Augenblick rettete ihm sein Hobbnixinstinkt das Leben. Schmollum (dem es nicht gelang, sich einfach seiner Wut hinzugeben und völlig auszurasten) kam ruhigen, bestimmten und gewichtigen Schrittes auf Bingo zu. Das Höhlenwesen war fest dazu entschlossen, dem Hobbnix die Kehle herauszureißen und sich auf gemessene und ernsthafte Weise an dessen noch zuckendem Körper zu laben. Schmollum schlug mit einer Klaue nach Bingos Kopf. Der Hobbnix kam nur mit dem Leben davon, weil er sich just in diesem Moment halb duckte, halb fiel, und gleich darauf so schnell rannte, wie ihn seine Hobbnixfüße nur trugen. Diesmal lief er nach oben – weg von dem stillen Teich und dem wutentbrannten Philosophen.

»Gebt mir mein Ding™ zurück!«, heulte Schmollum nur ein kleines Stück hinter ihm.

»Wohl kaum«, flüsterte Bingo. Er ließ eine Hand in seine Tasche gleiten und umschloss dasDing™. Die unzähligen magischen Eigenschaften des Dings™ – unter anderem ein magisch gesteigerter Orientierungssinn, die Fähigkeit, im Dunkeln zu sehen, und eine unglaubliche Erhöhung der maximalen Laufgeschwindigkeit – ließen Bingo in atemberaubendem Tempo durch die Gänge unter den Bergen schießen. Er lief nach oben, hangelte sich an Felsvorsprüngen entlang, stieg schmale Steintreppen hinauf und rannte durch riesige Säle, um schließlich – völlig am Ende seiner Kräfte – hoch oben auf einer Klippe anzukommen und ins Tageslicht zu blinzeln.

Er hatte die Ostseite des Gebirges erreicht. Rechts von ihm stürzte donnernd der mächtige, eiskalte Fluss Zwick aus einer Felsöffnung des Nobelgebirges in die Tiefe. Zuerst blendete Bingo der Sonnenschein, doch nach angestrengtem Starren sah er, dass er es beinahe geschafft hatte. Zwischen ihm und der Freiheit lag lediglich ein Zwölf-Meter-Sturz in den sprudelnden, eiskalten Wasserwirbel, den die Fluten des Zwicks am Fuße des Berges bildeten.

»Hey, krass!«, schrie jemand von unten. Die Stimme war aufgrund des Getoses des Wasserfalls kaum zu hören.

Bingo kniff die Augen zusammen. Unter ihm, weit unter ihm, standen acht Zwerge und ein gebückter alter Zauberer am Rand des Gewässers. Einer der Zwerge – welcher, war aus dieser Entfernung nicht zu erkennen – deutete mit dem Finger auf Bingo.

»Des ist Bingo, hey, isch schwör. Er ist doch net tot!«

Hinter sich vernahm Bingo ein Zischen. Als er sich umwandte, sah er, wie Schmollum sich auf dem Felsvorsprung in seine Richung schob. Während das Höhlenwesen sich mit der linken Hand am Fels festhielt, machte es mit der anderen Drohgebärden in der Luft. »Zuerst weigert Ihr Euch, mich zu essen«, sagte der Philosoph verbittert. »Dann stehlt Ihr mein Ding™. Ein qualvoller Tod ist noch zu gut für Euch! Da ich Euch aber andererseits nichts Schlimmeres zufügen kann, werde ich mich wohl damit begnügen müssen.«

Einige der Zwerge winkten und riefen nun zu Bingo herauf. Der Hobbnix beobachtete Schmollum, der flink näher kam. Er blickte zu dem reißenden Strom zu seiner Rechten, der im Sturz spritzte und schäumte. Er blickte hinab in den Abgrund. Es war seine einzige Möglichkeit.

In der Hoffnung, das Ding™ besäße auch die magische Kraft, ihn fliegen oder zumindest schweben zu lassen, umklammerte er es in seiner Tasche – und sprang.

Einen Moment lang schien es, als seien seine Gebete erhört worden. Die Zeit schien stillzustehen, und er hatte eine wunderbar klare Aussicht auf das offene Weideland sowie die fruchtbaren grünen Felder um den großen M***-Fluss. Doch dann spürte er zu seinem blanken Entsetzen ganz tief in seiner Magengrube, dass er abstürzte. Kurz darauf verschwand die Aussicht, und er ging in den reißenden Fluten des Zwicks unter; eine Erfahrung, die mehr als schmerzvoll war.

Seine Welt war nun weiß, schäumte, drehte sich wirbelnd und raubte ihm jeden Orientierungssinn. Aus seinen Lungen war jedes kleinste bisschen Luft entwichen. Bingo wäre sicherlich ertrunken, hätte ihn nicht eine starke Zwergenhand an einem Knöchel gepackt und aus dem Wasser gezogen. Da lag der kleine Hobbnix nun keuchend und zitternd im Gras unter einem klaren, strahlend blauen Morgenhimmel. Von ganz weit oben hörte er eine bebende Stimme voller Enttäuschung und Bosheit schreien: »Beutlgrabscher! Ihr habt den Zorn eines Philosophen auf Euch gezogen! Und wenn ein Philosoph hasst, dann hasst er für immer! *Für immer!*«

Björn das Tier

Fünftes Kapitel

Ein tierisches Quartier

»Ich kenne dieses Land gut. Wir sind nun in Schilderland, der am besten ausgeschilderten Region von ganz Obermittelerde. Seht, dort vorne zum Beispiel ist Parken verboten«, erklärte Ganzalt. »Zwei Tagesmärsche den Zwick entlang, und wir kommen zu der berühmten Mühle. Dort können wir unsere Vorräte auffüllen. Das ist bitter nötig, da *manche* von uns«, er blickte düster in die Zwergenrunde, »unser Gepäck zurückgelassen haben, als die Gobblins angriffen.«

»Und manche von uns«, erwiderte Mori, »haben halt von Anfang an überhaupt kein Gepäck dabeigehabt, hey oder? Du fauler Zauberer, du.«

»Wacker gesprochen, Meister Zwerg!«, entgegnete Ganzalt lachend und klopfte ihm auf die Schulter. »Fürwahr, wacker gesprochen! Ich weiß es zu schätzen, wenn jemand die Größe besitzt, seine eigenen Fehler einzugestehen! Und ich mag es, wenn jemand Verstand genug zeigt, sich einem Zauberer gegenüber respektvoll zu benehmen. Das ist *äußerst* wichtig, sehr clever. Doch wir müssen uns keine Sorgen machen. Sobald wir die Mühle erreichen, können wir unsere Vorräte wieder auffüllen.« Anscheinend mochte er den Klang seiner eigenen Stimme (auch wenn Bingo sich fragte, wie er sich selbst hören konnte, während er anderen gegenüber derart taub war).

Während sie weitergingen, sagte Ganzalt wieder und wieder, »Auffüllen. Auffüllen. Auffüllen.«

»Hey, isch hab vielleischt des Gepäck zurückgelassen«, murmelte Mori. »Aber zumindest hab isch net Milli den Kopf abgehackt.« Er starrte finster vor sich hin.

»Auffüllen. Auffüllen. Auffüllen. Auffüllen«, verkündete Ganzalt im Takt seiner eigenen Schritte.

Und so setzte die Gemeinschaft ihren Weg fort. Die Zwerge beschwerten sich in einem fort über ihre knurrenden Mägen und wunden Füße, während der kleine Hobbnix regelmäßig ein »Autsch« oder »Au*aaaaa*!« von sich gab.

Als der Abend kalt hereinbrach, schlugen sie ihr Lager unter einem Baum am Fluss auf, doch ihre Nachtruhe sollte nicht ungestört bleiben. Sie hatten sich gerade niedergelassen – die Zwerge hatten ihre Bärte wie Bettdecken um sich gewickelt, und Bingo fror erbärmlich in seinen dünnen Cordklamotten –, als sie von Wölfen angegriffen wurden. Es war, als hätte die Dunkelheit selbst eine zottelige Form angenommen: Der Nachthimmel verwandelte sich in Muskelstränge und pechschwarzes Fell, die Zacken der Sterne wurden zu spitzen weißen Zähnen, und der rötliche Mond wurde von einer gierig heraushängenden Zunge verschluckt.

»Wölfe!«, kreischte einer der Zwerge.

Bingo stieg ätzender Wolfsgeruch in die Nase, und er konnte ein Knurren an seinem Ohr hören. Plötzlich hellwach sprang der Hobbnix auf.

Zwei Minuten später waren alle auf den Baum geklettert. Bingo hatte sich inmitten des Knäuels aus Bärten und stämmigen Zwergenbeinen nach oben gehangelt. Im schwachen Sternenlicht hielt er seinen Ast so fest um-

klammert wie ein Gonk das Ende seines Bleistifts.*
»Ganzalt!«, rief er nach unten. »Ganzalt!«

Doch der Zauberer schlief ungestört weiter auf dem Boden, während die Wölfe ihn umkreisten. »Ganzalt!«, zischte Mori. »Mann, hey, einer muss ihn aufwecken!«

Die Wölfe stürzten sich nicht sofort auf den bewegungslosen Zauberer; vielleicht wurde er von ihnen nicht einmal als Beute wahrgenommen. »Ganzalt!«, schrien die Zwerge. »Aufwachen, Alter!«

Es war sinnlos.

Das Leittier, ein hagerer grauer Wolf, bewegte seine Schnauze langsam auf das Gesicht des Zauberers zu. Die Kiefer öffneten sich, sodass die weißen Fänge im Licht der Sterne glitzerten. »Ganzalt! Ganzalt!«, schrie die Zwergentruppe unisono auf dem Baum. »Hey, ein Wolf!«

Der Wolf legte seinen Kopf schräg, um den Hals des Zauberers mit seinen schrecklichen Zähnen besser packen zu können. Bingo lehnte sich, so weit er es wagte, von seinem Ast hinunter. »Zauberer! Hütet Euch! Wacht auf! Passt auf Euren Hals auf!«

Dann geschah etwas Verblüffendes. Aus Ganzalts

---

* Ein Gonk ist, wie ihr natürlich wisst, ein kleines Beuteltier aus dem Land Gonkor, weit unten im Süden. Dieses Volk ist ausgesprochen intelligent, obgleich sehr klein. Es sind die kleinsten Geschöpfe in ganz Obermittelerde, was etwas heißen will. Gelehrsamkeit steht bei ihnen an erster Stelle. Doch ihre eigenen Bücher, die sie mit winzigen Bleistiften auf klitzekleine Seiten Papier (goldig, sage ich euch!) schreiben, sind zu klein, als dass andere Gelehrte sie lesen könnten. Besonders abenteuerliche Gonks haben deshalb versucht, mit Menschenbleistiften zu schreiben. Auf diese Weise ähnelt der Schreibprozess ein bisschen dem Baumstammwerfen, doch obwohl sie mit dieser Methode bisher nicht viel mehr als ein paar bruchstückhafte Kringel und Schlangenlinien zustande gebracht haben, geben sie nicht auf. Wackere kleine Kerlchen! Und goldig, einfach goldig.

Mund stieg eine kleine Rauchwolke auf, obwohl seine Pfeife kalt war und in der Tasche seines Ponchos steckte. Es folgten weitere Wölkchen. Regelrechte Rauchtentakel griffen in die Nachtluft und stiegen langsam nach oben. Als der Zauberer im Schlaf gähnte, spie er auf einmal Funken, die blitzschnell auf den trockenen Pelz des Wolfes übersprangen.

Die Bestie wich jaulend zurück, doch die Flammen leckten bereits an seinem Kopf und verbreiteten sich schnell über seinen Körper. Während der Wolf sich vor Schmerzen wand, stieß er an andere Wölfe, und das Feuer griff rasch über. Im nächsten Augenblick wieherte das Rudel wie ein Haufen aufgescheuchter Pferde und tanzte einen makaberen Todesreigen, während ihre Pelze lichterloh brannten. Ganzalt war mittlerweile aufgestanden und rief dröhnend: »Was? Wer? Wo?« Dabei ruderte er mit den Armen in der Luft und blickte mit weit aufgerissenen Augen um sich – eine ausgeklügelte Einschüchterungsstrategie, wie Bingo vermutete, um die Panik unter den Wölfen noch zu schüren. Falls dies tatsächlich die Absicht des Zauberers war, zeigte sein Plan Wirkung: Die Wölfe zerstreuten sich heulend in die angrenzenden Hügel. Manche jagten als lebende Fackeln durch die Gegend. Andere, die noch kein Feuer gefangen hatten, nahmen Reißaus vor dem Wimmern ihrer Rudelmitglieder und flohen so schnell sie konnten. Binnen weniger Minuten war weit und breit kein einziger Wolf mehr zu sehen.

Die Sterne blinkten um die Wette, als wollten sie still ihren silbernen Beifall spenden.

»Ganzalt!«, rief der Hobbnix freudestrahlend. »Das war ein phänomenaler Zauber! Denen habt Ihr es gezeigt!«

Mit erstaunlicher Geschwindigkeit erklomm Ganzalt

den Baumstamm und ließ sich auf einem Ast neben Bingo nieder.

»Was?«, wollte er wissen. »Was?« Bingo hatte den Zauberer noch nie zuvor mit derart weit aufgerissenen Augen gesehen.

»Ihr habt das Untier in die Falle gelockt!«, rief Bingo begeistert. »Ihr habt es geködert, bis es Euch ganz nahe war, und dann habt Ihr es mit Hilfe eines Feuerzaubers verbrannt!«

»Wo zum Teufel sind diese Wölfe auf einmal hergekommen?«, fragte Ganzalt.

»Ihr habt sie in die Flucht geschlagen, Ganzalt!«, frohlockte Bingo.

»Wölfe. Gefährliche Biester sind das«, sagte der Zauberer und blickte sich blinzelnd um. »Wer hatte Wachdienst? Weshalb wurden wir nicht gewarnt?«*

Die Zwerge, die weiter oben auf ihren schaukelnden Ästen saßen, streckten ihre Arme aus und klopften ihm auf die Schulter. Sie lachten glücklich über das Schicksal der Wölfe. »Die fressen Leute, diese Wölfe«, meinte Ganzalt.

Zu diesem Zeitpunkt bemerkte jemand, dass Wombl fehlte. Halbherzig riefen sie ein paarmal seinen Namen, doch es lag auf der Hand, was ihm zugestoßen sein musste.

Den Rest der Nacht verbrachten alle auf dem Baum.

---

* Ganzalt zitiert hier, absichtlich oder unabsichtlich, ein uraltes, berühmtes Hochmittelerdisches Gedicht:
Wilde Wetter weckten uns wüst
Weshalb wurden wir nicht gewarnt?
Hurrikane husteten vom Himmel
Entwurzelten alte Eichen mannigfach
Schuld ist nur die Wettervorhersage.

Tags darauf führte Ganzalt die Gesellschaft am Flussufer entlang. »Seid nicht niedergeschlagen«, verkündete er. »Schon bald werden wir die berühmte Mühle erreichen. Dort wird man uns festlich bewirten, und wir können unsere Vorräte auffüllen.«

Sie erreichten die Mühle am Zwick zur Mittagszeit. Doch statt einer gastfreundlichen Unterkunft fanden sie lediglich eine niedergebrannte Ruine vor. Holzbalken ragten schwarz wie Kohlestücke aus dem Boden, und das Land um die Mühle lag verwüstet vor ihnen. Von den verbrannten Bäumen waren nur ein paar verkohlte Zweige und pechschwarze Stümpfe übrig geblieben. Ganzalt schmauchte seine Pfeife und ließ seinen Blick über die verwüstete Landschaft schweifen. »Gobblins«, meinte er schließlich.

»Ich habe Hunger«, sagte Bingo.

»Eine echte Zwickmühle«, erklärte Ganzalt.

»Ich habe Hunger«, sagte Bingo erneut.

»Hey, Zauberer?«, meldete sich Mori zu Wort. »Was geht? Können wir net vielleischt irgendwo anders hin, hey, weissu, wie isch mein? Was ist, wenn die Wölfe zurückkommen tun? Oder eine krass riesige Gobblinarmee hinter uns her ist? Hey, oder stell dir mal vor, wir verrecken vor Erschöpfung oder Hunger und so fett krasse Geier kommen und nagen uns die Knochen ab?«

»Eure Zuversicht ehrt Euch, Meister Zwerg«, erwiderte Ganzalt. »Aber was Ihr auch sagen mögt, ich bleibe dabei, dass wir uns in einer schlimmen Lage befinden. Es hilft alles nichts, wir müssen Björn aufsuchen.«

»Björn?«, wiederholten die Zwerge.

»Ich habe Hunger«, konstatierte Bingo wieder, diesmal mit mehr Nachdruck.

»Björn«, meinte Ganzalt kopfschüttelnd.

»Etwa Björn das Tier, der was tagsüber ein Mensch ist und nachts ein Tier?«, wollte Pralin mit zitternder Stimme wissen.

»Nein«, erwiderte Ganzalt scharf. »Davon habe ich jetzt kein einziges Wort verstanden.«

»Was ist los?«, erkundigte sich Bingo. »Ein Tier?«

»Björn, Mann«, erklärte Mori, wobei er einen verkohlten Zweig vom Boden aufhob und betrachtete. »Man erzählt sisch voll krasse *Storys* von ihm, so Legenden und so. Der ist ein Monster.«

»Es hilft nichts«, meinte Ganzalt. »Er ist ein launischer Mensch, also werden wir uns von unserer besten Seite zeigen müssen. Sein Haus ist jedoch ordentlich und sauber. Macht ihn auf keinen Fall wütend. Sonst reißt er euch die Arme und Beine aus, um die vor Blut triefenden Armstümpfe in Eure Hüftpfannen zu rammen und die Beine dort hinein, wo eigentlich die Arme sein müssten. Und dann lässt er Euch zu seinem Vergnügen tanzen.«

Niemand wusste etwas zu erwidern. Schwerer Trübsinn legte sich wie eine dunkle Wolke über die Gesellschaft.

Sie setzten ihren Weg am Flussufer fort. Ganzalt ergötzte seine Begleiter mit einigen Anekdoten über Björns Ruf. In allen diesen Schilderungen kamen die Ausdrücke »ausrenken«, »zerreißen« und »qualvoll« vor. Zwei Erzählungen endeten sogar mit derselben Formulierung: »… um auf dem Haufen noch zuckenden Fleisches zu landen.« Er schien die Geschichten durchaus erheiternd zu finden und lachte etliche Male. Genauer gesagt brach er an mehreren Stellen in eine Art hybriden Lach-Husten aus. Doch die Laune der Zwerge verdüsterte sich mit jedem Schritt.

Sie verließen den Fluss und marschierten durch Wiesen, auf denen nach Honig duftender Klee wuchs, der den Zwergen bis an die Brust reichte. »Kommt!«, rief Ganzalt, der einen flachen Hügel hinaufstapfte und eine breite Spur niedergetrampelten Grüns hinter sich ließ. Mittlerweile brannte die Sonne heiß auf die Gemeinschaft nieder. »In Björns Haus werde ich mich meines Hörzaubers bedienen müssen«, verkündete Ganzalt der Gesellschaft. »Also bitte, keine unvermuteten lauten Geräusche.« Er ging sogleich ans Werk und vollführte den Zauber. Aus Bingos Perspektive sah es jedoch fast so aus, als würde Ganzalt sich lediglich ein kleines Gerät ins Ohr stecken. Konnte es sein, dass der Hörzauber ...? Vorsichtshalber wandte Bingo den Blick ab.

Nachdem sie einen großen Hügel überquert hatten, kamen sie schließlich zu einem riesigen, aus Baumstämmen errichteten Gebäude, das inmitten des ansonsten unbebauten Terrains stand. Durch ein kunstvoll bearbeitetes Tor betraten sie einen gepflegten Garten. Aus der Nähe sah Bingo, wie präzise und elegant die Balken des Hauses zusammengesetzt worden waren.

Im Hof stand ein gewaltiger, muskulöser und blonder Mann in der Nähe eines Hühnerstalls. Er betrachtete aufmerksam ein Huhn, das er an den Beinen hochhielt. »Was siehst du mich so an?«, schalt er den Vogel. »Willst du mich ärgern? Sei bloß froh, dass ich kein Hühnchen mit dir zu rupfen habe. *Hö hö hö!*« Kopfschüttelnd setzte er das Huhn wieder in den Verschlag zurück. Der Fremde sprach mit geschürzten Lippen. Obwohl er die Worte sehr sorgfältig aussprach, klangen sie seltsam abgeflacht. Es war ein Akzent, den Bingo noch nie zuvor in seinem Leben gehört hatte.

»Seht Euch diese Hände an!«, wisperte Ganzalt in dem markerschütternden, alles übertönenden Flüsterton, der ihm zu Eigen war. »Wie riesig und kräftig sie sind! Mit den Händen kann er gut und gerne ein dickes Zauberbuch zerreißen! Und mit euch halben Portionen könnte er auf der Stelle kurzen Prozess machen!«

Der Besitzer besagter Hände blickte seinen Besuchern entgegen.

»Björn«, rief Ganzalt mit gezwungener Herzlichkeit. »Hallo!«

Der Hüne starrte der sich nähernden Gesellschaft mit unbewegter Miene entgegen. »Zauberer!«, rief er dröhnend. »Und Gobblins? Nein, nein, Zwerge. Zwerge sind besser als Gobblins. Seid mir alle willkommen.«

»Fett merçi, Meister Björn«, sagte Mori, indem er sich verbeugte. »Und isch darf dir zu deinem krass schönen, glatten Kinn gratulieren, hey oder?«

»Mein Kinn«, erwiderte Björn. Der Ausdruck seiner wie aus Stein gemeißelten Gesichtszüge blieb völlig unbewegt, als er sprach. Dennoch wirkte er auf Bingo wesentlich höflicher, als Ganzalt ihn beschrieben hatte. »Ja, ja, ein glattes Kinn habe ich. Mein Bruder hat einen blonden Bart, und er spielt das Fjordhorn und das Saiten-Linchirping. Aber mein Kinn ist glatt.«

»Björn!«, sagte Ganzalt. »Es ist viele Monde her, seitdem wir uns das letzte Mal begegnet sind. Eventuell könnt Ihr Euch auch gar nicht mehr daran erinnern, so lange ist es immerhin schon her. Hmm. Doch nun treffen wir uns erneut, und ich besuche euch mit einer Gruppe von Zwergen und einem kleinen Hobbnix. Auf unserer großen Reise nach Osten ist uns viel Leid widerfahren. Zahlreiche unserer Begleiter sind – durch ihre eigene, idiotische Nachlässigkeit, muss ich erwähnen, aber immerhin – getötet worden. Wir hatten auf Eure legendäre Gastfreundschaft gehofft.«

»Aber natürlich«, antwortete Björn. »Kommt herein.«

Sie traten durch eine breite Tür in eine gewaltige Holzhalle mit glatt gehobelten und polierten Balken und quadratischen, massiven Pfeilern aus dunklerem Holz. Über allem lag ein angenehmer, honigsüßer Kieferngeruch. In der Halle standen zahlreiche attraktive Holzmöbel adrett angeordnet. Die Zwerge standen mit Bingo in einer Reihe am einen Ende der Halle und zeigten einander besonders reizvolle Einrichtungsgegenstände.

»Und mögt ihr mein Haus?«, fragte Björn mit seiner seltsamen Singsang-Intonation.

»Hey, voll nett«, meinten die Zwerge mehr oder weniger einstimmig.

»Nett ist genau das richtige Wort«, stimmte Bingo zu. Für ihn sah das Ganze nicht nach dem Haus eines Arme und Beine ausreißenden Psychopathen aus. Andererseits war der Körper des Mannes mit dicken Muskelsträngen bepackt und sein Hals dicker als sein Kopf.

»Dieser Stuhl«, erklärte Björn und ergriff mit seiner gewaltigen, sonnengebräunten Hand einen Stuhl. »Das ist gebeizte und mit Klarlack behandelte massive Kiefer mit einem grünen, aus Warg-Haut geflochtenen Sitz.« Er hielt das Möbelstück so, dass jeder ihn sehen konnte. »Ich habe viele Stühle.«

»Krass«, meinte Mori.

Es trat eine Pause ein.

Björns leerer Gesichtsausdruck veränderte sich nicht. »Ich nenne meine Stühle meine vierbeinigen Freunde«, sagte er. Nach einer Pause von zwei Sekunden lachte er abgehackt: *»Hü hü hü.«*

Alle lachten mit, obgleich ihre Augen weiter aufgerissen waren, als das sonst der Fall war, wenn sie lachten. »Ha! Aha! Ja, sehr gut. Haha. Ausgezeichnet.«

Björn stellte den Stuhl wieder hin.

»Und da drüben«, fügte er hinzu, wobei er in eine Ecke des Wohnparadieses trat, »ist die Björn-Zentrale. So nenne ich es jedenfalls. Damit meine ich natürlich die Küche. Sie ist das Herzstück meines Hauses: Hier wird gegessen, gespielt und die Arbeit erledigt, die ich mir mit nach Hause nehme, also etwa Wölfe, die ich häuten muss. Das gesamte Familienleben dreht sich um die Björn-Zentrale. Aus diesem Grund habe ich mich für ein praktisches Design von extremer Haltbarkeit und Lebensdauer entschieden, das jedoch trotzdem reifen Geschmack verrät.« Seine blonden Augenbrauen, die wie dicke, gelbe Filzstreifen aussahen, senkten sich ein wenig. »Obwohl nur ich allein in der Björn-Zentrale lebe, weil ich keine Familie habe.«

»Keine Familie?«, fragte Bingo.

»Nein. Ich bin Björn das Tier. Tagsüber bin ich ein Mann, nachts ein Tier. Ich muss erst noch die Frau finden, die das Tier im Manne zu schätzen weiß.« Er wartete zwei Sekunden und lachte dann über seinen eigenen Witz: *»Hü hü hü.«*

»Ausgezeichnet«, stimmten alle zu und waren darum bemüht, ihre Gesichtsmuskeln zumindest zu einem Grinsen zu verziehen. »Aha! *Wirklich* gut. Haha. Ach.«

Verbissen fuhr Björn fort. »Manchmal kommt eine Frau, sitzt hier und isst mit mir an meinem LOKKA Esstisch aus massivem geöltem Birkenholz mit einem Verlängerungsstück, das unter der Tischplatte aufbewahrt werden kann. Sie und ich, wir essen. Fleisch und Brot, und wir trinken Honigbier. Doch dann geht die Sonne unter, und ich verwandle mich in ein großes, brüllendes Tier. Normalerweise verschwindet sie so schnell wie möglich durch meine Eingangstür MARKÖR (mit Pflanzensaft behandelte massive Fichte im Antik-Look, Klinken inklusive).«

Björns Gesicht wirkte seltsam unberührt von der schmerzlichen Geschichte, die er da erzählte.

»Vielleicht«, erklang Bingos Stimme, »findet Ihr ja eine Frau, die auch ein Tier ist …?«

»Eine Tierfrau, ja.« Björn nickte. »Natürlich, das ist mein Wunschtraum. Aber ich brauche nicht nur eine Tierfrau, sondern eine Tierfrau, die nichts dagegen hat, sich zu epilieren. Ich werde mein Leben auf keinen Fall mit einer borstigen Frau verbringen. Sie kann von mir aus das besonders scharfe Brotmesser mit Holzgriff und Blumenmuster Nummer siebenundzwanzig verwenden. Oder mein Bienenwachs.« Er ließ seinen Blick durch die Runde schweifen. »Ich habe eine ganze Menge Bienen.«

»Alles klar«, sagte Bingo gedehnt.

»Ich warte einzig und allein auf eine Frau«, erklärte Björn. »Manchmal denke ich, es geht schon; wenn da nur die Nächte nicht wären.«

»Hey, Nächte können Endphase hart sein«, stimmte Mori zu und stieß ein nervöses Lachen aus.

Björn ging zur gegenüberliegenden Wand. »Dieses Regal«, verkündete er, »aus gebeiztem Birkenfurnier mit Metallklammern, das habe ich gestern angebracht. Das Anbringen geschah am Tag, bevor ihr kamt.«

»Sehr gut«, sagte Bingo. »Sehr … ähm … regalig.« Mittlerweile war sein Hunger größer als seine Angst vor Björn. »Habt Ihr vielleicht etwas, na ja also, zu essen da?«

»Jå, jå, sicher«, antwortete Björn. Er trat zu einem frei stehenden Speiseschrank und deutete mit der Hand darauf.

Björn förderte Honig und trockene, viereckige Brotschnitten zutage. Das harte Brot zerbrach sofort bei dem Versuch, es mit Butter zu bestreichen. Außerdem servierte er ihnen ein Kuttelgericht, auf das die Zwerge sich stürzten – um dann schlagartig ihren Appetit zu verlieren. »Björn«, wollte Mori wissen, »hey, nix für ungut, aber ist in den … äh … voll leckeren Kutteln etwa Honig, hey?«

»Sicher«, erwiderte Björn.

»Brutal«, murmelte Mori kaum hörbar.

Zuerst war Bingo so dankbar, endlich etwas zu essen zu haben, dass er sich Björns physischer Nähe nicht länger bewusst war – weder seiner Muskelpakete noch der schrecklich monotonen Stimme. Doch als die Sonne langsam unterging und Björn einen Holzscheit in ARÅS, seinem steineingefassten Kamin, anzündete, empfand Bingo die Gegenwart des Tiermannes erneut als sehr bedrückend.

»Euren Zauberer kenne ich nun schon seit vielen Jahren.« Björn versah das Wort *Jahren* mit einem musikalischen Schnörkel in seiner Stimme.

»Escht, hey oder?«, erwiderte Mori. »Voll interessant.« Der Zwerg trug zwar ein unnatürlich breites Grinsen zur Schau, schien sich auf seinem Stuhl jedoch nicht sehr wohl zu fühlen. Vielmehr saß er steif nach vorne gelehnt und presste die Beine fest zusammen wie ein Mann, der aus mehreren Gründen gleichzeitig unbedingt die Toilette aufsuchen möchte. »Voll krass interessant.«

»Ach ja, er ist ein Freund der Tiere und er ist berühmt: Radlwastl der Raser. Ja, ja. Und alle Tiere – und wie ich schon sagte, bin auch ich ein Tier – wissen, dass er ihr Freund ist.«

Ganzalt, der wie ein Irrer grinste, beugte sich zu Mori vor. »Er denkt, ich sei Radlwastl«, zischte er. »Spielt unbedingt mit! Er darf auf keinen Fall die Wahrheit erfahren! Wir dürfen ihn nicht erzürnen, sonst könnte er zum Tier werden. Das wäre eine Katastrophe.«

Als er innehielt und sich umdrehte, gewahrte er, dass Björn ihn anstarrte.

»Ihr flüstert«, bemerkte Björn ruhig.

Alles schwieg.

»Ja«, gab Ganzalt zu und blickte Hilfe suchend in die Runde. Auf seiner Stirn glänzten Schweißperlen wie Diamanten. »Das stimmt.«

»Bitte sagt es uns allen«, ertönte Björns Singsang.

»Ich sagte eben ... ähm ... zu Mori, wie ... ähm ... reizend ich Eure Dachbalken finde.«

Björn sah Ganzalt fest in die Augen. Dann legte er seinen massigen blonden Kopf in den Nacken und blickte zur Decke empor. Er wandte den Kopf wieder Ganzalt zu und betrachtete den Zauberer erneut eine Minute lang. Schließlich meinte er: »Sicher.«

»Hey, Mann, also isch muss mal«, erklärte Bofi.

»Das Badezimmer, ja, natürlich«, erwiderte Björn. »Im Hof draußen steht ein Schuppen. Drinnen erwartet Euch der raffinierte Charme frei stehenden Designs. Die Toilette ist mit der bleichen Schönheit glatten Kiefernfurniers verkleidet und mit Griffen und Beinen aus geschmeidigem Kirschholz kombiniert. Das Ganze ist eine gelungene Mischung aus stilvoller Eleganz und funktionsgerechter Simplizität.«

Mit nach vorne gebeugtem Kopf stürzte Bofi nach draußen, wobei er beinahe über seinen Bart gestolpert wäre.

»Wie ich schon sagte«, fuhr Björn fort. »Tiere sind gut. Meine Hühner sind ganz besondere Hühner. Sie kamen von weit her angeflattert. Nun stehe ich in ihrem Bann.«

»Tatsächlich?«, erkundigte sich Ganzalt. »Faszinierend.«

Eine Weile schwiegen alle nachdenklich.

Da meldete sich Ganzalt auf einmal lebhaft zu Wort. »Selbstverständlich möchten wir Euch nicht unnötig lange wach halten. Es ist sicher längst Schlafenszeit. Werdet Ihr nicht ... na ja, also, Ihr wisst schon ... zum Tier?«

»Heute Nacht«, erklärte Björn, »werde ich aus Gastfreundschaft euch gegenüber nicht zum Tier werden. Doch sagt mir bitte, wohin eure Reise euch führt?«

Die Zwerge atmeten kollektiv erleichtert auf.

»Hey, Kollege, hey«, meinte Mori geradezu ausgelassen. »Wir wollen halt zum Einzigen Berg.«

»Sicher«, erwiderte Björn. »Der Strebor. Einzige Berg. Sicher. Und was ist der Anlass eurer Reise?«

»Gold«, antwortete Mori und warf Ganzalt einen kurzen Blick zu.

»Gold!«, wiederholte Ganzalt dröhnend, wobei er Bingo bedeutsam ansah.

»Ach«, meinte Björn. »Bei eurer Suche geht es also um Bares?«

»Geld«, stimmte Ganzalt zu.

»Geld, hey«, wiederholten die Zwerge.

»Muss wohl so sein«, murmelte Bingo. »Warum sonst würdet ihr das immerzu behaupten?«

Das Feuer schien belustigt vor sich hin zu prasseln.

»Ihr werdet mit Schmauch dem Zauberdrachen um sein Gold kämpfen?«, wollte Björn wissen.

»Ganz genau«, entgegnete Mori.

»Drachen sind gewaltige Ungeheuer. Sehr groß, wisst ihr.« Björn starrte lange in die Flammen. Unnatürliche Stille legte sich über die große Halle. »Gewaltiger«, fügte Björn schließlich hinzu, »als Bären. Und böser.«

Er schien angestrengt über etwas nachzugrübeln.

»Nun, vielleicht ist es Zeit, dass wir uns alle hinlegen«,

meinte Ganzalt schnell. »Ab in die Heia, wenn ihr mich fragt. Also wirklich, Björn, ich muss schon sagen: Es ist ausgesprochen zuvorkommend von Euch, nicht zum Tier zu werden, solange wir unter Eurem Dach weilen. Ich denke, ich spreche im Namen aller, wenn ich Euch sage, dass wir das als Zeichen eines wahrhaft gastfreundlichen … ähm … Hauses betrachten. Echte Gastfreundschaft, nicht wahr? Euer Haus ist ein wahrhafter Hort der Gastfreundlichkeit.«

Seine Stimme wurde immer schwächer, bis sie zum Schluss kaum noch hörbar war. Alle Augen richteten sich auf Björn.

Zum ersten Mal waren Björns Worte leicht emotional gefärbt. »Euch ist vielleicht die Geschichte des Großen Tieres aus dem Norden bekannt?«

Niemand rührte sich.

»Das Große Tier aus dem Norden …?«, meinte Ganzalt auffordernd, aber behutsam.

»Ein guter Freund von mir, ein gewaltiges Tier«, erklärte Björn. »Der Drache Schmauch kämpfte gegen ihn, spuckte Feuer und versengte ihn. Sein Pelz fing Feuer und er verbrannte. Sein herrliches blau-gelbes Haus brannte nieder.«

»Du meine Güte«, sagte Ganzalt.

»Krass«, bekräftigten die Zwerge.

»Krass?«, entgegnete Björn aufgebracht. »Krass? Es ist mehr als krass, ihr Zwerge!«

»Krass«, wiederholte Mori seine Aussage, doch so leise, dass Björn es wahrscheinlich nicht hörte.

»Es ist schlimmer als krass«, verkündete Björn und erhob sich von seinem Platz. »Es ist eine Tragödie, ein Verbrechen gegen die Tierwelt. Typisch Drache, Feuer zu benutzen. Das sollte nicht sein dürfen. Nein, nein, das sollte es nicht. Drachen!« Seine Augen hatten begonnen, sich erschreckend zu verfinstern, wie Tinte, die in zwei weißen Keramikschüsseln verrührt wurde. Er fuchtelte mit beiden Händen in der Luft herum. »Drachen? Mag ich Drachen etwa nicht? Nein, ich mag sie nicht. Drachen? Tatsächlich! Ich hege eine starke Antipathie gegen Drachen.«

»Selbstverständlich tut Ihr das«, meinte Ganzalt beschwichtigend. »Selbstverständlich tut Ihr das. Das ist ganz natürlich.«

»Feuer zu spucken?«, donnerte Björn. »Bei trockenem Pelz? Das majestätische blau-gelbe Haus aus dem Norden niederzubrennen? Die beruhigende Einfachheit des klaren, modernen Designs sowie die aus Naturfasern und Quellwasser gemischte Farbe zu Kohle zu machen? Zu Asche? Zu Staub?« Er ging auf und ab, wobei er seinen Kopf durch kräftige Halsbewegungen schüttelte. »Nein, nein, das ist nicht richtig. *Kein* Feuer spucken, das ist richtig, denn Feuer verstößt gegen jegliches Feingefühl gegenüber den Tieren. Und Schmauch tut es dennoch? Der Drache muss bestraft werden. Bestraft! Ihr müsst Schmauch töten! Tötet Schmauch! Tötet! Tötet! Den Drachen!«

»Unbedingt«, sagte Ganzalt in der Hoffnung, den aufgebrachten Hünen etwas zu beruhigen. »Genau das haben wir vor. Jetzt lasst uns aber von etwas anderem sprechen, wie? Wie wäre es mit noch einer Runde Honigbier? Und ein paar Scheiben dieser ausgezeichneten Honigbrote? Oder noch ein Töpfchen Eures raffinierten, mit Honig gesüßten Kaviars? Kommt schon, Björn, altes Haus, Ihr dürft Euch nicht so ... äh ... echauffieren. Es ist übrigens komisch«, fuhr der Zauberer fort, während er in der Tasche seines Ponchos nach seinen Rauchutensilien kramte, »dass Ihr das Abfackeln trockener Tiere erwähnt, denn«

– er stockte kurz und lachte einmal nervös auf – »die folgende Geschichte wird euch sicher köstlich amüsieren. Auf dem Weg hierher trafen wir auf einige Wölfe, die einen unserer Mitstreiter fraßen. Tja, tja, grässliche Biester – verschlangen den armen Pralin mit Haut und Haaren …«

»Wombl«, korrigierte Pralin pikiert.

»Genau, und sie waren schon drauf und dran, *mich* ebenfalls zu fressen. Eine prekäre Situation. Aber Ihr werdet das hier sicher urkomisch finden, vor allem … ähm … hahaha! … im Licht Eurer Erzählung von gerade eben. Köstlich, einfach köstlich! Also, die Wölfe standen kurz davor, mich zu fressen, nicht wahr, mich zu fressen, und so wandte ich einen kleinen Feuerzauber an. Und da fing also der *erste* Wolf Feuer, nicht wahr.« Ganzalt kicherte. »Der *erste* Wolf fing Feuer und sprang wie von der Tarantel gestochen herum, nicht wahr, und dann rempelte er den *zweiten* Wolf an …«

Björn hatte aufgehört, auf und ab zu gehen, und starrte den Zauberer unverwandt an. Mori gestikulierte wild mit beiden Armen und schüttelte in einem fort den Kopf. Doch es gelang ihm nicht, Ganzalts Aufmerksamkeit auf sich zu lenken.

»… und – ha! ha! ha! – und der *zweite* Wolf brannte sofort lichterloh wie eine Fackel. Und er stieß mit dem *dritten* Wolf zusammen. Das war vielleicht ein Anblick! Und einen Lärm haben die Biester gemacht!« Ganzalt blickte zu Björn auf, und seine Erzählung geriet ins Stocken. »Sie machten«, wiederholte der Zauberer in weniger heiterem Tonfall, »so … einen … Lärm.«

Eine Minute lang herrschte eisiges Schweigen.

Björn, der die ganze Zeit über stockstill gestanden hatte, begann zu ächzen. Das Ächzen wurde zu einem

Stöhnen, dann zu einem Fauchen und schließlich zu einem Heulen. Mit seinen gewaltigen Händen ging er daran, sich geräuschvoll die Kleider vom Leib zu reißen. Die Halle war erfüllt von seinem wütenden Geheul und dem Ritschratsch der zerreißenden Kleidung.

»Ojemine«, flüsterte Ganzalt und flüchtete flink hinter ein Sofa. »Du liebes bisschen.«

Der Rest der Gesellschaft beeilte sich, ihm zu folgen.

»Åååååh! Årggggh!«, brüllte Björn. »Ø! Ø! Ø! Ø! Ø! Uh! Uh!Uh! Årggggh!«

»Das war eventuell die falsche Taktik«, erklärte Ganzalt und sah einen Zwerg nach dem anderen an.

»Ach«, meinte Mori.

Mittlerweile ging Björn die gesamte Länge des Saals auf und ab. Er heulte und fauchte und gab überhaupt alle möglichen Geräusche von sich, die man gemeinhin mit einem wütenden Tier assoziiert. Seinen Wollpulli hatte er sich bereits vom Leib gerissen. Nun versuchte er sich an dem um einiges strapazierfähigeren Stoff seiner Hose. Doch eine Hose zu zerreißen ist kein Kinderspiel, nicht einmal für den kräftigsten Kerl. Letztendlich musste er sich damit begnügen, den Knopf am Bund abzureißen und sich des hartnäckigen Kleidungsstücks ansonsten auf konventionelle Weise zu entledigen. »Åååååh!«, brüllte er. »Åååååh!«

»Verflucht«, fluchte Mori. »Hey, was sollen wir jetzt tun? Wir sitzen voll krass in Holzhaus mit wilde Tier fest!«

»Immer mit der Ruhe«, riet Ganzalt.

»Vielleicht sollten wir zur Tür rennen?«, schlug Bingo vor.

»Wååååh!«, schrie Björn. Über der Sofalehne war sein Kopf zu erkennen. »Wååååh!«

Ganzalt, die Zwerge und Bingo rannten um die Wette,

um hinter der Lehne eines anderen Sofas Zuflucht zu finden. Die ganze Zeit über stieß Björn wütende Zornesschreie aus und stapfte im Saal auf und ab.

»Habt ihr des gesehen, hey?«, meinte Mori. »Der ist … ähm, also … *überall* voll glatt.«

»Glatt«, wiederholte Bingo.

»Ich wünschte nur, er würde mit dem Gebrüll aufhören«, wimmerte Ganzalt. »Der Hörzauber verstärkt es noch, und ich habe bereits Kopfschmerzen.«

»Keine Körperbehaarung, Mann. Sollte ein Tier nicht behaart sein, checkst du? So mit Fell und so?«

»Keine Körperbehaarung?«, wollte Bingo wissen.

»Ein bisschen schon«, stellte Mori richtig. »Aber nach Zwergenmaßstäben ist der voll glatt, weißt? Ganz glattes Kinn und so. Brusthaare hat der Typ auch keine.«

Ganzalt murmelte gequält, »Dieses höllische Summen in den Ohren …«

»Röär!«, brüllte Björn auf. Außerdem waren eine Reihe anderer Geräusche zu hören: *Smash! Smash! Crash!* *

Mori reckte den Kopf über die Sofalehne, um sich gleich wieder zu ducken. »Der reißt halt so Zeug von Regal runter«, berichtete er. »Und er brüllt.«

»Ja, das hören wir«, bemerkte Bingo trocken. »Ist er mittlerweile zum Tier geworden?«

»Hey, also ehrlisch gesagt, ist der Typ einfach bloß nackig.«

»Kein Tier?«

»Nö.«

---

* Dem aufmerksamen Leser wird nicht entgangen sein, dass es sich hierbei um englische Wörter handelt. Eigentlich müsste es an dieser Stelle korrekt heißen: *Krach! Holter die! Polter!* Leider klingt das einfach nicht so cool. (Anm. d. Übers.)

»Nicht einmal ein bisschen?«

»Neee, gar net«, erwiderte Mori. »Überall glatt und haarlos, Mann.«

»Das klingt nicht besonders tierisch«, stellte Bingo fest.

Er nahm all seinen Mut zusammen (was nicht lange dauerte, weil nicht viel zusammenzunehmen war) und stand auf. Sein Kopf reichte gerade bis über die Sofalehne. Vorsichtig spähte er nach Björn. Wie Mori bereits gesagt hatte, war der Hüne völlig nackt – so nackt wie nur ein muskelbepackter Erwachsener ohne Kleidung sein kann. Der Kerl stürmte am anderen Ende des Saals auf und ab und brüllte.

»Das verstehe ich nicht«, sagte Bingo. »Wann wird er denn nun zum Tier?«

»Röär!«, schrie Björn, der nun auf sie zugestapft kam. »*Wann*, fragt ihr? *Wann* ich es werde? Ich *bin* es schon! Ich bin ein Tier! Ich bin Björn das Tier! Röär!«

Als der haarlose, nackte Mann das Sofa erreicht hatte, wichen die vollständig bekleideten, behaarten Zwerge an die Wand zurück.

»Röär!«, bekräftigte Björn. »Röär!« Er hob seine Hände, als würde er eine unsichtbare Eisenstange etwa auf Brusthöhe umklammern. Björn das Tier öffnete den Mund, wobei zwei Reihen eindrucksvoller, aber unbestreitbar menschlicher Zähne zum Vorschein kamen. »Röär!«, sagte er.

Bingo kratzte die letzten Reste, ja Krümel seines Mutes zusammen, bis er quasi einen imaginären Couragekeks geformt hatte. »Ihr seid in Wirklichkeit überhaupt kein Tier, oder?«

»Erbärmlicher Lügner!«, heulte Björn auf. »Sicher bin ich ein Tier!«

Er stürzte sich auf den Hobbnix, der jedoch unter den Säulen von Björns Beinen hindurchtauchte und weglief. »Seid Ihr nicht«, rief Bingo über die Schulter und japste nach Luft. »Nicht *wirklich*, oder?«

»Röär!«, schrie Björn. »Sicher bin ich das. Ich werde Euch mit meinen furchtbaren Tierfängen zerreißen.«

»Pustekuchen«, erwiderte Bingo. Es war die ausgeklügeltste Spottrede, die ihm unter Zeitdruck eingefallen war. An der Tür angelangt, zerrte er mit aller Kraft an dem elegant geschnitzten Türgriff.

»Spürt den Zorn des großen, pelzigen ...«, heulte Björn, indem er sich auf Bingo stürzte. Beenden wollte er den Satz vielleicht mit den Worten »mächtigen Björn«, oder vielleicht »Untiers«, oder auch einfach »Tiers«. Leider können wir hierüber nur Vermutungen anstellen. Was Björn nämlich tatsächlich sagte, lenkte die Aussage in eine gänzlich neue Richtung: Er stieß ein überrascht klingendes »Uuu*uuu*!« aus. Der Hobbnix hatte sich geduckt und war mit einem eleganten Hüftschwung zur Seite gewichen, sodass sein Angreifer ihn verfehlt hatte. Björn war aus der offenen Tür gestürzt und, Kinn zuerst, draußen auf die kalten Treppenstufen gefallen. Es gab mehrere dumpfe Aufschläge, als er seinen Weg nach unten bäuchlings fortsetzte und schließlich am Fuß der Treppe im Schlamm landete.

Bingo warf sich mit seinem ganzen Gewicht gegen die Tür und ließ sie hinter Björn ins Schloss fallen. Sogleich waren sechs Zwerge zur Stelle, die ihm dabei halfen, den sorgsam abgeschmirgelten Buchenholzriegel einrasten zu lassen.

Hierauf brachen alle sieben zusammen, und es dauerte eine ganze Minute, bis sie wieder zu Atem kamen.

»Tja, also«, meinte Ganzalt vom anderen Ende des Raumes her. »Das lief doch im Großen und Ganzen prima.« Er zündete sich seine Pfeife an.

Draußen vor dem Eingang erklang gedämpft eine Stimme. »Entschuldigung?«, hieß es. »Habt ihr etwa die Tür abgesperrt?«

»Hey, achtet net auf den«, sagte Mori, während er aufstand und sein leicht zerknittertes Zwergengewand glatt strich.

»Hallo?«, hörte man wieder die Stimme. »Hallo? Könntet ihr bitte die Tür wieder aufmachen?«

»Geht weg!«, rief Bingo.

»Es ist kalt hier draußen«, erklang Björns niedergeschlagene Stimme.

»Hey, such dir eine Höhle zum Überwintern, Mann«, schrie Mori.

»Bitte nicht auch noch spotten«, klagte Björn. »Es ist ausgesprochen kalt. Wenn ihr mich wieder hereinlasst, verspreche ich auch, dass ich mich den restlichen Abend nicht mehr in ein Tier verwandeln werde.«

»Hey, Tier, oder? Du bist doch bloß ein komplett durchgeknallter FKK-Freak«, verkündete Mori laut und deutlich.

»Ach, lasst ihn«, meinte Bingo. »Nun aber zu Euch, Ganzalt. Stellt den Hörzauber noch nicht ab, denn ich habe noch etwas mit Euch zu klären.«

»Hä?«, fragte Ganzalt. »Was gibt es?«

»Ihr habt uns erzählt, dass Björn sich tatsächlich in ein Tier verwandelt«, warf Bingo dem Zauberer vor. »All die Gruselgeschichten von ausgerissenen Armen und Bergen zuckenden Fleisches. Ist Euch klar, dass Ihr uns damit Angst eingejagt habt?«

»Tja, das hatte ich mir eben sagen lassen.« Der Zauberer kaute beleidigt auf dem Mundstück seiner Pfeife herum.

»Euch *sagen lassen*? Ich dachte, Ihr kanntet ihn!«

»Aber nein, woher denn? Hab ihn noch nie zuvor zu Gesicht bekommen.«

»Aber Ihr sagtet doch …«

»Ein einfacher Trick, um uns Zugang zu verschaffen und an das Essen zu kommen. Hat bestens funktioniert, wenn ich das hinzufügen darf. Nein, er hat mich mit Radlwastl dem Raser verwechselt, einem Zaubererkollegen von mir. Aber es ist doch alles wunderbar gelaufen. Und wir haben noch dazu gelernt, bisher unbestätigten Berichten von Werwesen keinen Glauben mehr zu schenken.«

»Hallo?«, drang Björns Stimme von draußen herein. »Meine Zähne klappern aufeinander. Entschuldigung! Hallo!«

In dieser Nacht schliefen alle Mitglieder der Gemeinschaft ausgesprochen gut. Zum Frühstück aßen sie Knäckebrot mit Honig und Met. Erst als sie sich ausgeruht und ausreichend vorbereitet fühlten, öffneten sie die Tür. Draußen lag Björn zusammengerollt unter einem provisorisch aufgetürmten Blätterhaufen. Seine Gliedmaßen sahen blau aus.

Auf der untersten Treppenstufe saß ein griesgrämiger Bofi. »Hey, isch hab die ganze Nacht auf Klo verbracht«, motzte er. »Was ist mit Frühstück?«

Während Bofi das Haus nach weiteren Vorräten durchsuchte, stand Björn auf und schüttelte die nassen Blätter ab. Er wirkte geknickt. »Äußerst unangenehm ist es hier draußen gewesen«, verkündete er. »Mit der Kälte und dem Frost und den ganzen Krabbeltieren. Darf ich nun wieder hereinkommen?«

Bingo trat beiseite und ließ den Hünen in dessen eigenes Haus huschen. »Und danke!«, rief der kleine Hobbnix, als Bofi wieder herauskam, den Mantel voller Kekse und Plätzchen. »Danke für Eure Gastfreundschaft.«

Spinnen

Sechstes Kapitel

Häkeln und Spinnen

Gut gelaunt ließen sie Björns Haus hinter sich. Zuvor hatten sie den nunmehr mürrischen und verschlossenen Hünen um neun kräftige Ponys und eine Reihe seiner preisgekrönten Hühner erleichtert. Björn hatte sich damit begnügt, in einer Ecke zu sitzen, düster vor sich hin zu starren und sich selbst zu bemitleiden. »Merçi Björn, Alter!«, riefen die Zwerge ihm zu, als sie aufbrachen. »Servus!«

Er antwortete nicht.

Die folgende Nacht verbrachten sie warm eingewickelt in Björns dicke Webdecken. Tags darauf kamen sie auf den stämmigen Ponys gut voran und erreichten alsbald den gewaltigen M***-Fluss. Die spiegelglatte Oberfläche des breiten Gewässers schimmerte im Sonnenschein wie poliertes Kristall. Jenseits des Flusses war der Rand des großen Waldes zu sehen. Der Himmel über ihnen, eine perfekte Mischung aus Mittagsblau und metallenem Grau, verhieß Weite und unendliche Möglichkeiten. Die Luft schmeckte frisch, wie reines Wasser.

»Wie sollen wir ans andere Ufer kommen?«, erkundigte sich der Hobbnix.

»Hey, und isch hab halt gedacht, du bist schon vom andern Ufer«, meinte Mori kichernd. Er schnallte sich den ovalen Zwergenbrustpanzer los. »Mach disch locker, hey.

Wir benutzen die Dinger als Boote und treiben rüber, Mann. Trägst du dein Teil etwa net?«

»Ähm, also«, entgegnete Bingo, »ehrlich gesagt, nein.«

Ohri tippte ihm mit dem Finger gegen die Cordweste. »Hey, und des Teil da soll wasserundurschlässig sein, oder was?«

»Die Weste ist überhaupt nicht wassertauglich«, erklärte Bingo. »Außer, wenn sie gewaschen werden soll. Es ist schließlich keine Schwimmweste.«

»Krass«, erwiderte der Zwerg. »Net wassertauglisch, hey oder? Wozu ist sie denn dann gut?«

»Sie hält meinen Oberkörper warm.«

»Ach neee,« sagte Tori. »Was du net sagst, Mann. Aber welschen Zweck hat sie sonst noch?«

»Keinen.«

Die Zwerge grummelten, wie sinnlos es sei, Kleidung ohne mindestens einen sekundären Zweck zu tragen. Sie nahmen ihre Bündel von den Ponys, banden sich das Gepäck auf den Rücken, ließen dann ihre flachen Brustpanzerboote ins Wasser gleiten und sprangen unerwartet graziös auf ihre Schiffchen. Im nächsten Augenblick paddelten sie mit ihren kräftigen Zwergenhänden los. Aufgrund der Strömung trieben sie etwa genauso weit flussabwärts, wie sie vorwärts kamen. Bingo und der Zauberer blieben mit den Ponys allein zurück. »Hey!«, rief der Hobbnix. »Und was ist mit uns? Hey!«

Kurze Zeit später sah er jedoch, wie zwei der Zwerge erneut ihre kleinen Metallschiffchen bestiegen und sich auf den Weg zurück ans diesseitige Ufer machten. Sie wurden noch weiter flussabwärts getrieben und verschwanden aus Bingos Blickfeld, bevor sie das Ufer erreichten. Zwanzig Minuten später kamen sie auf Bingo und Ganzalt zugelaufen, und der Hobbnix erkannte, dass sie je zwei Schilde trugen.

»Hier«, meinte Bohri, der die beiden zuerst erreichte. »Da springst du rein, weißt du, und tust mit aller Kraft rudern.«

Ohri versuchte Ganzalt zu überreden, in das andere freie Schildboot zu steigen.

»Und was ist mit den Ponys?«, erkundigte sich Bingo. Verzweifelt versuchte er, den Brustpanzer im Wasser ruhig zu halten, während er sich über die Uferböschung nach unten lehnte.

»Hey, die müssen halt alleine nach Hause finden«, erklärte Bohri. Doch Bingo hörte ihn kaum mehr, denn er war in sein flaches Boot gefallen und befand sich mittlerweile ein paar Meter vom Ufer entfernt auf dem Weg flussabwärts. Er versuchte zu paddeln, doch dazu musste er derart seinen Rücken krümmen, dass seine Wirbelsäule schmerzte. Auf dem Rücken liegend mit den Unterarmen gegen die Fahrtrichtung anzupaddeln stellte sich als wenig effektiv heraus. Wenn er sich aber auf den Bauch legte, schnitt ihm der scharfe Rand des Brustpanzers in die Kehle. Zu guter Letzt zwang er sich dazu, die Rückenschmerzen zu ertragen, und paddelte mühsam vor sich hin, bis er das gegenüberliegende Ufer erreicht hatte. Es war niemand zu sehen. Seine Stiefel waren voller Wasser und seine Kleidung war triefend nass. Er zerrte sein Schiffchen an Land und trottete eine Stunde lang flussaufwärts, indem er den Brustpanzer im Schlamm hinter sich herzog. Schließlich fand er den Zauberer und die Zwerge gemütlich um ein Lagerfeuer versammelt.

Am nächsten Morgen, nach einem weiteren reichhaltigen Frühstück aus Björns Vorräten – mit Honig überbackener Räucherfisch, Honigtoast und mit Honig gesüßter Orangensaft – fühlte sich Bingo ein wenig besser. »Wohin soll es gehen?«, erkundigte er sich. »In den Wald?«

»Korrekt, Kollege«, bestätigte Mori.

Sie packten ihre Sachen zusammen und marschierten in Zweierreihen auf die Bäume zu. Doch Bingos Unbeschwertheit verflog, sobald sie durch ein Gewirr aus Ästen, das fast wie ein Tor aussah, den Wald betreten hatten und einen moosbewachsenen, düsteren Pfad entlanggingen. Es war sehr dunkel. Dieser Wald war in keiner Weise mit dem nicht allzu dichten, dafür aber umso sonnigeren Wald von Lord Halbelf dem Elben zu vergleichen. Dies hier war baumgewordener Trübsinn. Die bleichen, fleckigen Baumstämme waren rundum von einem Pilz befallen, der aussah wie alter Käse. Alles, was Bingo mit den Fingern oder dem Gesicht berührte, oder schlimmer noch, was *ihn* berührte, fühlte sich schleimig an.

»Welch abscheulicher Ort!«, stellte er fest.

»Ja«, pflichtete ihm Mori bei, der neben ihm ging. »Hey, des hier ist der böse Imdunkelnistgutmunkelnwald, kurz Dunkelwald genannt. Siehst du die Ulmen da drüben, Mann?«

»Ja.«

»Das sind Eischen.«

Bingo betrachtete sie genauer. »Sie sehen auch wie Eichen aus«, meinte er. »Haben sie die Form von Ulmen angenommen?«

»So ähnlisch, Mann«, erwiderte der Zwerg. »Sind fett krass verzaubert. Und die Eschen da vorne?«

»Eichen«, meinte Bingo.

»Gut geraten, Mann«, lobte der Zwerg.

»Nicht wirklich. Wenn man genauer hinschaut, sieht man, dass es gar keine Eschen sind, sondern Eichen.«

»Korrekt«, gab Mori zu. »Es ist halt kein sehr wirksamer Zauber, aber immerhin, weißt? Der Dunkelwald steckt voller gefährlischer Geheimnisse und geheimer Gefahren und so.«

»Müssen wir unbedingt durch den Wald? Können wir nicht außen herum?«

»Hey, so ist direkter Weg«, meinte Mori griesgrämig. »Außerdem dachte isch ... das heißt«, er sah sich hastig um, als wolle er sichergehen, dass keiner der übrigen Zwerge zuhörte, »das heißt unser König Thothorin hat sisch halt gedacht ... ähm ... dass es voll schön wär, wieder mal etwas über unsere Köpfe zu haben. Auch wenn es bloß so Laub ist, weissu, wie isch mein? Das ist fast so, als wären wir unter die Erde, hab isch mir gedacht. Natürlisch ist es net wirklisch so schön wie unter die Erde. Es gibt Spinnen.«

»Spinnen machen mir nichts aus«, behauptete Bingo stockend. Es war eine Lüge, wenn auch nur eine kleine.

»Hey, isch meine net so kleine Spinnen«, erklärte Mori. »Knöschelgroße oder faustgroße – pah! Isch meine so Spinnen, die was größer sind wie du. Zweimal so groß!«

»Sollte ich mich tatsächlich mit einer derartigen Gefahr konfrontiert sehen, bin ich mir sicher, dass mein Hobbnixmut mir beistehen wird«, erwiderte Bingo. Auch das war eine Lüge. Diesmal sogar eine ziemlich große.

Sie wanderten den ganzen restlichen Tag über weiter und schlugen ihr Lager am Abend in der Nähe eines trägen, zähflüssigen Baches auf. »Hey, bleibt's bloß von dem Wasser weg«, riet Mori. »Ist hundert Pro verzaubert. Morgen überlegen wir uns konkrete Lösung, wie wir rüberchecken.«

»Vielleicht sollten wir halt einen Baum fällen und eine Brücke machen?«, schlug Mori am nächsten Morgen vor. »Oder wir nehmen wieder unsere krasse Brustpanzer als Schiffe?«

Doch Ohri erwiderte abfällig, »Hey, machst du Witze, Mann?« Mutmaßlicherweise handelte es sich hierbei um eine rhetorische Frage. »Der Bach ist grad mal ein paar Zentimeter tief, wenn überhaupt. Was willst du da mit Schiffe, Alter? Kannste voll vergessen. Gehen wir andere Seite dursch Wasser, weissu wie isch mein? Isch fäll doch kein Baum, Mann!«

»Nein, nein, nein, Ohri, Mann«, entgegnete Mori mit Nachdruck. »Das hier ist Dunkelwald, weißt? Ganze Region ist verzaubert, ich schwör, hey.«

»Ganze *was*?«

»R-e-g-i-o-n«, wiederholte Mori zögernd und mit leicht fragender Intonation.

Ohri gab ein spöttisches Lachen von sich.

»Weißt schon«, meinte Mori gereizt, der offensichtlich nach einem besseren Wort suchte. »Hier halt, die krasse Gegend, *da hood* – des iss brutal verzaubert. Woher willst du abchecken, was in dem Bach passieren tut? Vielleicht schläfst du da ein. Kann sein, dass es ein Zauberfluss ist, weißt?«

»Kann aber auch sein, dass es halt mehr so ein ganz normaler kleiner Bach ist, und dass du jetzt einfach schwul rumtuntest«, gab Ohri zu bedenken.

»Dann geh halt«, forderte Mori ihn erzürnt auf. »Versuch's doch, Mann.«

»Ja, mach isch auch«, sagte Ohri.

Er stand am Rand des Baches, setzte einen Fuß ins Wasser und hielt inne. Das Wasser benetzte die Schuhsohle, reichte ihm aber kaum bis an die Seite seines Stiefels. Als nichts geschah, warf er den anderen ein siegessicheres Grinsen zu und setzte auch den anderen Fuß ins Wasser. Im nächsten Augenblick schwamm er auf dem Rücken, wobei er wild mit Armen und Beinen ruderte. Bevor jemand reagieren konnte, wurde Ohri flussabwärts getragen und verschwand immer weiter zwischen den Bäumen. Der winzige Bach war auf einmal zu einem tiefen, schwarzen, reißenden Gewässer geworden. »Hilfe«, hörte man Ohri halb gurgelnd rufen. »Hey, krass! Hilfe!« Doch er wurde mit rasender Geschwindigkeit davongeschwemmt. Schon bald ging sein Rufen im Donnern der schäumenden Wassermassen unter. Die Flut riss Gesteinsbrocken links und rechts vom Ufer mit sich.

Kurze Zeit später standen sie wieder in der stillen Morgendämmerung, und der Bach schien nichts als ein seichtes Rinnsal zu sein.

»An die Äxte!«, befahl Mori nach langem Schweigen. »Alle Mann fett an die Äxte!«

»Sollten wir ihn nicht suchen?«, fragte Bingo vorsichtig. Zu seiner Erleichterung versicherten ihm die Zwerge jedoch, dass es zu gefährlich sei, den Waldweg zu verlassen – selbst wenn es um einen geschätzten Kameraden und Bruder ging.

»Da würden wir alle brutal verrecken, Mann«, erklärte Mori. »Isch mein, vielleicht ist der Ohri krass ertrunken oder es treibt ihn aus dem Wald in den Fluss, der wo nach Osten fließt. So oder so können wir ihm net helfen.«

Sie versuchten einen der Bäume zu fällen, die am Wegrand wuchsen, was sich jedoch als hoffnungsloses Unterfangen herausstellte. Nicht nur, dass die Rinde ausgesprochen robust und lederartig war, sie sonderte außerdem eine widerlich glitschige Flüssigkeit ab. Anstatt in das Holz zu schneiden, rutschten ihnen die Äxte ständig ab. Nach zweistündigem ergebnislosen, dafür aber umso anstrengenderen Ädteschwingen setzten sich die Zwerge mit düsteren Mienen in einen Kreis.

»Könnte uns nicht vielleicht der Zauberer behilflich sein?«, fragte Bingo.

Doch Ganzalt schien in einen Zustand senilen Phlegmas verfallen zu sein. Er lächelte und winkte glücklich, wenn sie ihn anschrien. Doch nichts, was sie taten – egal ob sie laut riefen, wild gestikulierten oder mit einem Stock Skizzen in die Erde zeichneten –, konnte ihn dazu bewegen, ihnen zu antworten.

»Der Alte ist stocktaub«, meinte Mori.

»Stocktaub?«, erkundigte sich Bingo entgeistert.

»Was hast denn du gedacht, Mann? Dass es besser wird, oder was?«

»Nein, aber auch nicht, dass sich sein Zustand derart schnell verschlechtert. Ihr tut so, als hättet Ihr schon immer damit gerechnet, dass er völlig taub wird.«

Mori sah den Hobbnix an, als hätte er den Verstand verloren, dann schien er sich wieder zu besinnen. »Klar, Mann, du hast ja keine Ahnung! Hab fett vergessen, dass du kein Zwerg bist, Alter. Hey, Respekt. Hab mich voll an dich gewöhnt. Krass.«

»Wovon habe ich keine Ahnung?«, wollte Bingo wissen. »Wovon redet Ihr?«

»Nicht so wischtig, weißt schon?«, brummelte Mori.

»Nein, im Ernst. Wovon habe ich keine Ahnung? Ihr alle habt schon den ganzen Weg über etwas vor mir geheim gehalten. Um was geht es? Warum genau reisen wir denn nun zum Einzigen Berg?«

»Gold«, warf einer der Zwerge halbherzig ein.

»Aber es geht doch nicht wirklich um Gold, nicht

wahr?« Diesmal ließ Bingo nicht locker. »Kommt schon, ich bin doch kein Vollidiot. Ich weiß, dass es nicht wirklich um Gold geht. Ich weiß nur nicht, worum es *stattdessen* geht. Was ist der wahre Grund unserer Reise?«

»Gold«, murmelte Mori. »Nix als Gold.«

»Och«, meinte Bingo verzweifelt, stand auf und ging zu dem verzauberten Bach hinüber. Der kleine Wasserlauf sah so harmlos aus. Vom einen Ufer zum anderen waren es nicht mehr als drei Meter. Konnten sie nicht einfach hinüberspringen? Nein, das konnten sie natürlich nicht.

Er kehrte wieder zu den anderen zurück. »Wenn wir keine Brücke aus Holz bauen können, müssen wir eben eine Brücke aus etwas anderem bauen. Im Uferschlamm gibt es eine Menge Felsbrocken. Weshalb rollen wir die nicht ganz ins Wasser und benutzen sie als Trittsteine?«

»Ultrakorrekte Idee«, meinte Mori, indem er sich erhob. Die sechs übrig gebliebenen Zwerge und der Hobbnix schleppten, hievten und schoben einen der Steine nach vorne, bis er schließlich ins Wasser rollte und in der Mitte des Baches landete. Nichts geschah.

»Hey, ihr zwei da«, sagte Mori zu Pralin und Bofi. »Haltet's misch an Arme fest.«

Sie stellten sich am Bachufer auf. Behutsam setzte Mori einen Fuß auf den großen Stein. Alle hielten den Atem an, doch nichts passierte. »Hey, passt's bloß auf«, meinte Mori und wollte mit dem anderen Fuß nachsetzen. Doch sobald sein Fuß nicht mehr das Ufer berührte, gab es ein ohrenbetäubendes Dröhnen, und der Felsbrocken bewegte sich. An seiner Vorderseite bildete sich Schaum. Pralin und Bofi rissen Mori nach hinten, sodass dieser im Schlamm landete.

Nun floss das Gewässer wieder ruhig vor sich hin.

»Ich vermute, dass wir den Bach überqueren müssen,

ohne in irgendeiner Weise mit dem Wasser in Berührung zu kommen«, stellte Bingo fest.

»Ach«, meinte Mori verdrießlich.

»Was nun?«

»Die Kletterpflanze«, erwiderte Bingo. »Seht Ihr sie? Sie hängt da vorne über dem Bach. Könnten wir die nicht erreichen?«

»Vielleischt mit 'nem Stock«, meinte Mori und hob einen modrigen toten Ast auf, der am Wegrand lag. »Damit können wir vielleischt das Teil zu uns herziehen, weißt? Glaubst du, wir können uns damit so tarzanmäßig rüberschwingen?«

»Genau.«

»Du zuerst, Mann«, erklärte der Zwerg. »Du bist viel leischter wie wir. Wenn das Kletterteil disch net aushalten tut, haben wir eh keine Chance. Aber wenn es disch aushält – Respekt! Dann probier isch's auch.«

Bingo war nicht sonderlich glücklich über den Plan, musste jedoch einsehen, dass er nicht einer gewissen physikalischen Logik entbehrte.

Die Zwerge fingen den Arm der Schlingpflanze mit Leichtigkeit ein und zogen ihn an das diesseitige Ufer des Bächleins. »Ich nehme Anlauf«, verkündete Bingo nervös. Er ging den Pfad ein Stück zurück, wandte sich dann um und lief auf das Gewässer zu. Genauer gesagt lief er nicht, vielmehr handelte es sich um ein eiliges Hobbnixhoppeln, ein fieberhaftes Trippeln. Er griff nach der Schlingpflanze, schwang sich laut wehklagend durch die Luft und zog die Beine an, damit sie das Wasser nicht berührten. Einen Augenblick später baumelte er in der Luft über dem anderen Ufer.

»Lass los, Alter!«, riefen die Zwerge hinter ihm. »Du

bist drüben! Krass! Lass los! Versuch disch so stuntmäßig abzurollen, wenn du landest, weißt?«

»Jaja!«, quiekte Bingo.

Doch es gelang ihm nicht, den Pflanzenarm loszulassen. Seine Hände schienen wie daran festgeklebt zu sein. Weiter unten haftete der Stock, mit dem die Zwerge die Pflanze vorher zu sich herangezogen hatten, ebenfalls noch an der Liane. In beinahe horizontaler Lage steckte der Hobbnix mehrere Meter über der Erde in einer Unmenge klebrigen Blattwerks fest.

»Hilfe!«, schrie er.

Doch es kam keine Hilfe. Um sich herum konnte Bingo kaum etwas sehen: lediglich die dunklen Sprengsel des Laubbaldachins über ihm und den Strang, an dem seine Hände klebten – und den er im Licht der jüngsten Ereignisse nicht mehr unbedingt als Schlingpflanze bezeichnet hätte. Neben ihm raschelte etwas.

»Hallo«, erklang eine höhnische Stimme an seinem Ohr. »Was haben wir denn hier?«

Bingo wandte den Kopf zur Seite.

Auf einer fest gespannten grauen Leine inmitten der Blätter saß die größte Spinne, die er jemals gesehen hatte. Aus dem fetten, behaarten Körper ragten abgewinkelte, dicke, ledrige Beine. Acht Stück. Dieser Umstand schreit geradezu nach eingehender Betrachtung: Das Untier hatte nicht zwei Beine wie jedes andere normale Geschöpf, oder auch vier wie die sanftäugigen Viecher, die man auf Weiden antrifft. Nein, es hatte acht Beine – eine völlig überflüssige und ehrlich gesagt ziemlich beängstigende Anzahl. Acht Stück, ganz genau. Eklig, wie? Und ob! Der Unterleib des Wesens war ein Stück nach unten gebogen. In dem verkniffenen Gesicht prangten zuckende Mundwerkzeuge über den v-förmigen Lippen; wie ein surrealer Schnurrbart, der auf unvorstellbare und unangenehme Weise lebendig war und sich in einem fort bewegte. Das Wesen besaß acht Augen, wobei sechs davon klein waren und von den Seiten des Gesichts abstanden. Die beiden Hauptaugen waren hingegen riesengroß und rot wie mit Bordeaux* gefüllte Glaskugeln. Das einfallende Licht verursachte seltsame Reflexe auf diesen Augen, und alles, was sich darin spiegelte, wirkte eigenartig verzerrt. Trotz allem wirkte das Gesicht der Spinne auf gewisse Weise menschlich – wie das Antlitz eines übergewichtigen Menschen mit unreiner Haut, der eine dicke, rote Brille trug.

»Besuch, was?«, spottete die Spinne. »Wie nett. Oder bist du vielleicht dabei, uns zu kolonisieren? Hast du vor, das Gebiet grundanständiger Arbeiterspinnen zu besetzen und auszubeuten?«

»Keineswegs«, beteuerte Bingo zitternd. »Nicht die Spur.«

»Als Kapitalist musst du das natürlich sagen. Ach, du zitterst ja! Frierst du etwa? Warte, ich wickle dich schön warm ein.«

Geschickter und flinker, als ihr fetter Körper es ahnen ließ, krabbelte die Spinne etliche Male um Bingo herum. Dabei spulte sie aus ihrem Hinterkörper einen dicken Faden und bearbeitete ihn mit ihren beiden Hinterbeinen. Diese Hinterbeine waren dünner und nadelartiger als die übrigen. Einen Augenblick später war Bingos ganzer Körper eingewickelt. Nur sein linker Arm, der noch immer an dem Strang klebte (der tatsächlich keine Schlingpflanze zu sein schien), befand sich außerhalb der Spule.

---

* Es muss natürlich nicht unbedingt Bordeaux sein. Jeder andere halbwegs trinkbare Rotwein tut es auch.

»Lasst mich los!«, kreischte der Hobbnix.

Doch die Spinne hatte nicht die Absicht, ihn loszulassen. Kopfschüttelnd schmierte sie ein Sekret auf Bingos Hand, das gegen den Klebestoff der Ranke wirkte. Dann drückte sie den nunmehr freien Arm an Bingos Seite und umwand den Hobbnix mit einer weiteren Lage Faden. Sie tat dies sehr hastig, was sich später noch als großer Vorteil für Bingo herausstellen sollte. Als sie den kleinen Hobbnix aufhob und durch die Baumwipfel schleppte, hing das Seil durch, mit dem er gefesselt war, und es gelang Bingo, seinen Arm wieder freizubekommen. Das gewitzte Kerlchen hielt den Arm jedoch weiterhin an die Seite gepresst, damit die Spinne nichts bemerkte.

Bingo wurde weit in den Wald hineingetragen. Den ganzen holprigen, ungemütlichen Transport hindurch zerbrach er sich den Kopf darüber, wie er den Zwergen Zeichen geben könnte. Er wollte sie vor der Gefahr warnen und sie dazu bringen, zu seiner Rettung zu eilen. Ihm fiel jedoch nicht das Geringste ein, und als sie in der Spinnenkommune ankamen, sah er, dass es ohnehin ein sinnloses Unterfangen gewesen wäre. Vor seinen Augen hingen sieben Gestalten von einem Ast, alle straff in Spinnenfäden eingewickelt. Bei sechsen handelte es sich um Zwerge, am Ende baumelte ein Zauberer.

»Du lieber Himmel«, entfuhr es Bingo.

»Hey krass, Mann«, meinte der Zwerg, der ihm am nächsten hing. Es war Vanilli. »Du auch hier, oder was?«

»Was ist passiert?«

»Wir haben gesehen, wie du fett stecken geblieben bist, verstehst du? Und da hat der Mori einen ultrakonkreten Plan mit Äxten drin gehabt. Also wir zurück zum Gepäck, nur war der Weg voll mit krass eklige Klebefäden von Spinnen. Da sind wir drüber gefallen, weißt, und die Stiefel sind festgeklebt. Escht brutal, sag isch dir. Stiefel hätten wir natürlisch dalassen können, ist aber net möglisch mit festgeklebte Bärte. Dann kam des fiese Spinnenpack von alle Seiten und hat uns halt dann hierher gebracht.«

»Aber«, drang eine Stimme von weiter vorne aus der Reihe – Bingo glaubte Mori zu erkennen, »aber wenigstens sind wir über den Zauberbach rüber. Weissu, die Spinnen haben uns getragen. Escht konkret.«

Bingo konnte wenig Trostreiches in diesem besonderen Sachverhalt finden.

Die Spinnen huschten von Ast zu Ast. Es war ein beeindruckend aussehendes Völkchen. Ihre Körper waren mit dicken schwarzen Borsten und allen anderen Formen des Haarwuchses übersät. Sie produzierten wolldicke Seidenfäden in großen Mengen, die sie auf der Stelle weiterverarbeiteten. Nicht alle dieser Erzeugnisse waren tödlich. So stellten sie zum Beispiel Schals her, die heiß begehrt waren: warme, wenn auch ein wenig schauerliche Accessoires. Pullover, Strümpfe, Decken, Möbelstücke, Dachziegel, Stiefel, Perücken, Pflugscharen und Schwerter wurden von den unermüdlichen Spinnen angefertigt. Manche Erzeugnisse funktionierten eindeutig besser als andere. Doch all diese Produkte handelten die Spinnen mit den verdrossenen, sozial benachteiligten Völkern, die im Osten des Dunkelwaldes lebten. Die Spinnen machten auch Spezialanfertigungen für Kunden, die gewillt waren, ein bisschen mehr zu zahlen. Sie kamen zum Beispiel zu Leuten ins Haus und hüllten alles im Zuge eines ausgefeilten Aprilscherzes in hauchdünne Spinnweben ein. Oder eine Spinne wurde gerufen, wenn eine Frau von ihrem leichtfertigen Bräutigam im Stich gelassen wurde. Die Spinne bedeckte dann das Brautgemach sowie die Braut mit Spinnweben, auf dass sie angemessen und stilecht unglücklich sein konnte.

Doch trotz dieser Handelsbeziehungen waren die Spinnen bei den Völkern im Flachland jenseits des Waldes nicht sonderlich beliebt. Ganz im Gegenteil: Die Leute hassten sie. Nicht alle Leute, aber die meisten. Schlimmer noch, diejenigen Leute, die Spinnen mochten, waren – es muss einmal gesagt werden – Freaks.* Alle vernünftigen oder zumindest halbwegs normalen Leute hassten die Spinnen aus einer instinktiven, scheinbar angeborenen Abneigung heraus. Sie schreckten zurück, sie kreischten, sie rannten weg oder riefen Dinge wie, »Iiiiii! Igittigittigittigitt! Helga! Helga! Kannst du mal rüberkommen und mir helfen, Schatz? Da ist ein riesiges Monster von einer Spinne im Wohnzimmer …« Selbstverständlich trieben die Leute Handel mit den Spinnen, denn Leute treiben mit jedem Handel, der etwas hat, was sie haben wollen. Trotzdem hielten die Leute sie eigentlich für absolut eklige Scheusale.

Was sie ja auch waren. Selbst die Nettesten unter ihnen.

Das ungünstige Klima, was die öffentliche Meinung betraf, hatte seinen Niederschlag im Seelenleben der Spinnen gefunden. Die Spinnen des Dunkelwaldes waren mit der Zeit immer verbitterter geworden. Jahrelang waren sie unspezifisch verbittert gewesen, bis eine der ihren eines Tages ein paar sozialistische Traktate und kommu-

---

* Es ist mir völlig egal, was ihr jetzt sagen mögt. Leute, die Spinnen mögen, sind Freaks. Freaks. Freaks. FREAKS. Und dabei bleibe ich.

nistische Schlüsseltexte* von einer Reise mitgebracht und die gesamte Kommune politisiert hatte. Von dieser Stunde an waren die Spinnen nicht mehr länger nur verbittert gewesen, sondern hatten sich zu neidvollen, komplexbehafteten** Linken entwickelt. Auf einmal wurden ihnen aufs Empfindlichste die in der Gesellschaft vorherrschenden Vorurteile gegen Spinnen bewusst. Sie erkannten die repressive ideologische Positionierung der Spinnen im kulturellen System von Obermittelerde und dass die ›Spinne‹ darin die Position des gesellschaftlichen Sündenbocks einnahm, das ›Andere‹ darstellte, mit dessen Hilfe der faschistische Staat seine eigene soziale Identität definierte. Und warum? Warum?! Ich will es euch sagen, Genossinnen und Genossen, einzig und allein aus dem Grund, dass Spinnen die archetypischen proletarischen Individuen sind: unermüdliche Arbeiter, von deren ausgebeuteter Arbeitskraft die anderen profitieren; nicht zuletzt die Schädlingsbekämpfungs- und die Textilindustrie. Genossinnen und Genossen, macht euch nichts vor, wir haben es hier mit ungezügeltem imperialistischen Vorur-

---

* Darunter Klassiker wie *Das Kapital oder: Die Kapitalisten spinnen*, *Das Kommunistische Maninetzo* und natürlich *Die Lage der Achtbeinigen Klasse*. Um Karl M. Arachnoid zu zitieren: »Hegel bemerkt irgendwo – fragt mich nicht, wo –, dass alle großen weltgeschichtlichen Tatsachen und Personen sich sozusagen zweimal ereignen. Er hat vergessen hinzuzufügen: das eine Mal als große Tragödie, das andere Mal wie eine Roulettekugel in ihrem Rad, ohne einen Ausweg zu finden. Philosophen haben die Welt nur verschieden *interpretiert*, es kommt aber darauf an, sie in Spinnweben einzuwickeln, damit sie aufhört zu zappeln.«

** Aufgrund des klebrigen Sekrets, das Spinnen permanent produzieren, können ihnen etwa viermal so viele Komplexe anhaften wie einem durchschnittlichen Menschen. Unsere werten Achtbeiner sind in dieser Hinsicht ausgesprochen effizient.

teilsdenken gegen proletarische Vielbeinigkeit und natürliche Körperbehaarung zu tun. Genossinnen und Genossen, es ist höchste Zeit, dass Spinnen gemeinsam kämpfen, dass sie eine Gewerkschaft gründen und mit ihrem Protest auf die Straße gehen! Spinnen aller Länder, vereinigt euch! Wir haben nichts zu verlieren außer unseren klebrigen Fäden.

Als Bingo erkannte, in welch ernsthaften Schwierigkeiten er und seine Begleiter steckten, war er zunächst heilfroh darum, dass sein Arm nicht mehr festgebunden war. Mit der Zeit musste er jedoch feststellen, dass die Schnur zu stark und zu klebrig war, um sie mit der freien Hand zu lösen. Das Einzige, was seine langen, mühsamen Befreiungsversuche ihm einbrachten, waren abgebrochene Fingernägel. Er blickte Hilfe suchend um sich, doch alles, was er mit seinem freien Arm erreichen konnte, war eine Hand voll Blätter.

Der Hobbnix kam zu dem Schluss, dass der Weg aus der Gefangenschaft für sie nur durch diplomatische Verhandlungen zu bewerkstelligen sei.

»Hey!«, rief er. »Hallo! Entschuldigung!«

Eine der dickeren Spinnen löste sich aus dem allgemeinen Spinnengewühl und kam mit ihrer glänzenden Spinnenvisage ganz nah an Bingos Gesicht heran. »Ja?«

»Werter Herr, o mächtiges Spinnenwesen, ich habe mich gefragt«, setzte Bingo mit leicht zitternder Stimme an, »ob ich eventuell kurz mit eurem ehrfurchtgebietenden und weithin gefürchteten Monarchen sprechen dürfte – König oder Königin, ich weiß es nicht. Eben der gewaltige Herrscher, der euer erhabenes Volk regiert. Natürlich nur, wenn Ihr es mir gestattet, Sir.«

Dies war genau die falsche Art, mit Spinnen zu sprechen.

Lange Zeit betrachtete die Spinne Bingo nur mit ihren mannigfachen roten Augen. Der kleine Hobbnix konnte sein eigenes Gesicht darin – doppelt und seltsam verzerrt – reflektiert sehen.

Dann erklärte die Spinne: »Erstens möchte ich deine automatische Annahme, ich sei ein Mann, in Frage stellen. Ganz offensichtlich gründet sich diese Annahme auf einer überkommenen Geschlechterfixierung, einem unverbesserlichen Chauvinismus und einer phallozentrischen Privilegierung des Mannes. Zufälligerweise bin ich tatsächlich ein Mann, aber mein Geschlecht ist politisch nicht von Bedeutung.«

Bingo konnte dem nicht ganz folgen. »Ach«, meinte er. »Das ist ja Klasse.«

»Zweitens«, fuhr die Spinne fort, »geht deine Aussage von der Prämisse aus, unser Kollektiv werde hierarchisch in diktatorischer Manier von einem monarchischen Individuum regiert. Diese Annahme wäre beleidigend, wäre sie nicht so offenkundig ein archaisches Überbleibsel aus einer völlig überkommenen ideologischen Praxis, und die ganze Idee aus postmoderner Sicht fast schon wieder ironisch.«

Bingo versuchte angestrengt, das Gehörte geistig zu verdauen, doch es lag so schwer in seinem kleinen Hobbnixhirn wie drei Portionen Käsefondue in einem vollen Magen. »Genau«, erwiderte er verunsichert.

Doch anstatt die Spinne zu besänftigen, schien er sie auf diese Weise nur noch mehr zu erzürnen. »Das ist doch wieder einmal typisch für euch knopfäugige, dürre, Netze zerstörende imperialistische Feinde der achtbeinigen Arbeiterklasse. Ihr mit eurer Sklavenmentalität«, entrüstete sich die Spinne, bevor sie wegkrabbelte.

»Hey, wo geht der Typ hin?«, wollte Vanilli wissen.

»Den Anführer holen«, zwitscherte Bingo, »glaube ich jedenfalls. Ich werde mich mal eben mit ihm unterhalten und uns hier herausholen.«

Doch nach zwei ereignislosen Stunden sah es fast so aus, als würden die Spinnen ihre Gefangenen hängen lassen, bis sie starben. »Meint Ihr, sie haben vor, uns zu fressen?«, erkundigte sich Bingo zaghaft bei Vanilli.

»Ja, logo, außer sie möschten uns auch weiterhin als Festtagsschmuck verwenden, Mann«, gab der Zwerg zurück.

Bingo dachte nach.

»Mori!«, rief er. »Mori! Wir müssen mit Ganzalt sprechen. Er kann uns mit einem seiner Zaubersprüche retten! Er ist unsere einzige Chance.«

»Du Träumer, hey«, erwiderte Mori. »Der hat doch keine Checkung mehr. Aber wart, isch probier es trotzdem.«

Der Zauberer schlief. Bingo begriff zwar nicht, wie er ausgerechnet jetzt schlafen konnte, aber er schlief fest und tief. Mori schrie und brüllte, doch kein noch so lauter Lärm drang zu dem tauben Zauberer durch. »Hab isch doch gleich gesagt, Mann«, rief der Zwerg. »Der Alte ist taub wie ein Sandsack.«

»Augenblick«, sagte Bingo.

Er streckte seinen freien Arm aus und griff in das Blätterwerk über ihm. Indem er Muskeln benutzte, von deren Existenz er bisher nichts geahnt hatte, zog er sich mitsamt seines eingewickelten Körpers seitlich nach oben. Er zog und zog und zog. Der Schweiß brach ihm aus, der Hobbnix stöhnte vor Anstrengung, aber er zog immer weiter. Als er schließlich in einem Vierziggradwinkel von der Senkrechten hing, ließ er los und pendelte in seine Ausgangslage zurück, wobei er aufs Heftigste mit Vanilli zusammenstieß. Vanilli stieß ein überraschtes Grunzen aus, bewegte sich jedoch keinen Zentimeter. Genauso wenig bewegten sich Pralin, Bohri, Thothorin, Bofi oder Mori. Dafür wurde Ganzalt, der am anderen Ende hing, auf einmal in die Luft katapultiert.

»Hä?«, meinte er, plötzlich hellwach. Er schwang nach oben, hielt kurz inne und schwang dann wieder zurück, woraufhin Bingo nach oben gedrückt wurde.

»Schnell«, quiekte der Hobbit. »Ganzalt! Hilfe!«

Schwung nach oben. Pause. Schwung zurück.

Plop.

Als Bingo zum dritten Mal nach oben schaukelte, wurden die Spinnen auf ihn aufmerksam. Sie kamen flink über Äste und Spinnweben angekrabbelt, um der Bewegung Einhalt zu gebieten. »Was macht ihr da? Sofort aufhören!«, befahlen sie, wobei sie Bingo und Ganzalt mit ihren starken Vorderbeinen umfassten und anhielten. »Imperialistisches Geschaukel! Antikommunistische Aufwiegelei!«

»Wir verlangen, auf der Stelle mit einem Verantwortlichen zu sprechen«, kreischte Bingo. »Oder ihr werdet es bitter bereuen! In unseren Reihen befindet sich ein mächtiger Zauberer, der euch verzaubern wird! Lasst uns gehen, bevor ein Unglück passiert!«

Die Spinne, die dem Hobbnix am nächsten war, starrte ihn mit ihren undurchdringlichen roten Kugelaugen an. Dann ließ sie ihren Blick über die restliche Gesellschaft wandern. »Wer von euch ist der Zauberer?«

»Was?«, schrie Ganzalt, der erneut aus dem Schlaf gerissen worden war. »Was hat der ganze Aufruhr zu bedeuten? Kann ein Zauberer nicht einmal in Ruhe ein Nickerchen machen?«

»Ganzalt!«, brüllte Bingo. »Tut etwas!«

»Der Hörzauber, Alter!«, riefen die Zwerge.

»Wieso kann ich meine Arme nicht bewegen?«, beschwerte sich der Zauberer. »Und weshalb nuscheln alle? Soll das hier so eine Art Pantomime sein?«

Mehrere Spinnen versammelten sich um den Zauberer.

»Ah!«, meinte Ganzalt, indem er einer von ihnen einen angestrengten Blick zuwarf. »Seid Ihr das, Mori?«

Bingo verlor jegliche Hoffnung.

»Wurstsalat, würde ich sagen«, erklang die nachdenkliche Stimme des Zauberers. »Ja, Wurstsalat. Mit Bratkartoffeln. Und danach Vanilleeis mit heißen Himbeeren. Ach was, um Zeit zu sparen, bringt mir gleich beides zusammen. Wurstsalat und Vanilleeis mit Himbeeren.«

»So, so«, meinte eine der Spinnen. »Das ist also euer Zauberer, wie? Er scheint ein wenig blind zu sein. Und ein bisschen taub.«

»Ein wenig«, gab Mori zu. »Aber ihr tut eusch besser net mit ihm anlegen. Der macht eusch kickbox in Krankenhaus.«

Die Spinne krabbelte auf einen höher gelegenen Ast und wandte sich an die ganze Gruppe. »In einer Sitzung unseres Sonderausschusses haben wir über euer weiteres Schicksal beraten. Es dürfte euch interessieren, dass in diesem Komitee eine einfache Mehrheit für einen Beschluss ausreicht, obgleich der endgültige Gesetzesentwurf eventuell erst noch von einem höheren Ausschuss durch eine Zweidrittelmehrheit ratifiziert werden muss.«

Die Zwerge und der Hobbnix schwiegen. Lediglich Ganzalt war zu hören. Der Zauberer sang mit zittriger Stimme, »*Sah ein Knab' ein Röslein stehn, Röslein auf der Heiden, war so jung und morgenschön, lief er schnell, es nah zu sehn, sah's mit vielen Freuden. Röslein, Röslein, Röslein rot, Röslein auf der Heiden.«*

»Unser momentanes Dilemma«, verkündete die Spinne, »hat mit dem im letzten Frühjahr vom Zentralkomitee der Arbeiterspinnen verabschiedeten Antrag auf Solidarität mit unseren unterdrückten bärtigen Genossinnen und Genossen weltweit zu tun. Zauberer und Zwerge fallen eindeutig in diese Kategorie. Dürfen wir davon ausgehen, dass auch ihr gegen kapitalistische Unterdrückung und das Joch des antibärtigen Antagonismus habt ankämpfen müssen?«

»Ja, klar«, erwiderten die Zwerge.

»Und dass ihr nie versucht wart, euren Bart zu entfernen und die imperialistische Dekadenz glatter Haut nachzuäffen?«

»Ach wo«, sagten die Zwerge einstimmig.

»Es besteht unter Umständen die Möglichkeit, euch zu rehabilitieren«, erklärte die Spinne. »Zumindest die Zwerge und Zauberer. Aber euer achtes Mitglied, der bartlose Geselle ...«

Alle wandten sich Bingo zu.

»... seine Kleidung und sein bedauernswert glattes Kinn würden ihn verdammen, selbst wenn sein kryptofeudales Vokabular das nicht schon längst getan hätte. Ist er überhaupt ein Zwerg? Wir haben so etwas noch nie gesehen.«

Die Zwerge schienen sich nicht ganz einig zu sein. »Nein!« riefen manche, »Ja!« andere. »Klar isser ein Zwerg, Mann!«, schrie Mori.

Die Spinnen berieten sich.

»Wir sind uns nicht ganz schlüssig«, meinte schließlich der Anführer. »Entweder seid ihr tatsächlich unsere bärtigen Kampfgenossen, und der bartlose Wicht gehört nicht zu euch (vielleicht ist er das neunte Bein am Magen*, ein Spion in eurer Mitte). Oder aber ihr alle seid knopfäugige Aufständische, Feinde der Arbeiterklasse – und eure Bärte sind falsch!«

»Blödsinn!«, brüllte Mori, wobei sein fest verschnürter Körper leicht an der Schnur zu baumeln begann. »Hast du Problem, oder was? Unsere Bärte sind krass escht. Reiß halt an einem, Mann. Ist alles gute Arbeiterklassengesischtsbehaarung, isch schwör!«

Eine kleinere Spinne mit dezent gesprenkeltem Bauch und Rücken schob sich nach vorne. »Ich nehme dich beim Wort, Genosse«, verkündete sie und krabbelte zur Seite, um direkt vor Ganzalt zum Stehen zu kommen.

»Ah, Bingo«, sagte Ganzalt. Der Zauberer hatte einen leicht irren Blick. »Wisst Ihr, was ich verabscheue? *Hallöchen*. Lächerlicher Ausdruck, findet Ihr nicht?«

»Was meint er?«, wollte die Spinne wissen.

»Nix«, beeilte sich Mori zu versichern. »Er … äh … hat brutalen Schlag auf Kopf gekriegt, der was sein Gehirn geschadet hat. Aber er ist trotzdem voll krass proletarisch drauf, isch schwör.«

»Wenn man einen Kürbis aushöhlt«, bemerkte Ganzalt, »kann man ihn als Laterne benutzen.«

»Zieh an seinem Bart!«, forderten die anderen Spinnen.

---

* Diese Redensart ist natürlich gleichbedeutend mit dem, was Kakerlaken als das siebte und Tausendfüßler als das tausendunderste Bein am Magen, Menschen hingegen als fünftes Rad am Wagen bezeichnen. In der Tierwelt wird argumentiert, dass dieser semantische Paradigmenwechsel bei den Menschen damit zusammenhängt, dass wir unsere Zweibeinigkeit noch immer nicht ganz akzeptiert haben, sondern insgeheim am liebsten weiterhin auf allen vieren herumkriechen würden.

Die Spinne vor Ganzalt streckte eine ihrer vorderen Gliedmaßen aus und griff nach seinem üppigen grauen Rauschebart.

»Hey!«, protestierte der Zauberer.

Die Spinne riss an dem Bart, und er löste sich mit einem Ruck von Ganzalts Gesicht.

Bingo schnappte nach Luft.

Das haarlose, mit Leberflecken übersäte Kinn des Zauberers zitterte im Wind. »Kalt«, meinte Ganzalt. »Wo ist nur mein Bart hin?«

Die Spinnen steckten die Köpfe zu einer Beratung zusammen. Schließlich krabbelte eine Spinne an der Reihe gefesselter und in der Luft baumelnder Zwerge entlang und zog an sämtlichen Bärten. Die restliche Gesichtsbehaarung stellte sich als reißfest heraus. Nach weiteren Diskussionen wandte sich die Anführerspinne wieder an die Gruppe.

»Wir haben uns dazu entschieden, Milde walten zu lassen«, verkündete sie. »Die meisten von euch werden wir essen und nur in die Bartlosen unsere Eier ablegen.« Nach dieser Verlautbarung krabbelten die Spinnen von dannen.

»Endkrass«, meinte Vanilli nach einer Weile.

»Ich verstehe das nicht«, drängte Bingo. »Was ist los? Weshalb hat Ganzalt einen falschen Bart getragen?«

»Hat er net, Mann«, gab Mori bissig zurück.

»Wieso hat er sich dann gelöst, als die Spinne daran gezogen hat? War das ein Zauber?«

»Nö«, erwiderte Mori. »Bloß ein Zeichen, dass er ein alter Knacker ist, weißt schon?«

»Das verstehe ich nicht«, wiederholte Bingo.

»Na, weißt schon, wenn du älter werden tust, verlierst

du halt manschmal Haare«, erklärte Mori leicht genervt. »Menschen und Hobbnixen gehen die Kopfhaare aus, Zauberer ... ähm ... also, weißt schon, die verlieren eben manschmal ihre Barthaare.«

»Aber alle auf einmal? In einem großen Büschel?«

»Die sind halt voll krass, die Zauberer«, murmelte Mori.

»Das ist Blödsinn«, meinte Bingo. »Irgendetwas stimmt doch hier nicht. Ihr verheimlicht etwas vor mir, ja, Ihr verheimlicht eine ganze Menge vor mir.«

»Ist doch scheißegal, hey«, antwortete der Zwerg. »Wir werden aufgefressen, und dir legen die Mörderspinnen so krasse Eier in Bauch. *Hasta la vista*, verstehst du?«

Eine Zeit lang sagte Bingo nichts. Er versuchte, mit seiner freien Hand die dicken Spinnweben an seiner Taille auseinander zu schieben und mit den Fingern in seine Westentasche zu greifen. »Vielleicht gibt es noch Hoffnung«, verkündete er. »In den Tiefen des Nobelgebirges habe ich durch Zufall ein Ding™ ... ähm ... gefunden. Ein magisches Ding™, um genauer zu sein. Vielleicht kann es uns helfen.«

Dies versetzte die Zwerge in Aufruhr, was man ihnen jedoch nicht ansah, da sie sehr fest mit Spinnweben zusammengebunden waren. Ein solcher Umstand macht es schwierig, selbst einen noch so hektischen Aufruhr nach außen zu zeigen.

»Wieso hast du uns nicht schon vorher von dem krassen Teil erzählt?«, wollte Mori wissen.

»Ich habe mich nicht getraut«, erwiderte Bingo.

»Uns hast du net getraut, Mann«, warf Pralin ihm vor.

»Krasser Vertrauensbruch«, erklärte Bofi verächtlich.

»Ich wollte es einfach nur für mich behalten, das ist

alles«, beharrte der Hobbnix. »Aber es ist auf jeden Fall ein Ding™ mit magischen Kräften. Schmollum wollte es unbedingt zurückhaben. Vielleicht kann es uns aus dieser verzwickten Lage helfen.«

»Hey, kriegst du das Teil aus deiner Tasche, Alter?«, wollte Vanilli wissen, wobei er sich hin und her wand, bis er sich ein wenig drehte und Bingo besser sehen konnte.

»Es ist nicht einfach«, erwiderte Bingo. Er versuchte weiterhin, seine Finger zwischen die festen Fäden zu schieben. Aufgrund der fest geschnürten Fesseln gelang es ihm lediglich, seinen Zeige- und Mittelfinger ein Stück weit in seine Westentasche zu stecken und das Ding™ gerade einmal mit den Fingerspitzen zu berühren.

»Moment«, meinte er.

»Beeil disch, Mann«, zischte Mori. »Isch kann die Spinnen durch die Bäume sehen. Hey, krass! Die sammeln ihre Eier.«

Bingo bewegte seine beiden Finger leicht und konnte das Ding™ unten in seiner Tasche spüren. Mehrfach versuchte er, es mit dem Fingernagel seines Zeigefingers herauszufischen, doch es rutschte immer wieder weg. Da kletterte eine ungeheuer fettleibige purpurgraue Spinne an ihnen vorbei. Bingos Herz schlug gleich einem Trommelwirbel.

»Fast«, keuchte er.

Er versuchte, den einen Finger in die eine, den anderen in die andere Richtung zu strecken, um das Ding™ wie mit einer Zange aus der Tasche zu ziehen. Dazu hätte er den einen Finger entgegen der natürlicherweise von den Knöcheln vorgegebenen Richtung verbiegen müssen. Derartige Fingerverrenkungen können jedoch nur von geübten Gitarrenspielern erreicht werden, und Bingo war kein Mitglied dieser glücklichen Zunft.

»Fast«, keuchte er erneut.

Dann hatte der kleine Hobbnix wieder einmal Glück, denn das Ding™ glitt plötzlich genau zwischen seine beiden Finger. Ganz langsam und vorsichtig zog er es aus der Tasche, wobei er darauf achtete, dass es nicht mit den klebrigen Spinnweben in Berührung kam. Sobald er das Ding™ freibekommen hatte, ballte er seine Finger zur Faust.

»Hey, hast du Problem? Lass uns das Teil mal sehen, Mann!«, forderte Vanilli ihn auf.

Bingo hielt das Ding™ in die Höhe.

»Oooooh!«, machten die Zwerge. Auch die, die es gar nicht sehen konnten.

»Wisst ihr, wie es funktioniert?«, fragte Bingo. »Wisst ihr, was das ist? Als ich mich im Nobelgebirge verlaufen hatte, half es mir dabei, die Orientierung zu finden. Keine Ahnung wie, aber irgendwie hat es mich schneller laufen lassen, und zwar in die richtige Richtung.«

»Das Teil ist eines der berühmten Dinge™ von Saubua«, flüsterte Mori. »Es ist halt voll krass und kann noch viel mehr. Dem ist escht konkret. Der böse Saubua hat krasses Schmieden in Werkstatt von die Elben abgeguckt, und dann des hergestellt, weißt, im Mount Dumm, und es ist voll lange verschwunden gewesen …«

»Jaja, schon gut, das ist jetzt nicht so wichtig«, unterbrach ihn Bingo. »Wisst Ihr, wie es *funktioniert*? Diese fiesen Spinnen können jeden Moment zurückkommen und ihre Eier in mir ablegen. Kann ich also etwas mit dem Ding™ anfangen?«

»Ist schon gut, Mann«, erwiderte Mori beleidigt. »Wollt dir ja bloß fette Hintergrundinfo geben, damit du des Teil abchecken tust. Das ist ein escht konkretes Respektding™, verstehst du? Ein krasses Zauberteil.«

»Ja, aber wisst Ihr auch, wie es *funktioniert*?«

»Tja«, sagte Mori und dehnte das Wort von einem kurzen Laut zu einem mehrere Sekunden andauernden Kommentar. »Nö«, meinte er abschließend.

»I-isch sch-schon«, erklang ein leises Stimmchen.

»Na, das hilft uns dann ja nicht wirklich weiter, wie?«, zischelte Bingo bissig. »Wieso habt Ihr das nicht gleich gesagt, anstatt … Moment mal, wer war das eben?«

Schweigen.

»I-isch«, meldete sich das Stimmchen zu Wort.

»Wer?«

»Thothorin«, kam es fast noch zaghafter.

»Ihr wisst, wie das Ding™ funktioniert?«, wollte Mori ungläubig wissen. »*Woher* denn?«

»D-das ist h-halt so 'ne S-Sache, v-verstehst d-du, die wir K-Könige eben a-a-abchecken.«

»Und?«, meinte Bingo auffordernd.

»E-es hat v-viele F-Funktionen«, erklärte Thothorin. »Der b-böse Saubua h-hat v-viele m-magisch-sche Ei-Eigenschaften in d-das Di-Ding™ h-hineingeschmiedet, w-w-weissu, wie i-isch mein? A-aber d-die w-wischtigste i-ist die m-magische K-K-kraft e-ent-ent-ge-ge-ge-gegengesetzter R-Reversibilität.«

»Was für eine magische Kraft?«

»Ent-ent-ge …«

»Okay, vergessen wir den Namen«, unterbrach ihn Bingo rasch. »Wie funktioniert es?«

»D-du m-musst d-dursch das D-Ding™ spreschen, Mann«, erklärte Thothorin. »U-und d-das k-krasse G-Ge-gegenteil d-deiner W-Worte w-wird eintreten.«

»Das Gegenteil meiner Worte?«, fragte Bingo.

»A-aber es m-muss eine Au-Aussage sein!«, warnte Thothorin. »D-du d-darfst dir net ei-einfach etwas w-wwünschen, weißt? Das Di-Ding™ w-wird das G-Gegenteil w-wahr werden l-lassen. Eine ei-einfache Au-Aussage. D-die S-Spinnen k-k-kommen!«

»Die Spinnen kommen«, sprach Bingo ihm nach. Thothorin hatte damit keinesfalls vorschlagen wollen, diesen Satz durch das Ding™ zu sagen. Der Zwergenkönig hatte lediglich einer Beobachtung Ausdruck verliehen. Die Spinnen kamen tatsächlich auf sie zumarschiert. Unter ihnen befanden sich mehrere Spinnenweibchen mit erschreckend entschlossenen Gesichtsausdrücken.

»Also los«, murmelte Bingo. Er legte das Ding™ an seine Lippen und sprach direkt hindurch. »Die Spinnen kommen.«

Sobald er die Worte ausgesprochen hatte, marschierten die Spinnen in die entgegengesetzte Richtung und entfernten sich scheinbar zielbewusst von den Gefangenen.

»Potz Blitz!«, entfuhr es dem Hobbnix.

Doch es handelte sich lediglich um einen leichten Zauber. Schon bald merkten die Spinnen, dass sie in die falsche Richtung krabbelten. Leicht verwirrt wendeten sie ihre fülligen Körper und kamen wieder auf ihre Beute zu.

Dies ist der andere wichtige Punkt, den man über das Ding™ wissen sollte – auch wenn Thothorin weder die Zeit noch die linguistischen Fähigkeiten gehabt hatte, genauer darauf einzugehen. Die Zauberkraft des Dings™ beruht zwar tatsächlich darauf, dass es den Aussagegehalt eines Satzes in sein Gegenteil verkehrt, doch seine Magie hängt ebenso vom prekären Gleichgewicht aller Zauberkräfte auf der ganzen Welt ab. Es besitzt keine grenzenlose Macht. Wenn man zum Beispiel etwas ungeheuer Großes durch das Ding™ sagen würde – zum Beispiel, »Die Erde dreht sich um die Sonne« –, könnte es gut sein, dass der Versuch, das Gegenteil dieser Aussage wahr werden zu lassen, sämtliche Zauberkräfte des Dings™ aufbrauchen würde. Tatsächlich war in den vielen tausend Jahren, seitdem es geschaffen worden war, ein beträchtlicher Teil seiner Zauberkraft abgenützt worden. Frisch von Saubuas Werkbank hätte es vielleicht sogar die Macht besessen, die Sonne um die Erde kreisen zu lassen – ungeachtet all der katastrophalen Folgen, die eine derartige Handlung mit sich bringen würde. Stattdessen würde das Ding™ nun das Beste beziehungsweise Schlimmste tun, was in seiner Macht stand. So würde es vielleicht dafür sorgen, dass die Erde, anstatt sich um die Sonne zu drehen, nun um sie *kreisen* würde – ein kleiner, aber feiner Unterschied. Und wenn selbst das seine Zauberkraft übersteigen würde, würde das Ding™ durchbrennen, ausgehen und seine Zauberkraft verlieren. Deshalb musste man im Umgang mit dem Ding™ höchste Vorsicht walten lassen: In den Händen eines unachtsamen Benutzers konnte es leicht geschehen, dass es ihm selbst oder der ganzen Welt großen Schaden zufügte. Oder einfach nur kaputtging.

Bingo wusste von all dem natürlich nichts.

Die Spinnen eilten mittlerweile wieder zurück. Sie sahen nicht sonderlich glücklich aus.

Bingo hob das Ding™ ein zweites Mal an die Lippen.

Es gibt da noch eine Eigenschaft des Dings™, die vielleicht erwähnt werden sollte: Es ist Träger der perversen Hinterhältigkeit seines Schöpfers. Für jede Aussage gibt es normalerweise mehrere mögliche gegenteilige Szenarien. Das Ding™ sucht sich nun für gewöhnlich diejenige Alternative aus, die höchstwahrscheinlich am meisten Unheil anrichten wird. Diese Praxis spiegelt die verzerrte Weltsicht seines Schöpfers wider.

Hätte Bingo durch das Ding™ gesagt, »Ich wünsche mir, frei zu sein«, hätte es das Gegenteil wahr werden lassen. Es hätte bewirkt, dass Bingo nicht mehr länger wünschte, frei zu sein, sondern mit seinem Gefangenenstatus und dem Schicksal, das die Spinnen für ihn vorgesehen hatten, glücklich wäre. Doch nehmen wir einmal an, Bingo wäre klug genug, Thothorins Rat zu befolgen, und würde keine Wünsche, sondern nur Aussagesätze durch das Ding™ artikulieren. Sagen wir, er würde sich für den Satz entscheiden, »Wir sind Gefangene.« Dann könnte das Ding™ selbstverständlich die Zwerge, den Zauberer und den kleinen Hobbnix befreien. Andererseits – und diese Variante ist wahrscheinlicher – könnte es das Pronomen *wir* aber auch ganz anders interpretieren: als würde *wir* alle Gefangenen in sämtlichen Gefängnissen auf der ganzen Welt meinen; oder als bezeichnete es nur Bingo und den Zauberer; oder irgendetwas völlig anderes, je nach Lust und Laune dieses ausgesprochen einfallsreichen, aber leider eben etwas perfide veranlagten Dings™. Wer mit magischen Gegenständen hantiert, muss beim Formulieren von Wünschen sehr, sehr vorsichtig sein. Das gilt für sämtliche Zaubergegenstände – für das Ding™ aber ganz besonders.

Bingo waren inzwischen die Ideen ausgegangen. Er sah die Spinnen auf sich zukommen und zerbrach sich verzweifelt den Kopf darüber, was er sagen könnte, damit sie für immer wegbleiben würden. Ihm fiel jedoch nichts ein. Dabei hatten die Untiere sie schon beinahe erreicht.

»S-sag, w-was du s-s-siehst, M-mann!«, drängte Thothorin.

Bingo sprach: »Spinnen sind Geschöpfe mit acht Beinen.«

Sämtliche Spinnen, die im Anmarsch waren, brachen

zusammen. Viele fielen von den Bäumen hinunter auf den Waldboden. Manche fielen zwar durch Zufall auf Äste oder wurden von Netzen aufgefangen, konnten jedoch nicht wieder aufstehen.

Es dauerte eine Weile, bis Bingo erkannte, was geschehen war. Die Riesenspinnen, die sie bis eben noch so schrecklich bedroht hatten, waren nicht länger Geschöpfe mit acht Beinen. Sie waren einbeinige Geschöpfe mit acht Körpern. Vollkommen hilflos lagen sie so, wie sie gefallen waren.

Auf diese Weise hatte die Zauberkraft des Dings™ gewirkt.

»Korrekt! Geil! Konkret!«, jubelten die Zwerge. Bingo jubelte ebenfalls.

»Komm schon, Mann«, forderte Mori. »Befrei uns mit dem Teil.«

»A-a-aber V-Vorsicht!«, erklang Thothorins warnendes Stimmchen. »S-sonst sch-schadet uns das D-Ding™. Glaub mir, M-Mann, d-das T-Teil ist v-voll k-krass g-gefährlisch!«

»Warum sage ich nicht einfach, ›Wir sind festgebunden‹? So müssten wir freikommen«, schlug Bingo vor.

»O-oder w-wir s-sind d-d-dann a-angekettet, w-weißt schon, so k-krasser *B-B-Bondage*-Kram«, erwiderte Thothorin. »S-sag l-lieber: ›D-die Schnur, m-mit der isch, d-die Zwerge u-und der Z-Zauberer z-zu meiner L-Linken g-g-gefesselt sind, ist k-klebrisch.‹«

Bingo sprach dem Zwergenkönig nach: »Die Schnur, mit der ich, die Zwerge und der Zauberer zu meiner Linken gefesselt sind, ist klebrig.«

Die Spinnwebenschnüre fielen von ihnen ab, da sie nicht länger klebten, sondern eine abstoßende Wirkung besaßen. Außerdem lösten sich die Seile, an denen die

Gefangenen eben noch gehangen hatten, von den Ästen, und die Gesellschaft fiel durch das Blätterwerk hindurch auf den Waldboden unter ihnen. Die meisten landeten relativ weich auf den überall herumliegenden Achterkörpern der abgestürzten Spinnen. Ein paar Zwerge landeten auf dem Boden, aber Zwerge sind äußerst robust und keiner erlitt bleibende Schäden – außer Vanilli, der sich den Fußknöchel verstauchte. Ganzalt fiel schlaff wie ein Baby in die Tiefe und landete vollkommen unverletzt, wenn auch verärgert über die abrupte Störung seines Schlafes. Bingo fiel komfortabel auf einen Laubberg.

Die achtkörprigen Spinnen versuchten, die Gesellschaft erneut mit ihren Fäden einzufangen oder mit ihrem einen Bein zu treten. Doch das Glück war auf Seiten der Zwerge und es gelang ihnen, schnell das Schlachtfeld zu verlassen. Den wimmernden und wehklagenden Vanilli zogen sie hinter sich her.

Ihr Weg führte sie an zahlreichen Vielkörperspinnen vorbei, um die sie jeweils einen weiten Bogen machten.

Nachdem sie auch die letzte missgestaltete Spinne glücklich hinter sich gelassen hatten, legten sie eine Pause ein, um sich zu sammeln.

»Hey, gib mir des Ding™!«, verlangte Vanilli. »Nur ganz kurz, Mann.«

»Und was gedenkt Ihr, damit zu tun?«, wollte Bingo wissen.

»Isch mach, dass mein Scheißbein net mehr wehtut, weißt du?«, antwortete der Zwerg.

Doch Bingo war langsam schlauer geworden, was das Ding™ betraf. »Und wie wollt Ihr das anstellen?«

»Hey, isch sag halt, ›Mein Knöchel tut krass weh‹«, erwiderte der Zwerg gereizt. »Dem ist rischtig.«

»Und dann wird Euer Knöchel aufhören wehzutun«, meinte Bingo. »Oder aber Euch tut auf einmal alles weh – alles *außer* Eurem Knöchel.«

Vanilli murrte, sagte aber nichts mehr.

»D-der l-l-lange S-Satz v-vorhin, dem wo isch g-gesagt hab, d-das war v-voll r-riskant«, erklärte Thothorin. »Am b-besten n-nur u-u-ultrakukurze S-Sätze, v-verstehst du? Jeje m-mehr Wörter es g-geben tut, u-umso mehr U-U-Unheil k-kann das D-Ding™ anrichten.«

»Hey, dann strengen wir doch mal unsere *brains* an«, sagte Mori. »Warum sagen wir net, ›Wir sind in Wald‹ oder so? Dem ist korrekt, hey, und einfach, oder was? Dann muss das krasse Ding™ uns doch aus den Wald rauschecken.«

»Ich glaube, ich beginne zu begreifen, wie es funktioniert«, wendete Bingo ein, indem er es nachdenklich betrachtete. »Ja, vielleicht bringt es uns tatsächlich aus dem Wald, aber in dem Fall setzt es uns bestimmt auf der falschen Seite ab, bloß um uns zu ärgern. Oder es verkehrt die Aussage in anderer Hinsicht ins Gegenteil. Vielleicht bewirkt es, dass wir nicht mehr im Wald sind, sondern der *Wald in uns*.«

»Pah«, entgegnete Mori. »Meinst du, isch bin prall, oder was? Das ist doch gar net möglisch, Mann.«

»Vielleicht schon«, fügte Bingo hinzu. »Indem es uns in Millionen blutiger Fetzen zerreißt und damit dann eine durchgehende Linie um den Wald auslegt.«

Eine Weile sagte niemand etwas.

»Wir sollten dieses Ding™ nur im äußersten Notfall benutzen«, stellte Bingo schließlich fest.

»K-k-korrekt«, pflichtete Thothorin ihm bei.

Und das war es auch. Bingo ahnte zwar nichts davon, doch das Ding™ hatte schon einen beträchtlichen Teil seiner Zauberkraft aufgebraucht. Als der Hobbnix gesagt hatte, »Spinnen sind Geschöpfe mit acht Beinen«, hatte es jede einzelne Spinne auf der ganzen Welt, egal ob groß oder klein, in ein einbeiniges Geschöpf mit acht Körpern verwandelt. Das hatte das Ding™ selbstverständlich einiges an Zauberkraft gekostet. Abgesehen davon sollte diese Handlung in den kommenden Jahren furchtbare Folgen für ganz Obermittelerde nach sich ziehen: Fliegen, die sich ohne ihre natürlichen Feinde rasant vermehrten, Heuschreckenplagen, von denen die Ernten vernichtet wurden, und Ungezieferbefall im ganzen Land. Doch all dies geschah viel später und soll uns in dieser Geschichte nicht weiter kümmern.

Betrunkene Zwerge

Siebtes Kapitel

Oans, zwoa, gsuffa

Zur Freude der Gesellschaft verfügte das Ding™ nicht nur über die Kraft entgegengesetzter Reversibilität, sondern besaß auch eine Reihe anderer Funktionen. So war es zum Beispiel als Kompass einsetzbar, was der Gemeinschaft dabei half herauszufinden, wo Osten lag. Nachdem sie also die Richtung kannten, in die sie wandern mussten, brachen sie auf. Sie wechselten sich dabei ab, den bitterlich über seine Schmerzen klagenden Vanilli zu tragen.

»Ich mache mir Sorgen um Ganzalt«, vertraute Bingo Mori an. »Er gibt immer zusammenhangloseres Zeug von sich. Im Grunde redet er bloß noch Unsinn.«

»Da kann man nix sagen, Mann, dem ist korrekt«, stimmte Mori zu.

Der Zauberer fuchtelte beim Gehen mit den Händen vor seinem Gesicht herum. Als Bingo ihn eine Weile beobachtet hatte, wurde ihm der Grund klar: Anscheinend stellte die rechte Hand für Ganzalt symbolisch einen Adler dar, während er seine Linke für einen Drachen hielt. Diese beiden imaginären Wesen waren miteinander in eine Luftschlacht verwickelt.

»Was ist los mit ihm?«

»Hey, hab isch doch wohl schon in Wald gesagt«, entgegnete der Zwerg. »Der Alte wird halt älter, oder hey?«

»Aber *so* ist er für unsere Zwecke völlig unbrauchbar«,

stellte Bingo fest. »Schließlich begleitet er uns doch, um uns zu führen und zu beschützen, oder etwa nicht? Im Moment sehe ich aber nicht, wie das funktionieren soll. Meint Ihr, sein Zustand wird sich wieder bessern?«

»Isch glaub, er wird auf jeden Fall … anders werden, weissu, wie isch mein?«, antwortete der Zwerg, bevor er das Thema wechselte: »Hey, lass uns hier Lager machen. Ich hab konkret Hunger.«

Sie alle waren ausgesprochen hungrig, doch selbst eine einstündige Suche nach Pilzen oder leckeren kleinen Waldbewohnern förderte nichts Essbares zutage. Die ganze Truppe ließ sich schließlich in einem Kreis nieder und es wurde diskutiert, ob man das Ding™ benutzen sollte, um Essen herbeizuzaubern. Bingo war strikt dagegen, doch sein Magen war so leer, dass er in einem fort laut und deutlich knurrte. Der kleine Hobbnix fühlte sich, als hätte er einen Monat auf Diät gelebt. Zusätzlich bestanden die Zwerge darauf, dass Nahrung zu diesem Zeitpunkt eine Notwendigkeit und kein Luxus sei und dass es deshalb gerechtfertigt wäre, das Ding™ einzusetzen. Mit der Zeit begann Bingos Oppositionshaltung zu bröckeln. »Wir tun die Aussage auch voll vorsischtig aussuchen, Mann«, versicherten die Zwerge. Verschiedene Vorschläge wurden gemacht und der Reihe nach abgelehnt, bis man sich auf folgende Aussage einigte: »Vor mir befindet sich keine kleine Menge Essen.«

Bingo atmete tief durch und sprach dann den Satz durch das Ding™. Nichts geschah. Er unterzog das Ding™ einer genauen Untersuchung und versuchte festzustellen, ob es kaputt gegangen oder die Zauberkraft verbraucht war. Da erklärte Mori, der scheinbar huldvoll vor Bingo auf die Knie gefallen war, dass sich auf dem Waldboden vor dem Hobbnix tatsächlich eine winzige Menge Essen befände. »Voll krass wenig, Mann. Des sieht man nur mit scharfem Adlerauge, so wie isch halt hab.«

»Ich denke wirklich nicht, dass wir das Ding™ noch einmal benutzen sollten«, verkündete Bingo, indem er es in einer seiner Westentaschen verstaute.

Die Zwerge fingen sofort an, sich zu beschweren. »Ach komm schon, Alter, probieren wir es halt mit, ›Vor mir befindet sich keine große Menge Essen‹!«, schlug Bofi vor.

Doch wie Bingo ganz richtig bemerkte, konnte diese Aussage unter Umständen dazu führen, dass auf einmal ein riesiger Nahrungsberg aus dem Nichts auftauchen und sie unter sich begraben würde. »Und vor die Wahl gestellt, ob ich lieber von Kartoffeln, Steaks und Pflaumenkuchen erschlagen werden möchte oder einmal hungrig schlafen gehen, wähle ich Letzteres«, erklärte Bingo.

Missmutig stimmten die Zwerge ihm zu.

Dann begaben sich alle zur Ruhe.

Bingo wurde durch lautes Rufen aus dem Schlaf gerissen.

»Hey!«, schrie Mori. Verzweifelt versuchte er, seinen Bart zu entwirren (in den er sich zum Schlafen eingewickelt hatte). »Hey, Mann, hey, Vanilli! Leg des Teil weg, Alter!«

Es dauerte einen Augenblick, bis der immer noch schläfrige Hobbnix begriffen hatte, was vor sich ging. Vanilli hatte nicht geschlafen. Anscheinend hatten ihm die Schmerzen in seinem Knöchel so zugesetzt, dass er zu Bingo gerobbt war und ihm das Ding™ aus der Tasche entwendet hatte. Nun saß er ein Stück abseits über das magische Artefakt gebeugt.

»Bingo, halt ihn auf! Schnell, Mann!«, rief Mori.

Bingo warf sich nach vorne. »Vanilli! Neiiiin!« Doch es war zu spät. Vanilli sprach schon durch das Ding™.

»Mein Knöchel tut krass weh«, sagte er, »und sonst *nix*.«

Einen Moment später tat Vanillis Knöchel tatsächlich nicht mehr weh. Außerdem war jedoch noch ein anderer Umstand eingetreten. Dieser andere Umstand war völlig grässlich und – nach etwa dreißig Sekunden – tödlich für den stöhnenden, sich vor Schmerzen windenden Zwerg.

Es war unbeschreiblich.*

Über der Truppe lastete viele Minuten lang düsteres Schweigen.

»Niemand«, rief Bingo grimmig und zog das Ding™ aus Vanillis kalter, deformierter Hand, »benutzt das vermaledeite Ding™ mehr! Verstanden? Ist das jedem klar?«

Alle murmelten ihr Einverständnis. Außer Ganzalt, der verkündete, »Pflaumenkuchen ist nur mit Schlagsahne wirklich lecker.« Seine Feststellung wurde stillschweigend übergangen.

Sie bestatteten Vanilli, indem sie mit Hilfe der Brustpanzer im Waldboden eine flache Mulde gruben. Als sie fertig waren, drang bereits die Morgendämmerung durch das Laubdach über ihren Häuptern. Es war ohnehin niemandem mehr nach Schlafen zumute. Sie packten ihre Sachen und trotteten weiter nach Osten.

Nachdem sie ein paar Stunden marschiert waren, begannen die Bäume um sie herum spärlicher zu werden. Das Sprudeln fließenden Wassers drang an ihre Ohren. Eine halbe Stunde später erreichten sie eine Lichtung; genauer gesagt eine Stelle im Wald, die abgesehen von einer großen, dicken Eiche in ihrer Mitte baumlos war. Ganzalt begann sofort damit, wieder und wieder lachend um die

---

* Weshalb ich es auch nicht beschreibe. Aber das hattet ihr euch wahrscheinlich ohnehin schon gedacht, wie?

Eiche zu laufen. Die übrig gebliebenen Zwerge und Bingo waren jedoch zu erschöpft und hungrig, um Fangen mit ihm zu spielen. Schließlich ließen sie den Dunkelwald hinter sich und stapften über offene Felder. Den bartlosen Zauberer zogen sie an seinem Poncho hinter sich her.

Bald erreichten sie ein rechteckiges Gebäude, das am Ufer des Flusses stand. Die große Eingangstür war verschlossen. Darüber hing ein Schild, auf dem ein dicklicher Mönch mit einem Bierkrug in der Hand zu sehen war, zusammen mit der Aufschrift *August & Ina*. In kleineren Buchstaben stand dort außerdem *gut – besser – noch besser* zu lesen.

»Eine Brauerei«, verkündete Mori.

»Ach, tatsächlich«, meinte Bingo. »Was Ihr nicht sagt.«

Die beiden warfen einander giftige Blicke zu.

»H-hey, k-kommt schon«, sagte Thothorin, der zwischen sie trat. »L-lasst uns net s-streiten. W-w-wo es B-B-Bier gibt, g-gibt es a-auch w-was zu e-essen, w-weischu, wie isch m-mein? U-und ei-ein M-Mass i-ist a-auch k-k-korrekt, oder?«

»Ultrakorrekt, Alter«, lenkte Mori ein. »Respekt.«

»R-R-Respekt m-muss isch sch-schon allein h-haben, w-weil isch K-K-K- … K-Könisch bin.«

Mori warf ihm einen müden, leicht überraschten Blick zu. Doch dann schüttelte er lediglich den Kopf, wie um zu zeigen, dass er zu erschöpft sei, um sich auf eine Diskussion über Statusfragen und Etikette einzulassen. Er stieg die Stufen zur Eingangstür hinauf und hämmerte mit der Faust dagegen.

Kurz darauf öffnete sich eine Luke in Mannshöhe. »Wea do?«, erklang eine dumpfe Stimme. »Hä? Wea is do?«

Mori rief schnell Pralin und Bohri herbei und ließ sich

auf ihre Schultern heben. »Hey!«, rief er. »Hier unten, Mann!«

Das Gesicht, das durch die Luke in der Tür zu sehen war, war purpurrot wie ein Sonnenuntergang und wies in seiner Mitte eine korallenfarbene Knollennase auf. Winzige Schweinsaugen huschten von rechts nach links, von oben nach unten und blieben schließlich an dem Zwerg hängen. »Ja mei«, sagte das Gesicht. »Wea seids 'n ira?«

»Zwerge«, erklärte Mori.

»Seids ira d'Gaudi?«, fragte der Türhüter.

Mori zögerte keine Sekunde. »Ja, dem ist korrekt, Mann.«

»A Momenddal. I moch eich glei auf.«

Die Luke schloss sich wieder und man konnte jemanden auf der anderen Seite der Tür rumoren hören. Es klang so, als würde ein Riegel aus der entsprechenden Vorrichtung geschoben. »Wieso habt Ihr behauptet, wir seien die Gaudi?«, zischte Bingo unterdessen. »Was ist eine Gaudi überhaupt?«

»Hey, woher soll isch denn das wissen?«, entgegnete Mori. »Aber wir kommen doch in Haus, oder?«

Knarrend öffnete sich die Tür und gab den Blick auf einen Hof frei. »Eina mit eich«, meinte der Türhüter schniefend. Er stellte sich als Wesen heraus, das ohne weiteres von sich hätte sagen können: »Bier formte diesen Körper.« Sein Bauch war beinahe kugelrund, die Beine hingegen spindeldürr. Die Haut an Händen und Hals war krebsrot, die Gesichtshaut beinahe noch röter. Während er sprach, zog er wiederholt die Nase hoch, wenn er einatmete.

»Kummts eina, i hob net den gonzen Dog Zeit«, erklärte er.

Die Zwerge und der Hobbnix trippelten durch die Tür, wobei sie den Zauberer hinter sich herzogen.

»Danke, Alter«, sagte Mori.

»Mia ham scho docht«, entgegnete der Türhüter, während er die riesige Tür hinter ihnen schloss, »ira kummts goa nimma. Schoaschi!«, rief er. »Schoaschi! D'Gaudi is do.«

»Jedz weads awa Zeid«, erklang eine tiefe Stimme aus dem Dunkeln.

Die Zwerge stellten sich in einer Reihe auf und sahen freundlich lächelnd zu dem Türhüter auf. Er blickte auf sie hinunter, jedoch ohne zu lächeln. Ja, die Miene in seinem knolligen Gesicht wirkte geradezu misstrauisch.

»Des soi oiso d'Gaudi sei, oda wos?«, wollte er wissen. »Sechs Zweagal und a Dattergreis?«

»Hey, Mann«, meinte Mori, indem er am Hemd des Türhüters zog. »Dem ist korrekt. Wir sind Gaudi, von der was du spreschen tust. Klar, Mann, wir sind die Gaudi-Oberchecker. Wenn du halt Gaudi willst, sind wir die krass rischtigen Leute für disch. Gaudi! Gaudi! Gaudi!«

Der Türhüter starrte den Zwerg entgeistert an.

»Gaudi«, fügte Mori hinzu. Dann meinte er abschließend, »Krass, oder?«

»Kummts mit eina«, befahl der Türhüter und verfiel in einen schwankenden Gang.* Die Gesellschaft folgte ihm durch eine holzverkleidete Eingangshalle in einen viel größeren Raum dahinter. Riesige Kupferkessel standen zu beiden Seiten an den Wänden. Es roch auf eine seifig-schmierige Art nach Hefe. An einem der Kessel stand ein

---

* Ihr werdet es nicht für möglich halten, aber in der ersten Auflage gab es an dieser Stelle einen Druckfehler. Es hieß, er »fiel in einen schwankenden Gang«, was dem Satz einen unnötig burlesken Ton verlieh und noch dazu von plattem Humor zeugt. Muss man als Autor tatsächlich noch den Druckern auf die Finger schauen? Drucker? Verdrucker müsste es heißen (Nicht du, Toni, alte Druckwalze! Du bist Klasse! Ich rede von den anderen ...).

weiterer Mann auf einer Stehleiter. Was Bauchumfang sowie puterrote Gesichtsfarbe betraf, konnte er dem Türhüter Konkurrenz machen.

»Schoaschi«, rief der Türhüter. »Do is dei Gaudi.«

Schorschi stieg gemächlich von der Leiter und kam auf die Gesellschaft zugeschlurft. Im Gegensatz zu dem Türhüter hatte er große, hervorquellende Augen. Er wischte sich mit der Hand die Nase. Dabei fuhr er sich von unten in einer schwungvollen Bewegung mit der Innenfläche direkt über die Nasenlöcher. Jahrelange Praxis hatte ihre Spuren im Gesicht des Mannes hinterlassen: Seine Nase war schräg nach oben verbogen, als hätte jemand mit einem Füller einen dicken, roten Haken mitten in sein Gesicht gezeichnet.

»Oha! A paar Zweagal und a oider Obba?«, fragte er, wobei er sich nicht die Mühe gab, seinen Unglauben zu verhehlen.

»Ich bin kein Zwerg«, widersprach Bingo.

»Mei, do hot uns d'Agentua awa wos ganz andres vasprocha.« Schorschi ließ seine Augen durch den Raum und dann wieder über die Neuankömmlinge schweifen. »Zweagal? Wos soin des fia a Gaudi sei?«

»Eine krass korrekte Gaudi«, behauptete Mori mit Nachdruck.

»Madln ham die uns vasprocha«, sagte Schorschi. »Läpdänzers und an Animatör. Ira seids koa Madln!«

»Er hier schon.« Mori zeigte auf Bingo. »Und der da«, er wies auf Ganzalt, »tut voll gern so animieren, weißt schon?«

Schorschi sah nicht überzeugt aus.

»Escht, Mann«, versicherte Mori. »Du hast doch bestimmt schon von Ganzalt, dem fett krassen Animateur gehört.«

»Naa, hob i need«, entgegnete Schorschi. »Und von eich aa need.«

An seinen Kumpan gewandt, erklärte Schorschi dann mit gekränkter Stimme: »I woaß scho, wos du denkst. Awa i sog dia, i oaganisia a gscheide Gaudi, und wenn's des Letzte is, wos I moch.«

»Es wead auch's Letzte sei, wos du mochst«, bemerkte der Türhüter, »wenn Alkie-Alois rausfindet, dass du's vasaut host.«

»Wos hob i versaut?«, wollte Schorschi wissen, wobei er wilde Blicke um sich warf. »Nix is vasaut. Do is d'-Gaudi, so, wie i's hob macha soin. Auf geht's, Buaschn ... äh ... und des Froilein.« Er wischte sich erneut mit der Hand über die Nase. »Do geht's eina.«

»Weißt du«, sagte Mori zu Schorschi, neben dem er hertrottete. »Gibt es vielleischt so, weißt schon, Imbiss vor Gaudi?«

»Brodzeid?«, erwiderte Schorschi. »Bia.«

»Konkret, Mann. Und zum Essen?«

»Bia is Essn«, stellte Schorschi fest. »Wia glaubst'n du, hob i d'Wambbm kriagt?« Er ließ seine kugelrunden Augen über seinen ebenfalls kugelrunden Bauch gleiten.

»Ultrakorrekt«, stimmte Mori zu. »Also gibt es net so, weißt schon, Hühnschen oder so Brot oder halt Döner?«

»Bia«, sagte Schorschi.

»Also, isch meine, gibt es nur Bier, oder was?«

»Bia«, sagte Schorschi. »Do geht's eina.«

Sie waren in einem länglichen Saal angelangt. An den Wänden waren unzählige Fässer aufgetürmt.

»I hol oamoi an Alkie-Alois und die Buaschn«, verkündete Schorschi. »Eiare Show ziahts do ab«, fügte er hinzu, indem er mit einer ausholenden Armbewegung einen Teil des Fußbodens beschrieb, »mia san do drüam.« Er wies auf zwei lange Holztische und ein paar Bierbänke. Auf jedem Tisch standen mehrere Fässer mit Zapfhähnen aufgereiht. Leere Krüge und Tonhumpen waren überall verstreut.

Mori lief zu einem der Fässer und klopfte mit der Faust dagegen. Dann probierte er es bei einem anderen und noch einem. »Bier«, verkündete er. »Hey, die sind alle mit Bier voll. Kein einziges mit Suppe oder so.«

Nun inspizierten sämtliche Zwerge die Tische und Fässer. »Mann, gibt es denn gar nix zu essen?«, erkundigte sich Bofi. »Isch hab ja nix dagegen, ein Bier zu zischen, weißt schon, aber isch könnt halt auch ein bisschen Hühnersuppe vertragen.«

»Oder Rindfleischsuppe«, meinte Bohri.

»Hey, oder sogar Kartoffelsuppe«, sagte Bofi.

»O-oder auch n-nur eine K-K-Kartoffel«, sagte Thothorin. »V-vielleicht ei-eine ganz k-kleine.«

Doch es gab nicht einmal den kleinsten Krümel. Die Zwerge und der Hobbnix begannen zu ahnen, dass die Angestellten dieser Brauerei nichts außer Bier aßen und tranken.*

---

* Einen derartigen Alkoholkonsum erreicht man selbstverständlich nicht von heute auf morgen. Es gibt drei Stufen: Die erste besteht darin, dass man zu Mittag eine Halbe trinkt, genüsslich schmatzt und »Das ist süffig!« sagt. Die zweite Stufe hat man erreicht, wenn man seinen Tresennachbarn bewundert, weil er ein Bier innerhalb weniger Sekunden in einem Zug leeren kann, während man selbst mehrere Minuten lang daran herumnuckeln muss. Die dritte Stufe stellt die Vollendung dar: Man trinkt nichts mehr außer Bier. Man putzt sich abends die Zähne mit dem Gerstensaft und spült sich anschließend den Mund damit aus. Auf dem Nachttisch hat man ein Glas Bier stehen für den Fall, dass man nachts mit einem trockenen Mund aufwacht. Es soll schon vorgekommen sein, dass besonders fortgeschrittene Bierliebhaber ihre Teebeutel aufgeschnitten und mit Hopfen gefüllt haben.

»Ich sterbe vor Hunger«, klagte Bingo. »Und was genau ist eine Gaudi? Was erwarten die von uns?«

»Hey, tu einfach so, als tätest du des alles abchecken. Mach einfach mir nach, weissu wie isch mein?«, antwortete Mori. »Sind des so Sägespäne auf die Boden?«

»Ja.«

»Krass, und isch hab schon gedacht, des sind halt vielleischt Haferflocken oder so.« Der Zwerg seufzte resigniert.

»Ob unter der Falltür dort Nahrungsmittel gelagert werden?«, meinte Bingo.

Sämtliche Augenpaare richteten sich auf die Falltür.

Mori ging darauf zu und zog an dem Metallring, der in der Mitte befestigt war. Gespannt lugte er durch den Spalt, der sich auftat. »Da drunter ist bloß der Fluss«, berichtete er.

»Hey, vielleischt gibt es Fische ...«, setzte Bofi an.

Am anderen Ende des Saals erhob sich der typische Lärm, den eine vielköpfige Gruppe Männer mittleren Alters verursacht. Mori ließ die Klappe wieder zufallen, und die Zwerge stellten sich rasch in einer Reihe auf. Inmitten der bunt zusammengewürfelten Schar der Brauereiarbeiter erkannte Bingo Schorschi und den schniefenden Türhüter wieder. Sie waren von einem guten Dutzend Männern umgeben, die sich in einem ähnlichen Stadium körperlichen Verfalls befanden: Schmerbäuche, purpurn leuchtende Nasen und Wangen, hohe, wulstige Stirnen und einzelne fettige Haarsträhnen, die von einem Ohr zum anderen über die schweißigen Halbglatzen gekämmt waren.

An der Spitze stand ein besonders fülliger Mann. Bingo ging davon aus, dass es sich bei diesem Prachtexemplar um Alkie-Alois handeln musste. Während die anderen lediglich kugelrunde Bierbäuche hatten, sah dieser Mann aus, als wäre er im vierzehnten Monat schwanger. Im Gegensatz zu den purpurfarbenen Gesichtern und Knollennasen der anderen war sein Gesicht von einem satten, dunklen Karmesinrot. Dieser gesunde Teint war von etlichen aufgeplatzten Äderchen durchsetzt, die sich wie dicke, dunkle Würmer über sein Antlitz zogen. Seine Nase war riesig, vollkommen missgestaltet und geschwollen. Sie sah aus wie ein Hobbnixfuß.

»Guad«, sagte der Riesennasige, dessen Stimme so rau klang, wie seine Hände aussahen. »Wo is nachad d'Gaudi, die wo da Schoaschi oaganisiert hot?«

»Schaug, do san's, Scheef«, verkündete Schorschi, der neben ihm hereilte. »A gscheide Gaudi, wia i gsogt hob.«

Alois blieb stehen und betrachtete die Gesellschaft. »Zweagaln? Und a oider Obba?«

»Des do is a Frau«, erklärte Schorschi und zeigte auf Bingo.

Alois ließ seinen Blick über die gesamte Reihe schweifen.

»Guad«, meinte er schließlich misstrauisch. »Wenns du's sogst, sois mia recht sei. Awa des is bessa a guade Gaudi, sonst hamma a Problem, mia zwoa. Mia brauch'ma do a gscheide Gaudi.« Er wandte sich zu den übrigen Männern um. »Meine Herren!« Die Brauer setzten sich sichtlich nervös in Bewegung. »Los, an die Dische. Machts es eich gmidli und nachad wead *gsuffa*.«

Die Männer stöhnten auf.

»Wos is?«, rief Alois. »Wos is los? Gschdöhnd wead need, ja Kruzifix! Bedringts eich fei gscheit – i bezohl eich need, dass es nüchtern herumhockts! Wia soin mia denn a Gaudi ham, wenn's nüchtern seids? Hä? Wia denn? Könnt's mia des oamoi vazähln? Mochs Mai auf, Sepp!«

»Des gaht need, Scheef, du host völlig Recht«, versicherte Sepp mürrisch. »I woa zum Friaschdigg stuazbsoffn, Scheef«, fügte er hoffnungsvoll hinzu.

»Zum Friaschdigg easd?«, entrüstete sich Alois mit dröhnender Stimme. »Soi mi des vielleicht beeindruggn, oda wos? Höads alle hea, da Sepp dringt vo jezd an zwoamoi so vui, host mi? Vazähl need so vui, sondan konzendria di liawa aufs Dringa. Zum Friaschdigg! Wen interessiat'n des ezad no? Ezad geht's um d'Gaudi. Da Schoaschi hot uns a Gaudi oarganisiat und ezad hamma vui Spoß, sonst setzt's wos. Auf geht's!«

Niedergeschlagen setzten sich die Brauer an die beiden Tische, füllten ihre Humpen mit Bier und begannen zu trinken. Bald rann ihnen Bierschaum das Kinn hinab. Alois bugsierte seinen ungeheuren Schmerbauch zwischen Tisch und Bank und griff selbst nach einem Humpen Bier. »Auf geht's«, rief er den Zwergen zu. »Weads boid?«

Die Zwerge warfen Mori auffordernde Blicke zu. Mori warf Bingo auffordernde Blicke zu. Bingo wollte Ganzalt auffordernde Blicke zuwerfen, doch der Zauberer war gegen ein Fass gelehnt eingeschlafen.

»Gaudi!«, schrie Alois und hieb mit der Faust auf die Tischplatte ein. Seine Faust war wie dafür geschaffen, auf Tischplatten einzuschlagen. Oder auch auf andere Dinge. »Braucht's a Extra-Einladung, oda wos?«

Mori trat einen Schritt nach vorne. »Guten … äh … Tag, Leute. Wir sind so krasse Gaudi, und da hab isch misch halt gefragt – und das ist Frage, die was isch immer erst stellen tu vor unsre krasse Shows –, was genau für Gaudi ihr haben wollt? Wir haben so fett viele Gaudi, weissu, wie isch mein?«

Alkie-Alois starrte Mori entgeistert an. »Wos wuist?«, fragte er mit Nachdruck. »Ja, sakra, wos vazählt denn der do? Fangts mit da Gaudi o, weads boid?«

»Korrekte Sache, Mann, du bist der Chef«, beeilte sich Mori zu versichern. »Darf isch vorstellen tun: der ultrakorrekte Gaudiking, der krasseste Gaudichecker, dem was es in ganze Gaudigeschischte gegeben hat ... Bingo Gaudigrabscher.« Er trat wieder in die Reihe zurück, und Bofi, der neben dem Hobbnix stand, versetzte Bingo einen Schubs.

Bingo stolperte nach vorne. Sämtliche Brauer musterten ihn, manche über den Rand ihres Kruges hinweg. Einerseits hatte der kleine Hobbnix Angst und wusste nicht, was die Brauer von ihm erwarteten. Andererseits bereitete es ihm ein seltsames Vergnügen, dass sie ihn für eine Frau hielten. Er hatte sich schon lange nicht mehr so gut gefühlt – genauer gesagt seit jenem Nachmittag nicht mehr, an dem er heimlich die Unterwäsche seiner Mutter anprobiert hatte.

»Tja, also«, flötete Bingo. »Gaudi. Also, los. Fragt der Nachbar: ›Haben Sie denn gestern Abend gar nicht gehört, dass wir dauernd an Ihre Wand geklopft haben?‹ – ›Ich bitte Sie, das macht doch nichts. Wir haben eh gefeiert.‹«

Der kleine Hobbnix riss in gespieltem Erstaunen die Augen auf, warf die Arme in die Luft und setzte den rechten Fuß so mädchenhaft wie möglich nach vorne.

Im Saal herrschte eisiges Schweigen – abgesehen von den kläglichen Schlürfgeräuschen eines einzelnen Biertrinkers.

Alois zog finster die Brauen zusammen. »Ja, sakra, wos zum Deifi ...«

»›Nur keine Panik‹, beruhigt der Arzt den Patienten,

›wir haben diese Operation schon hundertmal gemacht, einmal muss es ja klappen.‹ Hihi!«

»Liadln!«, brüllte Alois. »Liadln, koa Witze, es Hoanochsn!«

»Lieder?«, erkundigte sich Bingo.

»Ja, freili! Wos fia a Gaudi seids es iwahaupts?«

»Ach, Lieder«, meinte Mori. »Logo, Mann! Natürlisch Lieder. Ihr wollt halt krasse Liedergaudi. Hey, jetzt check isch's, weißt.«

»Ja, wos hosd'n du denkt?«

»Klar machen wir Lieder, Mann.« Mori trat vor und schob Bingo unsanft zurück in die Reihe. »Ist kein Thema, Mann. Wir machen dir die krassesten Lieder, die was du in deinen ganzen Leben gehört hast!« Er räusperte sich und begann:

Hänschen klein ging allein
In voll weite Welt hinein
Stock und Hut tralalala gut
Ist ganz wohl und so weiter, weißt?

Aber Mutter … hey, isch weiß net mehr
Hat nun – nein! – hat JA nun kein Hänschen mehr
Wünsch dir was – oder so – sagt ihr Blick
Geh nur bald zurück!

»*Komm* nur bald zurück muss des heißen«, berichtigte sich Mori. »Net geh zurück. Oder *kehr* zurück? Ach, isch weiß des halt auch net so genau.«

Alkie-Alois starrte den Zwerg mit offenem Mund an.

»Hey, Alter, isch kenn noch eins«, meinte Mori hoffnungsvoll.

»Naaa!«, heulte Alois auf. »Naa, naa, naa! Wos fia a damisches Liad is des iwahaupts?«

»Hast du Problem, oder was?« In Moris Stimme schwang ein bedrohlicher Unterton mit. »Willst du misch jetzt persönlich beleidigen tun, oder was?«

»A Dringliadl! Mia woin a Liad, bei dem mia unsre Biakrüage schwenkn und mitschunkln kenna, ira damischen Deppen, ira! Deppates Abstinenzlerpack! Wos ... wea ... *Schoaschi*!« Das letzte Wort brüllte er so laut und so heftig, dass selbst Bingo die Augen zusammenkniff und zu zittern begann. »Schoaschi!«, schrie Alois und ließ mehrfach die Faust auf den Tisch knallen, sodass die Krüge und Humpen gleichzeitig auf und nieder hüpften.* »Des woa dei letzte Schanze, Schoaschi. Ezad bist z'weid ganga, Buaschi.«

»Scheef!«, wimmerte Schorschi.

Alkie-Alois versuchte sich von der Bank zu hieven, doch sein Bauch schien unter der Tischplatte eingeklemmt zu sein. »Do bliam, Buaschi. Dia wead i glei an Marsch blosn. An Hois drah i dia um. Und eich«, er deutete wütend auf die Zwerge, »drah i meara ois bloos an Hois um. Eich drah i d'Kebbf um – oan nach'm andan.«

Ruckartig stand er auf, wobei sein Bauch mit einem lauten Geräusch auf die Tischplatte klatschte.

»Jedem Oanzlnen vo eich«, schrie er und deutete mit einem dicken Wurstfinger der Reihe nach auf jeden

---

* Genauer gesagt hüpften die Krüge und Humpen nicht wirklich gleichzeitig mit den Fausthieben auf und nieder. Die Getränkegefäße bewegten sich jeweils erst eine Zehntelsekunde, nachdem die Faust die Tischplatte berührt hatte. Um exakt zu sein und keine Zweideutigkeit aufkommen zu lassen, hätte ich also schreiben müssen, dass die Krüge und Humpen im selben Rhythmus, wenn auch zeitlich versetzt auf und nieder hüpften. Auf derartige Haarspaltereien lasse ich mich als kreativer Künstler jedoch nicht ein.

Zwerg. »Jedz weads nachad glei a Donnawedda gem! A Gaudi woits ira sei? Kruzifix. Buaschn, schnoppts eich die Bazis und ersaufts des Pack in Biafassln. Mit ira do«, er deutete auf Bingo, »fangts o.«

»Hey, Pause, hey, was geht'n hier ab, oder?«, wandte Mori ein.

Doch Schorschi, der darauf bedacht war, sich wieder bei seinem Arbeitgeber einzuschmeicheln, stürmte bereits auf den kleinen Hobbnix zu. Mehrere Brauer folgten ihm. Die Zwerge warfen einander panische Blicke zu, wobei sie die Hände keine Sekunde lang von den Axtstielen ließen. Doch eine zweite Horde Brauer packte die Zwerge, und kurz darauf war die gesamte Gesellschaft überwältigt.

Bingo wurde trotz intensiven Tretens und Kreischens zu einem Fass getragen. »Wartet!«, keuchte er, als er direkt über dem Fass baumelte. »Einen Augenblick! Ich kenne ein Trinklied! Ehrlich!« Doch es war zu spät. Der Deckel wurde zur Seite geschoben. Schaum rann die Außenwand des Fasses hinab, und das Fassinnere versprach einen feuchtfröhlichen Tod.* Man steckte den Hobbnix mit Gewalt in das Fass. Bier und Schaum quollen über, und der Deckel wurde wieder auf das Fass genagelt. Für einen Moment drang herzzerreißendes Klopfen aus dem Innern, und das Fass wackelte kaum merklich hin und her. Dann wurde es gespenstisch still.

Die Brauer wandten sich um. Allem Anschein nach wollten sie sich nun mit den Zwergen befassen.

»Hey, Kollegen«, setzte Mori an. »Alles cool? Hey, ihr müsst das net tun …«

---

* Aufgrund des unerquicklichen Anlasses hätte ich vielleicht besser schreiben sollen, ›einen *bierernsten* Tod‹.

»Woaßt wos?«, entgegnete einer der Brauer, indem er seinen Arm um Moris Hals legte und ihm direkt ins Ohr sprach. »Ealich gsogt isses ganz nedd, mal zua Abwechslung Leit zu easaufm. Sonst müssma *mia* an ganzen Dog oiwei nua saufm!«

»Hey, Pause!«, rief Mori. »Stopp! Isch hab eine endkorrekte Idee, weißt?«

Doch schon ging man daran, das nächste Fass aufzustemmen. Mori wurde hochgehoben und über das Bierfass gehalten.

»Hey, aufhören«, wimmerte er.

»Aufhöan«, sagte noch jemand. Es war Alkie-Alois.

Die Brauereiarbeiter wandten sich alle nach ihm um. Alois stand neben dem Fass, in dem Bingo ertränkt worden war. »Do is wos gschdinggad«, erklärte der Brauereibesitzer. »Stellts moi kuaz des Zweagal ab und herts zua.« Er klopfte mit den Fingerknöcheln gegen das Fass.

Es klang hohl.

»Machts an Deggl auf«, befahl Alois.

Erneut zogen die Brauer die Nägel aus dem Holz und entfernten den Deckel. Am Boden des staubtrockenen Fasses saß ein grinsender Hobbnix. Seine Kleidung war noch nicht einmal feucht.

»Sakra«, entfuhr es Alois. »Bei dea is ja wirkli Hopfm und Moiz valoan. O mei.« Er warf einen zweiten Blick in das Fass. »Wuist du mia vazähln, dass du des ganze Bia gsuffa host, Deandl?«

»Ähm«, meinte Bingo, während er sich erhob. Seine Stirn sah über dem Rand des Fasses hervor. »Ja, genau. So war es. Na, klar. Hab alles getrunken. Ratzeputze weg. Ist immer noch besser, als zu ertrinken, wie? Außerdem war ich durstig.«

Alois warf den Kopf in den Nacken und lachte. Ein

Furcht erregendes Geräusch. Er lachte und lachte. »Ja mei«, stieß er hervor, als er sein Zwerchfell wieder halbwegs unter Kontrolle gebracht hatte. »Des nenn i saufm!« Er griff in das Fass und hob Bingo heraus. Dann trug er ihn zu einem der Tische und schenkte ihm einen Humpen Bier ein. »Und i muass mit de Luschn oabeitn, mit de renitenten Abstinenzlerluschn, wo scho voa oana Mass Bia Reißaus nemma. Des fesche Zweagalmadl do kennt eich olle mideinand untern Diisch saufm!« Er lachte erneut.

»Wirklich, es ist nicht der Rede wert«, murmelte Bingo nervös.

»Blädsinn!«, brüllte der Brauer. »Buaschn, lassts de Zweagaln frei. Olle an de Diische. Mia ham endli wos zuam Feiern. Bia!«, rief er. »Bia!«

Sie tranken mehrere Stunden lang und sangen dabei etliche Trinklieder: *With a little Bier from my friends*, *Wonderbier*, *The Power of Bier* und *Bier! Bier! Bier!*

Inmitten des Feierns packte Mori den Hobbnix am Arm und zischte ihm ins Ohr, »Hey, Kollege, isch hab halt gedacht, du hast gsagt, das Duweisschonwas wird net mehr hergenommen, hey oder?«

Bingo fauchte zurück: »Es ging um Leben und Tod, da bin ich das Risiko eben eingegangen.«

Im nächsten Augenblick wurden die beiden von besonders feierfreudigen Brauern getrennt und bekamen mehr Bier eingeschenkt. Erst tranken sie ein süffiges Weißbier. Dann gab es ein Bier, das wie Maggi schmeckte, das man mit einer halben Tasse schmutzigem Spülwasser verdünnt hatte. Anschließend setzte man ihnen ein Bier mit einem höheren Alkoholgehalt als Whisky vor.

Schon nach kurzer Zeit waren sie betrunken.

Obwohl die Brauer noch vor kurzem versucht hatten,

Bingo zu ertränken, verspürte er nun den Drang, diese Männer mit ihren gewaltigen Bierbäuchen zu umarmen. Minutiös erzählte er ihnen außerdem von seiner Reise. Die Männer hätten zweifellos Verdacht geschöpft, wie schnell der Alkohol dem kleinen Hobbnix zu Kopf stieg, wären sie nicht davon ausgegangen, dass er zuvor schon ein ganzes Bierfass auf ex getrunken hatte. Jedes Mal, wenn sie ihm zu dieser Heldentat gratulierten, strich er über seine Westentasche und grinste blöde vor sich hin.

Schon zu Beginn des Besäufnisses hatte Bingo sich einen Plan zurechtgelegt: Er würde warten, bis die Brauer völlig besoffen waren. Dann würde er das Ding™ benutzen, um sich und seine Begleiter wieder auszunüchtern (dabei hatte er sich selbst versichert, »Ein letztes Mal noch, und dann benutze ich es nie mehr wieder«). Die Zwerge, der Zauberer und er würden sich unbemerkt von dannen schleichen. Nach zwei Humpen Bier hatte es sich nach einem guten Plan angehört. Nach zehn Humpen schien es der genialste Plan der Welt zu sein; ein derart genialer, unübertrefflicher Plan, dass er nur von einem Superhoppler, dem Hoppler aller Hoppler ersonnen worden sein konnte. Gleichzeitig konnte Bingo sich unglücklicherweise nicht mehr genau an seinen Plan erinnern. Er konnte sich kaum noch an seinen eigenen Namen erinnern. Beides war ihm jedoch auch egal.

Seine Unbekümmertheit war geradezu gefährlich.

»Lahasst misch Eusch ein tleiness Dingensss sseigen«, lallte er einem der Brauer ins Ohr, der neben ihm auf der Holzbank saß. »Kalaleiness Dingenssda.« Er zog das Ding™ hervor.

»Wos iss?« Der Brauer war offensichtlich zu betrunken, um die Frage zu einem grammatikalisch oder auch nur semantisch korrekten Abschluss zu bringen. Vielleicht hätte er das nüchtern jedoch genauso wenig vermocht.

»Issn Ding™.«

»Ssso wia des Ding™ vom bäsnnn Saubua?«

»Eeeksakt«, brachte Bingo nach drei oder vier vergeblichen Anläufen hervor.

Der Brauer betrachtete es. »Und wosss kumma damit macha?«, wollte er wissen.

»Lasstes misch Eusch ssseigen«, meinte Bingo, indem er es an seine Lippen hob. In diesem Augenblick setzte sein Großhirn aus. Wie hatte sein Plan gelautet? Es war ein guter Plan gewesen. Der beste Plan! Er konnte sich eben nur nicht mehr daran erinnern.

»Wos machst'n?«, erkundigte sich der Brauer.

»Isch kann misch nisch mehr erinnern«, erklärte Bingo, und die Worte wehten durch das Ding™.

Da erinnerte er sich wieder.

»Isch bin betrunkn«, sagte er leicht lallend – und war mit einem Mal nüchtern.

Nun da er nüchtern genug war, um abschätzen zu können, was er soeben getan hatte, stockte ihm kurz der Atem. Das Risiko, das er auf sich genommen hatte! Gab es etwa einen grässlichen Haken bei seiner Nüchternheit, den sich das Ding™ hatte einfallen lassen? Doch die Minuten verstrichen, und alles schien normal zu sein. So normal die Welt eben sein kann, wenn man nüchtern ist. Und er war stocknüchtern. Noch konnte er es nicht wissen, doch Saubuas böser Zauber hatte tatsächlich etwas an seiner Physiologie verändert. Es war Bingo fortan nicht mehr möglich, sich zu betrinken – egal, wie viel Alkohol er zu sich nahm. Die herbeigewünschte Nüchternheit sollte sich als absolut und unabänderlich herausstellen. Nach zu ausgiebigem Alkoholgenuss sollte der

Hobbnix zwar auch weiterhin einen Kater bekommen, aber einen Rausch würde er sich nie wieder antrinken können. Doch diese düstere, trostlose Erkenntnis lag zu jenem Zeitpunkt noch in weiter Ferne.

Bingo ließ seinen Blick über die zusammengesackten, schnarchenden Gestalten um sich herum schweifen. Die Zwerge waren auf dem besten Wege, im Suff einzuschlafen (dabei vertragen Zwerge viel Alkohol). Die Mehrzahl der Brauer schnarchte bereits, inklusive desjenigen Mannes, mit dem Bingo eben noch gesprochen hatte. Alkie-Alois lag auf dem Rücken, was ihn dank seines Bauches wie eine enorme Berglandschaft aussehen ließ.

Bingo spürte panische Angst in sich aufsteigen. Im Grunde war dieses Gefühl schon die ganze Zeit über vorhanden gewesen, jedoch durch den Einfluss des Biers überlagert worden. Nun da er nüchterner war als jemals zuvor in seinem Leben, wollte er nur noch weg von diesem schrecklichen Ort. Man hatte versucht, ihn zu ertränken! Weil seine Witze nicht lustig genug gewesen waren! Dabei hatte es sich um klassische Aualandwitze gehandelt …

Er eilte zu Mori hinüber, der in Thothorins Armen schlief. Die Bärte der beiden zitterten wie Seetang in einer leichten Strömung, während die Zwerge zweistimmig schnarchten. »Mori!«, zischte Bingo in das Ohr des Zwergs. »Mori! Wir müssen weg von hier. Mori!«

Nichts.

Bei den anderen Zwergen erging es ihm nicht besser. Ganzalt schien ebenfalls sturzbesoffen zu sein. Bingo kroch von einer Alkoholleiche zur nächsten. Unterdessen hielt die Angst sein Herz wie eine eisige Hand umklammert. Noch niemals hatte er die Welt so klar und bewusst wahrgenommen. Noch nie war er in der Lage gewesen, derart vorausschauend zu handeln. Jeder einzelne dieser Brauer, abgehärtet durch lebenslanges Trinken, konnte im nächsten Augenblick aufwachen – und zwar mit einem Kater. Durften sie in diesem Zustand Gnade von den Brauern erwarten? Nein, natürlich nicht. Bingo konnte es sich nicht leisten zu warten, bis die Zwerge von selbst aus ihrem Bierkoma erwachten. Und ihm fiel keine Methode ein, sie früher aufzuwecken.

Er zog das Ding™ hervor und betrachtete es skeptisch. In seinem neuen, nüchtern-ängstlichen Zustand brachte er nicht den Mut auf, es erneut zu benutzen. Was, wenn es schief ging? Wenn der Einsatz des Dings™ entsetzliche Folgen nach sich zog?

Es gab nur einen Ausweg. Der kleine Hobbnix inspizierte einen Fässerhaufen, der in der Nähe der Falltür aufgetürmt war. Auf den Dielen waren hölzerne Schienen angebracht, um die Fässer auf das Loch im Boden zuzulenken. Befestigt waren die Fässer lediglich mit Hilfe eines Holzkeils. Bingos Gedanken überschlugen sich, und er sah eine wahre Ideenkette im Geist vor sich. Dann stürzte er zu seinen Kameraden. Er band Pralins Bart an Ganzalts Knöchel fest. Dann band er Bohris Bart an Pralins Knöchel, Bofis an Bohris, Thothorins an Bofis und schließlich noch – indem er die schlafenden Zwerge gewaltsam herumzerrte – Moris Bart an Thothorins königlichen Knöchel. Anschließend hievte er die Falltür auf. Das Wasser des Flusses toste darunter hindurch. Sie hatten, ohne es zu merken, den ganzen Nachmittag und die ganze Nacht hindurch getrunken. Das metallene Licht der Morgendämmerung glitzerte kalt auf den schnell dahinfließenden Fluten.

»Tut mir Leid, Jungs«, meinte Bingo und zerrte die Zwerge und den Zauberer in Richtung Falltür, bis sie in einem unordentlichen Haufen vor dem Loch lagen. Er selbst setzte sich auf die Spitze des stöhnenden, schnarchenden Zwergenberges und stieß den Holzkeil, der die Fässer hielt mit dem Fuß weg.

Bingo kniff die Augen zusammen, doch er konnte das Donnern der polternden Fässer hören, bis das erste Fass den Zwergenhaufen traf. Einen kurzen, scheinbar schwerelosen Augenblick schien die Zeit stillzustehen – dann schlug das Wasser geräuschvoll über ihm zusammen. Die Fässer waren plangemäß auf die Falltür zugerollt und hatten die Gesellschaft mit sich gerissen. Bingo blieb kaum Zeit zu fluchen, bevor die Flut ihn verschluckte. Um ihn herum stiegen Luftblasen in die Höhe. Mit einem Mal tauchte der kleine Hobbnix auf und wurde von der Strömung unter einem stahlgrauen Himmel rasant davongetragen.

Raveman die Schnapsdrossel

Achtes Kapitel

*Auf der Türschwelle**

Inmitten eines Holzteppichs trieben und schaukelten die Zwerge, der Zauberer und Bingo den Nachtwaldfluss entlang. Die Fässer rotierten, wurden von der Strömung herumgewirbelt und schlugen immer wieder gegeneinander. Selbst ein Vollrausch wie derjenige, den die Zwerge sich in den letzten Stunden angetrunken hatten, konnte nicht gegen den Schock des plötzlichen Eintauchens in die eiskalten Fluten bestehen. Von der Überraschung und dem Verdruss ganz zu schweigen, als die Zwerge bemerkten, dass sie mit ihren Bärten aneinander gefesselt waren. Mori, der noch über ein gewisses Maß an Selbstbeherrschung und Koordinationsvermögen verfügte, kletterte auf ein Fass. Die anderen hielten sich an Treibholz fest. Bingo schwamm eine Weile, bis es ihm gelang, ein Fass zu erklimmen, das wie ein Eisberg größtenteils unterhalb der Wellen trieb. Da die Fässer voller Bier waren, lagen sie sehr tief im Wasser.

Auf diese Weise reiste die Gesellschaft mehrere Stunden lang flussabwärts. Die Sonne, die mittlerweile ihren Zenit erreicht hatte, warf goldenes Licht auf die sich kräuselnden Wellenkämme und wärmte Bingos Gesicht.

---

* Nicht wörtlich natürlich, denn es handelt sich um den Eingang zu einem Berg, aber diese Metapher wird mir doch wohl gestattet sein?

Die Landschaft zu beiden Seiten des Flusses erinnerte den kleinen Hobbnix an seine Heimat. Es gab weite Gersten- und Weizenfelder, und über allem spannte sich ein frischer, strahlend blauer Himmel.

»Hey, Hobbnix!«, rief ein Zwerg. Sein Fass drehte sich permanent, und um nicht herunterzufallen, war er gezwungen, vorwärts zu krabbeln wie ein Hamster im Laufrad. Einem genauen Beobachter verriet seine düstere Miene, dass er die Übung keineswegs genoss. »Bingo! Hilf mir, Mann, hey!« Es war Bofi, der kaum mehr mit dem Fass mithalten konnte.

Bingo schwamm zu ihm hinüber.

»Hey, Kollege, bind vielleischt mal mein Bart los, oder? Und mein Knöschel ... glucks, glucks, glucks.« Bei den letzten drei Worten muss es sich nicht unbedingt um Kommunikationsversuche gehandelt haben. Bofi war nämlich von seinem Fass gerutscht und untergegangen.

Nachdem Bingo ihn aus dem Wasser gefischt hatte, entknotete er dem Zwerg den Bart und band seinen Knöchel los. Glücklich war der Zwerg deswegen zwar noch nicht, aber zumindest konnte er auf diese Weise zu einem anderen Fass schwimmen. Bingo, der sich wie eine Entenmutter vorkam, schwamm von einem Zwerg zum anderen und befreite sie von ihren Fesseln. Zum Schluss paddelte er zum Zauberer, der jedoch wunschlos glücklich zu sein schien. Ganzalt trieb auf dem Rücken und trällerte ein Lied über Luffaschwämme.

Bingo schwamm zu Mori, der noch griesgrämiger als gewöhnlich war. Der Hobbnix wies ihn auf diesen Umstand hin.

»Hey, was geht'n jetzt ab, Mann?«, erwiderte der Zwerg. »Isch bin besoffen und mir ist *scheißkalt*. Da brauchst du ja wohl net brutales *brain*, um zu checken, dass isch vielleischt net so gut drauf bin, oder hey? Besoffen *und* scheißkalt ist endblöd, weissu, wie isch mein?«

»Schon gut, schon gut«, lenkte Bingo ein. Er persönlich hatte sich an das eiskalte Wasser gewöhnt und fand es angenehm erfrischend. »Wir sind schätzungsweise weit genug von der Brauerei weg. Lasst uns ans Ufer schwimmen und an Land klettern. Vielleicht können wir sogar ein Feuer machen.«

Doch noch während er diese Worte sprach, musste er feststellen, dass sie unmöglich in die Praxis umzusetzen waren. Hatte das Ufer eben noch aus flach ansteigendem Erdreich bestanden, ragten nun steile Kreidefelsen zu beiden Seiten des Flusses in die Höhe. Ihnen blieb nichts anderes übrig, als sich weiter an den Fässern festzuklammern. Zumindest bis die Landschaft es ihnen erlaubte, die Fassung zu verlieren.

Nach einigen Stunden des Dahintreibens verbreiterte sich der Fluss allmählich, bis die Gesellschaft zu guter Letzt in einen gewaltigen See gespült wurde.

Sie hatten den Langweiligen See erreicht, um den sich viele – wenn auch nicht sonderlich spannende – Legenden rankten. Am Ufer des trägen Gewässers war die berühmte Stadt Essmabrot auf Holzpfählen gebaut. Jenseits der Stadt, weit im Norden des Langweiligen Sees, ragte der Einzige Berg empor – der sagenhafte Strebor, für den Bingo eine so weite Reise auf sich genommen hatte.

Als der Hobbnix bemerkte, dass die Fässer auseinander zu driften begannen, beeilte er sich, die quengeligen Zwerge wieder zusammenzutreiben. Unter seiner Führung schwammen sie an einen Strand südlich der Flussmündung. Mori und Bingo zogen gemeinsam Ganzalt hinter sich her. Nachdem alle das Ufer erreicht hatten, wollten sich einige der Zwerge auf der Stelle in ihre Bärte wickeln und ihren Rausch ausschlafen. Doch Bingo, der müde und nüchtern (und eben nicht müde und betrunken) war, bestand darauf, zu der Brücke zu marschieren, die Essmabrot mit dem Ufer verband. »Nur dieses eine Mal möchte ich in einem richtigen Bett schlafen und genießbare Speisen zu mir nehmen. Lange genug ist es her«, verkündete er.

Seine Argumente waren gut, und kurz war der Zwerge Widerrede.*

Die Wachen auf der Brücke schienen überglücklich zu sein, die verwahrloste, pitschnasse Gesellschaft in ihrer Stadt willkommen heißen zu können. »Seitdem der Drache in den Einzigen Berg eingezogen ist, herrscht hier eine Wirtschaftsflaute«, erklärten sie leutselig.

»Tatsächlich?«, erkundigte sich Bingo, während er das Eintrittsgeld aus Moris Lederbeutel fischte. »Seit wann ist der Drache denn da?«

»Seit etwa siebzig Jahren«, gab einer der Wächter Auskunft.

In Essmabrot wurden die erschöpften Reisenden beinahe überwältigt von der unglaublichen Fülle, dem schieren Überfluss der zum Kauf angebotenen Waren. Die Händler hier waren echten Käufern lediglich in Form von Geschichten begegnet, die sie von ihren Großeltern erzählt bekommen hatten. Finanziell hatten sie überlebt, indem sie Waren an andere Ladenbesitzer verkauften. So

---

* Das nenne ich schönen Stil! Fantastisch! Das ist ja beinahe schon Poesie: die überkreuzte syntaktische Stellung von Wörtern zweier aufeinander bezogener Wortgruppen. Dafür gibt es meines Erachtens sogar einen eigenen Ausdruck in der Rhetorik, der mir aber leider im Moment nicht einfallen will.

war es kein Wunder, dass die Händler von Essmabrot sich nun in der blinden Hoffnung, *irgendetwas* zu verkaufen, um das Grüppchen potentieller Kundschaft scharten. Es gab zahlreiche Stände und Buden, in denen Äxte, Angeln, Rehkeulen, Wolle und Ähnliches feilgeboten wurden. Außerdem gab es ausgedehnte Parkmöglichkeiten für Boote sowie etliche Metschwemmen, in denen sich der ermüdete Shopper bei einem Glas Honigwein erholen konnte.

»Eigentlich sind wir im Moment einfach nur müde und hungrig. Könnte uns vielleicht jemand den Weg zu einer Schenke weisen? Einem Gasthaus mit ein paar freien Betten?«

Während die Ladenbesitzer zutiefst enttäuscht waren, konnte die Wirtin des Lokals Essmakuchen ihr Glück kaum fassen. »Richtige Gäste in meiner Wirtschaft!«, sagte sie immer wieder, während sie ihnen den Weg durch die engen Gassen von Essmabrot zeigte. »Richtige Gäste!«

Im Vorderzimmer des Gasthauses flackerte ein Feuer im Kamin. Die schlotternden Zwerge kauerten alsbald in einem mitleiderregenden Knäuel davor. Sämtliche Reisende verschlangen tellerweise Eintopf, Brot und Hühnchen. Danach erklommen sie die Stufen in die oberen Stockwerke, wo sie erst in federweiche Betten und dann in einen tiefen, vollkommen ungestörten Schlaf fielen. Bingo, der am längsten wach geblieben war, dankte der Wirtin und bezahlte die Zeche im Voraus mit Gold aus Moris Lederbeutel. Zu guter Letzt fiel auch er in komatöse, traumlose Ruhe.*

---

* Jetzt weiß ich es wieder! Ein Chiasmus war das vorhin! Das rhetorische Stilmittel, das ich so überaus kunstvoll eingesetzt habe, meine ich.

Die Zwerge sowie Ganzalt schliefen insgesamt achtzehn Stunden lang. Die Zwerge, weil sie einen gewaltigen Rausch und anschließenden Kater auszuschlafen hatten, und Ganzalt, weil er in letzter Zeit ohnehin dauernd schlief.

Bingo erwachte bereits am Morgen des folgenden Tages und fühlte sich unbeschreiblich erholt und munter. In einer Ecke des Zimmers saß ein untersetzter kleiner Mann.

»Endlich seid Ihr wach!«, verkündete der Mann. »Unsere erste Kundschaft seit siebzig Jahren! Ich grüße Euch, werter Herr. Euch und Eure tapferen Zwergen-Shopper. Ihr bringt frische Hoffnung nach Essmabrot im Lande Hûhn.«

»Es ist mir eine große Freude, euch zu Diensten sein zu können«, erklärte Bingo, der sich von seiner besten Seite zeigen wollte. »Außerdem ist es mir eine besondere Ehre, Eure Bekanntschaft zu machen, Mister …?«

»Ach«, meinte der Fremde und sprang hastig auf. »Ich bin Dart der Meisterschütze. Um es gleich vorwegzunehmen, ich bin der Bürgermeister von Essmabrot.«

»Es ist mir fürwahr eine Ehre«, sagte Bingo artig und kroch aus dem Bett, um sich gebührend verbeugen zu können.

»Nein, nein, nein. Ihr dürft mich doch nicht wie ein hohes Tier behandeln«, entgegnete Dart scherzhaft mit gespielter Bescheidenheit. »Es ist noch gar nicht lange her, dass ich ein Niemand war, eine Niete, eine Null. Nein, nein, nein. Der plötzliche Ruhm soll mir nicht zu Kopf steigen. Bis vor einem Jahr war ich ein Poet, ein Künstler – könnt Ihr Euch das vorstellen? Kennt Ihr eine soziale Kaste, die auch nur halb so schändlich und ehrlos ist? Doch ich habe mich aus meinen eigenen Kräften nach oben gearbeitet, habe das verwerfliche Handwerk des Dichters hinter mir gelassen und bin zum Meisterschützen aufgestiegen. Die Schreibfeder habe ich gegen Pfeil und Bogen eingetauscht. Jetzt bin ich Dart der Meisterschütze und treffe nicht mehr mit bloßen Worten, sondern mit meinen Pfeilen ins Schwarze. Und ich bin gekommen, Euch alle persönlich – höchstpersönlich – in den Geschäften und Ständen von Essmabrot willkommen zu heißen. Eure Begleiter …?«

»Die dürften noch ein Weilchen schlafen«, meinte Bingo mit einem Seitenblick auf die übrigen Betten. »Unsere Reise hierher war lang und ermüdend.«

»Aber nun seid ihr hier«, stellte Dart triumphierend fest. »Das ist die Hauptsache.«

»Euer Handel ist zurückgegangen?«, erkundigte sich Bingo.

»O weh! O weh! O weh!«, pflichtete Dart ihm bei. Dabei klang er jedoch fast ein wenig theatralisch und selbstverliebt, als würde er der Empfindung nur Ausdruck verleihen, ohne sie tatsächlich zu verspüren. »Seitdem der böse Drache Schmauch den Einzigen Berg in Besitz genommen hat, haben wir unsere Kundschaft verloren. Wir leben die ganze Zeit über in schrecklicher Gefahr. Das sind keine idealen Handelsbedingungen.«

»Und dennoch habt ihr nie darüber nachgedacht, die Stadt zu verlassen und eure Stände weiter im Süden wieder aufzubauen?«

»Essmabrot verlassen?«, fragte Dart voller Entsetzen. Eventuell war auch dieses Entsetzen nur gespielt; das war schwer zu sagen. Es wirkte jedenfalls trotz der weit aufgerissenen Augen etwas träge. »Unmöglich! Außerdem ist unsere Geduld ja mit eurer Ankunft belohnt worden! Möget ihr die Ersten in einer langen Reihe von Kunden sein!«

»Ach«, seufzte Bingo. »Wir hatten eigentlich nicht vor zu bleiben. Wie es der Zufall will, sind wir auf dem Weg zum Einzigen Berg.«

»Ist nicht wahr«, entgegnete Dart im Plauderton.

»In der Tat. Aber vielleicht, Sir Dart, können wir Euch und ganz Essmabrot einen Dienst erweisen.«

»Einen Dienst?«, fragte Dart. Seinem Ton war zu entnehmen, dass er den Wert eines solchen Angebots zu schätzen wusste.

»Vielleicht dürfte ich Euch das jetzt nicht sagen, doch ich wüsste nicht, was es schaden sollte: Ziel unserer Reise ist es, den Drachen Schmauch zu töten.« Bingo hatte schon lange für sich entschieden, dass dies zumindest teilweise der Grund ihrer Reise sein musste. Auch wenn die Zwerge sich weiterhin über das eigentliche Ziel ihrer Suche in Schweigen hüllten.

»Tatsächlich?«, sagte Dart sanft. »So etwas aber auch. Das ist wirklich faszinierend.« Er saß eine Weile schweigend da, als müsste er das Gesagte erst gedanklich verarbeiten. Dann meinte er schulterzuckend, »Pardon? Was war gleich noch einmal das Ziel eurer Reise?«

»Den Drachen zu erschlagen. Zu töten.«

»Oh! Töten, so, so.« Der Bürgermeister und Meisterschütze sprach nun lebhafter als zuvor. »Also, das sind ja fantastische Neuigkeiten! Fantastisch! Märchenhaft! Wunderbar! Ich kann nur hoffen, dass ihr Erfolg habt. Wenn ihr uns von diesem Fluch befreien könntet, würde Essmabrot wieder zu dem quicklebendigen Handelszentrum der östlichen Wildnis aufsteigen, das es einst war.«

Bingo und Dart unterhielten sich lange und angeregt über dieses Thema. Als endlich die Zwerge erwachten (wobei sie laut stöhnend ihre Köpfe hielten), hatte der Bürgermeister von Essmabrot Bingo bereits zugesichert, dass die Gesellschaft mit den besten Booten der Stadt an den Fuß des Einzigen Berges gefahren werden sollte.

»Hey, Respektcredits an disch, Mann. Bist ja doch noch zu was nütze, Mister Hobbnix«, erklärte Mori, während er hungrig Toast zum späten Frühstück hinunterschlang. Er hatte seinen Bart in Essig getaucht und ihn sich um die Schläfen gewickelt, um das schmerzende Pochen zu lindern. Selbst nach zwergischen Maßstäben verlieh ihm diese Tracht ein seltsames Aussehen.

»Sie bringen uns direkt zum Berg«, erzählte Bingo. »Außerdem erhalten wir Verpflegung. Der Rest ist unsere Angelegenheit, sagen sie. Ich habe mir überlegt, vielleicht sollten wir Ganzalt lieber hier lassen? Man würde sich bestimmt bestens um ihn kümmern.«

»Den Zauberer hier lassen, oder was?«, stieß Mori hervor und bewegte dabei den Kopf so heftig, dass ihm der Bart wieder nach unten fiel. »Hey, was geht'n jetzt ab? Hast du *brain*-Ausfall, oder? Wir können Zauberer natürlisch *net* hier lassen. Der Zauberer muss mit, checkst du? Hey, den Zauberer hier lassen, oder?«

»Aber weshalb denn nicht? Er macht doch im Grunde nichts außer schlafen.«

»Der Alte muss mit«, sagte Mori. Sein Tonfall duldete keinen Widerspruch.

Als die Truppe sich am nächsten Morgen am Pier von Essmabrot versammelte, sahen die einzelnen Mitglieder so frisch und unternehmungslustig aus wie schon lange nicht mehr. Man hatte ihre Brustpanzer poliert, ihre Bärte gewaschen und gekämmt und sogar die Löcher in ihren Stiefeln fachgerecht gestopft. Eifrige Schiffer hoben sie in die Boote und stießen dann mit Stangen vom Pier ab.

Beinahe eine ganze Stunde lang saß die Gesellschaft einfach nur da und ließ die sonnenbeschienene Landschaft an sich vorbeiziehen. Weidetiere starrten ihnen von den am Seeufer gelegenen Wiesen nach. Über den Köpfen der Reisenden flogen Kraniche, die bald darauf etwas unbeholfen auf dem See landeten, um die vorbeigleitenden Boote zu beobachten.

Vor ihnen erhob sich langsam die kegelförmige Spitze des Einzigen Berges. Am nördlichen Seeufer navigierten die Schiffer ihre Boote mit Hilfe der Stangen auf den schmalen Fluss zu, der an der einen Seite des Berges entlang floss. Vor Sonnenuntergang erreichten sie eine erste Anhöhe, auf der die Zwerge ein vorläufiges Lager errichten konnten. »Wir verlassen euch nun, wackere Helden!«, sagte der Anführer der Schiffer. »Den Rest des Weges könnt ihr morgen ohne weiteres zu Fuß bewältigen. Viel Glück bei eurer großen Suche! Mögen eure rechten Arme ruhig und stark sein!«

»Hey, was war denn des für krasser Text?«, wollte Mori wissen. »Unsre reschten Arme? Was meint der Alte?«

Es war ein seltsames Gefühl, nach all den langen und aufreibenden Abenteuern am Einzigen Berg angekommen zu sein. Die Zwerge und der Hobbnix verzehrten in Sackleinen verpackte Semmeln und winzige Korkfässchen mit Orangensaft zum Frühstück. Dies alles hatten ihnen die Bürger von Essmabrot zur Verfügung gestellt. Anschließend setzte sich Bingo auf einen flachen Felsen und starrte hinauf zu dem Berg. Das Nobelgebirge war beeindruckend gewesen. Doch dieser Felsriese war noch einmal etwas anderes – ein erhabenes, gigantisches Monument aus Stein, dem die Morgensonne tausende verschiedener

Nuancen von Weiß und Grau entrang: Man sah unzählige Flächen und Abhänge in allen nur vorstellbaren Schattierungen von Silber und Grau, bis hin zu Purpur und Schwarz. Weiter oben wurde der Fels von knochenfarbenem Schnee bedeckt. Etliche Krähen zogen am Himmel ihre Kreise. Das Krächzen dieser Vögel war das beruhigendste Geräusch, dass der kleine Hobbnix jemals gehört hatte.

Thothorin räusperte sich diskret neben Bingo.

»Ach«, meinte Bingo, der es noch immer nicht gelernt hatte, Monarchen adäquat anzusprechen. »Hallo. Ist ein großartiger Berg, was?«

»G-groß schon«, erwiderte Thothorin. »S-stischt einem k-krass ins Au-Auge, o-oder hey? Bloß sch-schade, d-dass er einem die f-fett schöne Au-Aussicht v-v-versperrt.«

»Wie könnt Ihr das nur sagen?«, entrüstete Bingo sich. »Ich finde ihn unbeschreiblich.«

»U-unbeschreiblich h-hässlisch, oder h-hey?«, sagte Thothorin spitzbübisch. »Hey, K-Kollege, nimm es net p-persönlisch, w-weißt? Wir Z-Zwerge st-stehen auf T-Tiefe, n-net H-Höhe, w-weissu, wie isch m-mein? Drinnen ist b-bei uns h-halt besser als d-draußen.«

»Aber dieser Berg wird doch auch hohl sein. Bisher war noch alles hohl.«

Zum ersten Mal sah der Zwergenkönig Bingo mit so etwas wie Respekt an. »E-e-endkokorrekt, M-Mann. D-du hast f-fett was gelernt ü-über die W-Welt u-und so.«

»Ich habe während unserer Reise das eine oder andere aufgeschnappt. Was machen wir nun?«

»H-hey, w-wir gehen r-rein«, erklärte der König. »D-d-deshalb s-sind wir h-hergekommen, o-oder hey?«

Er zog einen Stiefel aus und holte ein zerknittertes Stück Pergament hervor. Die übrigen Zwerge gesellten sich zu ihnen, während Thothorin das Papier auf dem Felsen ausbreitete. Für Bingo sah es aus wie ein welkes Kohlblatt mit zahlreichen Anmerkungen. Als er jedoch genauer hinsah, stellte er fest, dass es sich um einen groben Plan des Einzigen Berges und seiner Umgebung handelte.

»Wir k-können net d-dursch die Ei-Eingangstür«, erläuterte Thothorin, indem er auf einen Kringel an der Vorderseite des Berges wies. »W-weil die halt k-krass z-zugesperrt ist.«

»Hey, oder, zugesperrte Eingangstür«, murmelten die Zwerge zustimmend.

»A-also ist P-Plan, m-müssen wir S-Seiteneingagang f-finden, oder h-hey? P-Problem ist, M-Mister, S-S-S-Seiteneingang ist k-krass wiwiwiwi ...«

»Ist wie?«

»Hehey, ist b-bloß mimimimi ...«

Bingo versuchte angestrengt, sich einen Reim darauf zu machen. »Ich kann mir keinen Reim darauf machen.«

»Ist mimimimi ...«, bekräftigte Thothorin.

»Mimimimi?«

»I-ist f-fett k-klein«, sagte Thothorin leicht gereizt. »Hey, w-weißt du, d-der Ei-eEingang, an d-des S-Seite, ist halt w-w-winzig und der G-Gang, der was nach u-unten führen t-tut, h-halt auch, hey oder? Du b-bist k-kleiner w-wie ein Z-Zwerg. V-vielleischt passt du d-dursch, w-weissu, w-wie isch m-mein?«

»Und was war mit *mimimimi*?«, fragte Bingo verunsichert.

»Vergiss es, Mann«, meinte Mori und klopfte dem Hobbnix mit einer Hand auf die Schulter. »Erst einmal müssen wir brutal unsere *brains* anstrengen und die krasse Tür finden. Los, packt halt euer Zeug zusammen! Hey, isch schwör, wir klettern voll krass die westlische Seite von Berg rauf. Ist des endkorrekt, oder was?«

Nach ein paar halbherzigen Hurras trotteten die Zwerge zurück zu ihren Schlafplätzen, um ihre Sachen zu packen. »Thothorin«, sagte Bingo, als er von dem Felsen sprang. »Darf ich Euch etwas fragen?«

»H-hm?«, entgegnete der König.

»Ihr seid doch ein König, nicht wahr?«

Thothorin stieß einen Seufzer aus. »D-dem ist k-korrekt«, räumte er ein.

»Warum lasst Ihr Euch dann von Mori herumkommandieren? Könntet Ihr ihn nicht, ich weiß auch nicht, mit einem königlichen Befehl oder so zum Schweigen bringen?«

»Ach«, erwiderte der Zwerg. »D-du k-kannst n-net i-immer den g-großen M-M-Macker m-machen, ch-checkst du? B-besonders net als K-K-König.«

Ein paar Meter von ihnen entfernt landete eine Krähe auf einem Felsblock. Sie betrachtete die beiden mit tintenschwarzen, intelligenten Augen und legte den spitzen Kopf nachdenklich zur Seite.

Anfangs kamen sie gut voran, doch der Weg büßte zunehmend seine horizontalen Eigenschaften ein und wurde in gleichem Maße beschwerlicher. Bald mussten sie von einem Gesteinsblock zum nächsten steigen und jede Viertelstunde eine Pause einlegen. Die Sache wurde dadurch nicht vereinfacht, dass immer zwei den schlafenden Zauberer auf einer Decke hinter sich herziehen mussten. »Ich wünschte nur, ich wüsste, *weshalb* wir ihn überhaupt mitgenommen haben«, beschwerte sich Bingo. »Er scheint gar nicht mehr aufzuwachen, sondern schläft die ganze Zeit über. Außerdem ist er stocktaub. Er hat seinen Bart verloren und, soweit ich das beurteilen kann, ebenfalls seinen Verstand. Dennoch schleppen wir ihn auf diesen vermaledeiten Berg.«

Keiner der Zwerge sagte etwas dazu.

Spät am Nachmittag erreichten sie ein kleines Hochplateau. Darauf verstreut lagen zahlreiche seltsam geformte Felsbrocken, die von den steilen Felswänden heruntergefallen sein mussten. Die Truppe ließ sich zwischen den Steinen nieder, um wieder zu Atem zu kommen und eine Vesperpause einzulegen. Thothorin saß über die Landkarte gebeugt da. »I-isch sch-schwör halt, d-dass es i-irgendwo hier s-sein m-muss. S-sieht j-jedenfa-falls v-voll k-krass so aus«, verkündete er.

»Seht euch bloß diese Krähen an«, meinte Bingo. »Hocken zwischen den Spalten und Felsspitzen an dem Abhang über uns. Es sieht beinahe so aus, als würden sie uns beobachten.«

»Hey, Kollege, das tun sie auch, weißt«, erklärte Mori. »Wir sind ja auch in ihrer *hood*. Das sind die Krähen von Strebor, checkst du, wie isch mein? Ein voll korrektes und weises Volk, hey, isch schwör.«

»Weise?«, fragte Bingo zweifelnd. Die einzigen Vögel, mit denen er bisher zu tun gehabt hatte, waren die Rotkehlchen von Aualand gewesen, und die eine oder andere Seemöwe, die vom Kurs abgekommen war. »Aber es sind doch bloß Vögel, oder etwa nicht?«

Mori schüttelte dreimal den Kopf, was seinen Bart dazu veranlasste, fünfmal hin und her zu wackeln. »Hey, weißt, die sind voll intelligent und so, oder? Hey, *story*, ja: Sie leben krass lang und denen ihr Gedäschtnis, weißt schon, das reischt halt über voll viele Generationen zurück. Die können sogar Schach spielen, weißt ...«

»Schach?«, wiederholte Bingo ungläubig.

»Ja, Mann. Hey, ist des fette Sensation für disch, oder was?«

»Ich finde es nur ein wenig schwer zu glauben. Vögel, die Schach spielen? Wie machen sie das?«

»Hey, isch schwör, die tun halt ... äh ... die Figuren, weißt, fett mit ihre Schnäbel herumschieben.«

»Und wie stellen sie die Figuren zu Beginn der Partie auf?«

»Hey, was soll die Haarspalterei, Kollege? Mach disch locker«, entgegnete der Zwerg aufgebracht. »Des ist net zum Spaßen, verstehst? Die können auch fett gut sprechen, hey, isch schwör. Und König haben die auch.«

»Wie heißt er?«

»Hä?«

»Wie er heißt, der König der Krähen?«

»Hey, weißt, die Krähen sind schon voll lange Freunde von Zwergenvolk gewesen, hey, oder? Deshalb kann isch dir jetzt diese Info sagen, weißt. Er heißt halt Krächz der Mäschtige.«

»Komischer Name.«

»Hey, Mann, die heißen alle Krächz«, gab Mori zu. »Haben halt mehr so nur den einen Namen, weissu, wie isch mein? Aber die haben trotzdem fett die brutalen *brains*, hey, checkst du?«

Bingo blinzelte angestrengt zu den Vögeln auf, wobei sich kleine Krähenfüße um seine Augen bildeten. »Ich weiß nicht recht, Mori. So leichtgläubig bin ich nicht.«

»Halt's Maul«, sagte der Zwerg.

Den restlichen Tag suchten sie nach dem Seiteneingang, fanden aber nichts, was auf eine Tür hindeutete. »Ich habe es!«, rief da auf einmal der kleine Hobbnix. »Es ist bestimmt wie bei dem Salva Tor, das in die Tiefen des Nobelgebirges führte! Scheint heute Nacht der Mond? Wir brauchen einen Kalender! Seht in den Almanach! Suchet Mondschein! Suchet Mondschein!«

»Hey, was'n des für ein schwuler Text?«*, meinte Mori. »Des war halt der krasse Eingang zu Große Zwerghallen von Zwerghalla, weißt, die Minen von Mario und so. Das hier ist mehr so Stollenmund, weißt schon?«

»Was für ein Mund?«

»Na, weißt schon, so Entlüftungsteil halt.«

»Für was?«

»Rauch und so was.« Der Zwerg blickte rastlos umher.

»Und weiter?«

»Ja, weißt, des Teil geht leischt auf, aber halt nur von innen, oder hey? Und wir müssen jetzt endkonkrete Aktion durschziehen und es finden tun und voll krass *von außen* aufkriegen, hey.«

»Mit anderen Worten, es handelt sich um einen Schornstein«, stellte der Hobbnix fest.

»Korrekt.«

»Ihr wollt also, dass ich einen Schornstein hinunterkrieche, um einem fürchterlichen Drachen entgegenzutreten – indem ich aus seinem Kamin klettere?«

»Hey, Problem oder was? Hast du das net von Anfang an abgecheckt?«

»Nein«, meinte Bingo entschieden. »Nicht wirklich.«

»Ach so, Mann, aber jetzt weißt du halt.«

Irgendwann wurde die Suche abgebrochen, und die Gesellschaft setzte sich zum Abendessen um ein kleines, trauriges Feuer. Krähen und Raben flogen krächzend

---

* Bingo hatte gerade eben Shakespeare zitiert, aber das war weder den Zwergen noch dem Hobbnix bewusst.

über ihren Köpfen durch die Dämmerung. Im Westen war die Sonne rot wie eine Kirschtomate angelaufen und färbte die horizontalen Wolkenschichten, die sie passierte, purpurn, orange und golden.

Die Schatten wurden länger.

»Seht ihn nur an«, meinte Bingo und deutete auf Ganzalt, der in eine Decke gewickelt ungestört schlief. »Er schläft nun schon – wie lange? Vier Tage? Er sieht so friedlich aus.«

Die Zwerge stimmten ihm kopfnickend zu.

»Sein Husten scheint besser geworden zu sein«, bemerkte der Hobbnix nachdenklich. »Seltsam. Dabei war er doch so heftig, nicht wahr? Manchmal setzte der Husten ihn geradezu außer Gefecht.«

»Das Stadium hat der Alte halt hinter sisch gelassen«, murmelte Bofi vor sich hin.

»Hä?«, machte Bingo. »Wie bitte?«

»Hey, nix, Kollege«, erklärte Mori bestimmt. »Schlafenszeit.«

Bingo versuchte eine Weile, die Zwerge zu weiteren Erklärungen zu bewegen, doch sie hüllten sich in Schweigen. »Wir sind offensichtlich nicht wegen des Goldes hierher gekommen«, stellte er fest. »Oder zumindest nicht ausschließlich wegen des Goldes. Ich bestreite nicht, dass ihr den Drachenhort gerne als Bonus mitnehmen werdet, wenn getan ist, weswegen ihr *eigentlich* hierher gekommen seid. Warum verratet ihr mir nicht, um was es geht? Was steckt wirklich hinter unserer Reise?«

»Hey, Schlafenszeit«, meinte Mori und wickelte sich in seinen Bart ein.

Am nächsten Morgen wurden sie vom Gekrächze der Krähen geweckt, das sich für Bingo lauter als je zuvor anhörte. Es war kalt. Die Sonne schien auf die Ländereien nördlich und südlich des Berges, doch der Lagerplatz der Gesellschaft lag im Schatten des riesigen Berges, und um sie herum war es dunkel. Auf der Schattenseite des Berges zogen sich zahlreiche vereiste Stellen und Schneeflecken wie eine gigantische Schuppenflechte nach oben. Bingo erhob sich fröstelnd. Bofi versuchte ein Feuer in Gang zu bringen, doch auf den Zweigen lag Raureif, und sie brannten nicht.

»Also ein weiterer Tag vergeblicher Schornsteinsuche, wie?«, meinte Bingo missmutig.

»Hey, isch schwör, wir finden des Teil schon«, entgegnete Mori. »Wir müssen halt brutal die Augen aufhalten, weissu, wie isch mein?«

»Ich könnte hilfreich sein«, erklang eine Stimme hinter ihnen. »Ähm … yo!«

Es war eine riesengroße Drossel mit hellen Sprenkeln. Sie war etwa halb so groß wie Bingo. Von einem Felsblock, auf dem sie sich niedergelassen hatte, beäugte sie die gesamte Gruppe. Ihre Augen waren blässlich, der Schnabel hatte einen leichten Stich ins Rosa. Sie trug eine Goldfadenjacke mit lächerlich langen Ärmeln, die leer vor ihr baumelten. Die Flügel schauten aus zwei Löchern hervor, die der Vogel unterhalb der Achselhöhlen in den Stoff gerissen oder geschnitten haben musste. Am spindeldürren linken Bein der Drossel klapperte ein goldener Anhänger. Auf der Spitze ihres Kopfes trug sie eine winzige Kappe. Dieser Kopfschmuck war selbst für den kleinen Vogelkopf zu klein und schien die obere Hälfte geradezu einzuquetschen. Es sah aus, als hätte man einen Fingerhut über einen ansonsten prall gefüllten Luftballon gestülpt.

»Guten Morgen, Meister Vogel«, sagte Mori und machte eine tiefe Verbeugung.

»Yo«, erwiderte die Drossel. »Habt ihr *trouble*?«

»Dem ist korrekt«, gab der Zwerg zu.

»Wir haben nicht oft Besucher hier in der *hood*«, erklärte der Vogel. Er machte mit einem Flügel einen Flügelschlag, bevor er ihn wieder an den Körper anlegte. »*Hood* ... ähm ... Mut, Ruth, Sud ... äh ...« Die Drossel schien angestrengt nachzudenken. »Ich hab es, yo! Wir haben nicht oft Besucher hier in der *hood*, meine Psyche ist *phat ill*, aber mein *body* ist guuut – yo!«

Die Zwerge und der Hobbnix sahen die rappende Drossel voller Unverständnis an.

»Yo, wisst ihr, das ist Vogelslang.«

»Vogelslang?«, wiederholte Mori zweifelnd.

»Yo, Vogelslang«, meinte der Vogel und trat von einem sternchenförmigen Drosselfuß auf den anderen. »Yo!«

»Hey, Vogelslang, oder? Was geht'n jetzt ab? Das macht doch einfach kein Sinn, Mann. Erst redst du von *da hood* und dann von dein *body*, hey, oder hey?«

»Ich hab noch nicht so viel Erfahrung beim Textbauen. Mit dem Inhalt meiner *lines* hab ich es nicht so«, gab die Drossel betreten zu. »Aber egal, ich krächz auf *deepe* Texte. Es kommt doch *phat* darauf an, dass es *flowt*, *hood* – guuut, verstehst du? Yo?«

»Werte Drossel«, schaltete Bingo sich ein, bevor Mori den Vogel vollends verstimmen konnte. »Wir sind hocherfreut, Eure Bekanntschaft zu machen.« Der Hobbnix verbeugte sich.

»Kräääächz!«, kreischte der Vogel und flatterte hysterisch mit den Flügeln. »Naa! Naa! Naa! Ich bin doch keine Drossel! Ich bin keine Drossel! Ich bin Raveman, der Rabe. Yo!«

»Ein Rabe«, sagte Bingo.

»Exakt, yo«, bestätigte der Vogel.

»Es ist nur so, dass Ihr auf den ersten Blick ein wenig drosselhaft wirkt«, erklärte Bingo.

»Nein, bei mir geht überhaupt nichts Drosselmäßiges. Niemals! Ich hänge immer mit den Raben ab.« Er überlegte einen Moment. »Yo, ihr wollt wissen, was geht? Wollt wissen, was ich habe? – Yo, *check it out*, ich bin *fresh*, bin ein Rabe.«

»Alles klar«, erwiderte der Hobbnix, dem gar nichts klar war. »Dennoch muss ich sagen, ohne dass das jetzt beleidigend gemeint ist, Ihr seht nicht wirklich wie ein Rabe aus. Also jedenfalls entsprecht Ihr nicht dem konventionellen Bild, das man sich von einem Raben macht.«

»Inwiefern?«

»Nun, Eure Farbe zum Beispiel.«

»Beste Rabenfarbe«, behauptete der Vogel. »Yo.«

»Sind Raben nicht für gewöhnlich ein wenig ... äh ... schwärzer?«

»Krääächz!«, schrillte der Vogel, den Bingos Bemerkung erneut in hellste Aufregung versetzt hatte. »Yo! Krah! Krah! *Muthafucka*! Yo! Yo!« Dabei flatterte er so wild mit den Flügeln, dass er beinahe den Halt verloren hätte und mehrere Sekunden lang auf dem Stein herumtaumelte, bis er das Gleichgewicht wiedergefunden hatte.

»Hey, weißt, den tun wir besser net ärgern«, flüsterte Mori Bingo zu. Dann wandte er sich laut an den Vogel: »Sir Rabe! Sir Rabe!«

»Yo, was geht?«, meinte der Angesprochene und setzte sich wieder. »Ich bin ein Rabe, yo!«

»Hey, klar, oder?«, sagte der Zwerg besänftigend. »Hey, des haben wir alle gleisch gedacht, wo wir disch gesehen haben, Mann.«

»Echt?«, erkundigte sich die Drossel freudig.

»Hey, isch schwör halt. Isch sag noch zu mein Kollege, Bofi der Zwerg hier, sag isch, hey, ist des da großer Rabe, der was sich da vorn auf Stein setzt, hey oder? Isch glaub schon, sag isch. Keiner würd denken, dass des Drossel ist, isch schwör.«

»Wie findet ihr meine Mütze?«, fragte der Vogel. »Ist von Rehbock.« Er beugte sich vor, damit alle seine Kopfbedeckung bewundern konnten. »*Wicked*, oder?«

»Ja, sehr«, meinte Bingo unsicher. »Sie scheint mir ein wenig eng zu sein. Wie habt Ihr sie aufbekommen?«

»War nicht *easy*«, entgegnete der Vogel und hüpfte eine Weile im Kreis. Nachdem er eine Drehung von dreihundertsechzig Grad absolviert hatte, schrie er auf einmal laut: »Kraaaaaah! Ich bin ein Rabe! Ich bin ein Rabe! Raveman! Yo! Yo! Yo!«

»Hey, fett mäschtiger Vogel«, erklärte Mori. »Du hast doch vorhin gesagt, du kannst uns helfen. Wir sind voll weit gereist …«

»Yo, ich will nicht weit verreisen, sondern einfach nur rappend meine *hood* hier preisen. Yo!«, krächzte der Vogel.

»… hey, isch schwör, und haben endkorrekte Abenteuer bestanden …«

»Ich red von *battle*, red von Abenteuer, und es ist mir egal, ist euch das nicht geheuer.«

»… hey, voll krass unter Berge dursch, oder was, und durch Wald, der was fett verhext war …«

»Dieser Wald, von dem ich rede, ist *phat* verhext. Wird Zeit, dass auch du das langsam checkst.«

»Also wir sind voll weit gereist«, meinte Mori beharrlich. »Weißt du, und jetzt suchen wir halt …«

»Yo! Yo! Yo!«, schlug der Vogel vor.

Aus irgendeinem Grund schien die letzte Bemerkung des Vogels Mori den Wind aus den Segeln genommen zu haben. Eine halbe Minute lang herrschte Schweigen.

Die rappende Drossel neigte den Kopf zur einen Seite, dann zur anderen.

»Es geht um so eine Art Schornstein«, versuchte Bingo es. »Sieht aus wie eine kleine Tür. Wisst Ihr, wovon wir sprechen?«

»Ist mir egal, was ihr sagt – ich mach mein Ding, ihr werdet staunen, wenn ich sing'.« Der Vogel zollte sich selbst Anerkennung durch ein Kopfnicken. »Hey yo, ich werde immer besser. Das war richtig *fresh*.«

»Aber Ihr wisst, wo dieser Schornstein zu finden ist?«

»Schornstein, Schornstein an der Wand«, kreischte er. »Der ist glücklich, der den Eingang fand.«

»Ja, in der Tat«, sagte der Hobbnix auffordernd.

»Yo, und diese pseudocoolen Ghetto kidz dissen mich und nennen mich einen weißen Wohlstandsrapper«, beklagte sich die Drossel. »Krah! Dabei bin ich real, yo, ich bin *street*. *Gangsta* – das hat nichts damit zu tun, dass du aus dem Ghetto kommst oder so, sondern mehr mit deinem *mind state*, wenn ihr versteht, was ich meine. Ich hänge andauernd mit den Raben ab, aber meine Kritiker checken das nicht.«

»Selbstverständlich ... ähm ... yo!«, sagte Bingo, der verzweifelt versuchte, das Gespräch wieder auf den versteckten Seiteneingang zu lenken. »Da stimmen wir Euch natürlich völlig zu. Nun aber zu dem Schornstein, den wir suchen ...«

»Yo, *chill, man and check this out*«, gab der Vogel von sich. »Eure pseudo*toughen* Raprhymez sind nur Kindergartenmucke, da krieg ich ja mehr *battle*, wenn ich *Sesamstraße* gucke. Yo! Hey, die sollen mal mit ihrem sinnlosen Gefronte und Rumgepose aufhören. Yo, yo, yo!«

»Sir Vogel?«, fragte Bingo.

»Was?«

»Der Schornstein!« Er gab sich Mühe, so streng wie möglich zu klingen.

Die Drossel wirkte verlegen. »Schornstein? Mit so einem Schacht, der aus dem Berg herauslacht?«

»Ja.«

»Wisst ihr überhaupt«, seine Vogelstimme hatte einen verschwörerischen Ton angenommen und er hatte das Gesicht halb hinter dem rechten Flügel versteckt, »dass es da unten einen Drachen gibt?«

»Das wissen wir halt schon endlange, Alter«, entgegnete Mori.

»Yo, ich will *straigt* mit euch sein«, sagte der Vogel. »Mit dem Drachen ist nicht zu spaßen.«

»Hey, alles cool, Mann«, versicherte der Zwerg. »Hey, verzählst du uns jetzt *story*, wo Schornsteintür ist, oder?«

»Yo, sicher«, antwortete der Vogel. »Die ist da drüben.« Er schwang sich in die Lüfte und steuerte über das Hochplateau auf die nächstgelegene Felswand zu. Die Zwerge und Bingo eilten ihm nach. An einer Stelle, an der der Fels in einem Fünfundvierziggradwinkel nach oben anstieg, landete der Vogel auf dem Boden und klopfte mehrmals mit dem Schnabel gegen das Gestein.

Eine Luke, die kaum groß genug für einen Hobbnix zu sein schien, öffnete sich ein paar Zentimeter nach innen. Dann schwang sie langsam und knirschend in die entgegengesetzte Richtung, bis sie weit offen stand. Etwas Rauch wehte aus der Öffnung.

»Fett merçi, Kollege, Sir Dro… äh … Rabe«, riefen die Zwerge.

»Hey, Respekt. Wir stehen krass in deiner Schuld, Rabe«, erklärte Mori. »Wie heißt du?«

»Wollt ihr meinen richtigen Namen oder meinen *street name*?«, wollte der Vogel wissen.

»Isch schwör halt, wir Zwerge tun es net vergessen, wenn uns einer geholfen hat«, sagte Mori. »Isch frag nur dein Name, damit wir wissen, an wen die Respektcredits gehen.«

»Man nennt mich Raveman, aber mein richtiger Name ist Günther Vöglein.« Er krächzte ein paarmal verlegen. »Kra! Kra! Yo! *Check it out!*« Dann fügte er in vernünftigerem Tonfall, dafür aber deutlich leiser hinzu: »Ich wohne Nest Seeblick, Bergeshöhe 49. Das ist das Nest meiner Eltern.« Noch leiser fuhr er fort, »Ich werde bald ausziehen, yo, meine eigene *hood* finden, aber Mama und Papa haben dann die Nachsendeadresse.« Er hüpfte ein paar Schritte von den Zwergen weg, schlug mit den Flügeln und umkreiste im nächsten Moment ihre Häupter. »Yo! *Muthafucka!*«, kreischte er. »Kraaah! Yo! Yo!« Dann war er verschwunden.

Die Zwerge drängten sich um die qualmende Öffnung in der Felswand. Bingo schob die anderen zur Seite und lugte nach unten.

»Und ihr erwartet wirklich, dass ich da hinuntersteige?«, erkundigte er sich. »Es steigt Rauch auf. Wahrscheinlich ist da unten ein Feuer. Das wäre glatter Selbstmord.«

»Hey, mach dich halt locker, oder?«, erwiderte Mori. »Das schaffst du schon, Kollege. Außerdem ist des Teil net sehr schräg, hey, fast horizontal, weissu, wie isch mein?«

»Das Loch ist winzig«, meinte der Hobbnix. »Außerdem verläuft der Schacht sehr wohl ziemlich schräg. Es geht sogar steil bergab, würde ich sagen.«

»Hey, vergiss es, Alter. Das ist jetzt net so wischtig, weißt«, versicherte ihm Mori. »Hey, zuerst einmal müssen du und wir und wir und du ein paar endkrasse Sachen abchecken. *Story*, ja? Damit du raffst, was du da unten machen musst, hey oder?«

»Soll das bedeuten, dass ihr mir endlich sagen werdet, warum wir in Wirklichkeit hier sind?«, fragte Bingo aufgeregt. »Kein Unsinn mehr von wegen Gold?«

»Hey, hast du Pause, Kollege, dass isch verzähln kann«, meinte Mori und klopfte ihm auf die Schulter. Es war ein etwas unglücklich platzierter Schlag, der den Hobbnix aus dem Gleichgewicht brachte. Sein Fuß rutschte über die Schwelle der Öffnung. Als er die Arme nach vorne warf, um sich an den Seiten des Eingangs festzuhalten, war es bereits zu spät. Er sah nur noch, wie die Öffnung über ihm immer kleiner wurde. Bald war der Schimmer der Tür hinter ihm verschwunden und er stürzte in die Dunkelheit. Und wie er stürzte!

Schmauch

Neuntes Kapitel

Interessante interne Informationen

Bingo fiel immer weiter nach unten, die Arme über dem Kopf. Er fiel aber nicht nur, er schrie währenddessen auch.

Je weiter es nach unten ging, umso enger wurde der Schacht. Bald schon scheuerte die Schachtwand heftig an den Schultern des Hobbnixes und rieb ihm die Füße wund. »Aua! Au! Au!«, rief er und fügte ein weiteres »Aaaaaah!« hinzu. Die Reibung wurde stärker und stärker. Schließlich hörte es sich an, als würde seine Kleidung zerreißen. Der kleine Hobbnix rutschte zwar immer langsamer, gleichzeitig aber auch immer schmerzvoller nach unten. Er fühlte sich, als würde jemand seine Haut abraspeln.

Dann ging es auf einmal nicht mehr weiter.

»Ojemine«, sagte er – leicht außer Atem – zu sich selbst. Es war stockdunkel. Er steckte in dem Schlot fest. Eine recht unbequeme Lage, zumal er die Arme immer noch über den Kopf gestreckt hielt. Ganz leise konnte er die Stimmen der Zwerge von oben hören, die wohl nach ihm riefen. Leider konnte er jedoch keine einzelnen Worte ausmachen, auch wenn er gelegentlich ein »Hey!« herauszuhören glaubte. »Ojemine«, meinte er noch einmal.

Er zog seinen Bauch ein und atmete so weit aus, wie es nur eben ging. Dann wand er sich hin und her, wobei er leicht bläulich anlief (nicht, dass man seine Hautfarbe in der Dunkelheit hätte sehen können). Er schob sich ein paar Zentimeter nach vorne, dann noch ein Stückchen – und mit einem Ruck fiel er wieder in die Tiefe. Er sagte: »O!« Allerdings sollte dieses O kein Erstaunen oder gar Freude ausdrücken. Vielmehr hatte der Hobbnix eigentlich vorgehabt, »Ojemine« zu sagen, war jedoch durch den plötzlichen Absturz unterbrochen worden. Anstatt »Ojemine« zu sagen, rief er nun »Oooooooo«, was überhaupt nicht dasselbe ist. Aber darauf muss ich sicher nicht extra hinweisen.

Schließlich fiel er aus dem Schacht und landete auf einem großen Haufen kalter Asche. Sofort wurde alles in eine graue Staubwolke gehüllt, und Bingo begann zu husten. Er rappelte sich inmitten des puderigen Ascheberges auf und torkelte aus dem Kamin. Zwar war er am ganzen Körper wund, und der Schreck saß ihm noch in sämtlichen Gliedern, aber zumindest konnte er hier aufrecht stehen. Unter seinen Füßen spürte er Steinplatten. Sehen konnte der Hobbnix wegen des vielen Staubes in seinen Augen nichts, doch er hörte eine tiefe, grollende Stimme sagen:

»Du meine Güte.«

Bingo stand wie vom Donner gerührt. Verzweifelt versuchte er, sich die Asche aus den Augen zu wischen, was jedoch aussichtslos war. Von seinem Sturz war er immer noch ganz zittrig, und nun stieg auch noch wilde Panik in ihm hoch. Sein Magen schien zu einem Nichts zusammengeschrumpft zu sein, und seine Haarwurzeln vibrierten. Es war ihm völlig klar, dass die tiefe, grollende Stimme mit fast hundertprozentiger Sicherheit zu Schmauch dem Drachen gehörte. Solange Bingo seine Augen geschlossen hielt, konnte er sich einreden, dass gerade eben kein Furcht erregender, Feuer speiender Drache gesprochen hatte, sondern vielleicht jemand mit einem außerordentlich voluminösen Brustkorb und einer starken Erkältung. An diese Hoffnung klammerte der Hobbnix sich, auch wenn er wusste, dass die Wahrscheinlichkeit nicht sehr hoch war.

»Alles in Ordnung?«, dröhnte die Stimme.

Bingo schob eine Hand in seine Westentasche und umfasste das Ding™, was ihn ein wenig tröstete. Er fragte sich, ob er Zeit haben würde, einen Umkehrungswunsch durch das Ding™ zu sprechen, sollte Schmauch ihn mit einem großen Feuerstrahl angreifen. Wahrscheinlich nicht. Aber es war immerhin noch besser, das Ding™ zu haben, als es nicht zu haben.

Mehrmaliges Blinzeln und etliche Tränen wuschen schließlich einen Teil der Asche aus den Hobbnixaugen, sodass er sie mit äußerster Vorsicht öffnen konnte.

Vor ihm lag der mächtige Schmauch in all seiner gewaltigen und schrecklichen Pracht. Er lag auf dem Rücken ausgestreckt auf einem riesigen Haufen aus Gold und Juwelen. Sein enormer Leib wölbte sich vor ihm, und den länglichen Kopf hatte er auf der Brust abgestützt. Er hatte die Flügel seitlich von seinem massigen Körper ausgebreitet, die Hinterbeine waren übereinander geschlagen. Nackt war er nicht: Er trug mehrere Schichten groben Stoffs, dazu eine dunkle Weste und ein feines, braun-grün kariertes Jackett. Die Schnauze war länglich, der Kopf klobig, doch in den Drachenaugen funkelte ein scharfer Intellekt. Mit der linken Klaue umklammerte er etwas. Auf den ersten Blick hielt der Hobbnix es für ein Kanu oder etwas Ähnliches von gleichen Ausmaßen. Nachdem er nochmals geblinzelt und der Drache den Gegenstand an den Mund geführt hatte, erkannte Bingo, dass es sich um eine riesengroße Tabakspfeife handelte. Der Drache nahm zwei tiefe Züge daraus und legte sie dann zur Seite.

»Dr«, sagte Bingo. »Dra. Drach. Drache.«

Intuitiv stolperte er rückwärts, doch es gab keine Möglichkeit, sich zu verstecken oder gar zu fliehen. Der große Lindwurm ließ ihn nicht aus den Augen.

Verzweifelt blickte Bingo sich um. Der Boden der Drachenhöhle war mit Unmengen von Gold bedeckt. An den Wänden stapelten sich unzählige dicke Bücher – in Leder gebundene Bände mit uralten Sagen und Geschichten. Rechts standen einige Flaschen, auf deren Etiketten Bezeichnungen wie *Wyrmwein* und *Drachenfreund* zu lesen waren. Im Hintergrund der Höhle flackerten Fackeln und tauchten die Szenerie in unruhiges rotes Licht.

»Guten Morgen«, meinte der Drache.

»Guten«, setzte Bingo an, bevor er wieder die Kontrolle über seine Zunge verlor. »Momomomo.«

»Mir war gar nicht bewusst, dass ich einen Termin habe«, erklärte Schmauch entschuldigend. »Zieht Euch doch bitte einen Stuhl heran – ja, den da. Die Papiere einfach beiseite legen. Irgendwohin.«

Bingo blickte blöde um sich.

»Ich würde Euch Tee anbieten«, fuhr Schmauch fort. »Doch unglücklicherweise ist mir der Tee vor etwa vierzig Jahren ausgegangen.«

»Das macht gar nichts, macht gar nichts«, versicherte der Hobbnix. Sein Blick blieb an dem Stuhl hängen, auf den der Drache gedeutet hatte. Bingo entfernte einen Stapel lederner Pergamentrollen vom Sitz und kletterte auf den Stuhl. In irgendeinem Winkel seines Gehirns dachte er halb unbewusst, »Wenn ich auf einem seiner Möbelstücke sitze, wird er es sich vielleicht zweimal überlegen, ehe er mich verbrennt. Das heißt natürlich nur, wenn er

Wert auf sein Mobiliar legt.« Immer noch hielt er das Ding™ in seiner rechten Hand umklammert.

»Und was kann ich für Euch tun?«, erkundigte sich Schmauch.

»Ich ...«, begann Bingo. Dann dachte er einen Augenblick lang nach. Doch er hatte nicht die leiseste Ahnung, was er sagen sollte.

»Ich fürchte, Ihr müsst mir noch einmal Euren Namen sagen«, dröhnte der Drache.

»Bingo Beutlgrabscher«, sagte Bingo ohne nachzudenken. Sobald die Worte seine Lippen verlassen hatten, fragte er sich, ob er einen schrecklichen Fehler begangen hatte. Es war sicher nicht ratsam, magischen Geschöpfen wie etwa Drachen zu sagen, wie man heißt. Doch nun war es zu spät.

»So, so«, meinte der Drache nachdenklich. »Bingo Beutlgrabscher, wie? Auf den ersten Blick wirkt das wie der Name eines Einbrechers, eines Ganoven oder eines Spitzbuben.«

»Ich komme aus einer Familie respektabler Gentlehoppler!«, quiekte Bingo entrüstet.

»Selbstverständlich tut Ihr das«, erwiderte der Drache. »Spitzbube ist dasselbe wie Spitz*bursche*. *Bursche* aber hat die gleichen etymologischen Wurzeln wie das Wort *Bourgeois* oder *Bürger*. Beide stammen aus dem Altbrackischen von dem Wort **burgh* ab, müsst Ihr wissen. Philologisch gesehen ist es also mehr oder weniger dasselbe, ob man ein Gauner oder ein respektabler Bürger ist.«

Bingo hatte seine Hände durch stetes Aneinanderreiben mittlerweile so sauber bekommen, dass er sein Gesicht von den gröbsten Aschenspuren befreien konnte. Den Ausführungen des Drachen war er nicht gefolgt. »Faszinierend«, sagte er nervös.

»Aber«, sprach der Drache weiter, »Bingo Beutlgrabscher ist meines Erachtens ein Name, der jenseits des Gebirges aus dem Westen kommt, nicht wahr? Gibt es dort nicht auch irgendwo an der Küste ein Grabschend oder etwas Ähnliches? Ich würde einmal vermuten – wobei es sich hierbei wirklich nur um reine Spekulation handelt, also bitte nicht mitschreiben –, dass Namen wie Bingo ihre Wurzel in **bîngân* haben: *der vor den Bienen flieht*. Fürchtet Ihr Euch vor Bienen, Mister Beutlgrabscher? Nein? Einen unangenehmen Stachel haben die Biester aber, nicht wahr? Es ist wahrscheinlich nur vernünftig, ihnen aus dem Weg zu gehen.« Er lachte leise vor sich hin und klapperte mit den fürchterlichen Krallen seiner rechten Klaue, was ein trockenes, metallisches Geräusch verursachte. Tack, tack, tack. »Was Beutlgrabscher anbelangt ...«

»Bitte tötet mich nicht!«, flehte Bingo, der nicht länger an sich halten konnte. Er fiel von dem Stuhl direkt auf seine Knie. »Vergebt mir! Verzeiht, dass ich durch Euren Schornstein gefallen bin! Meine Idee war es nicht, sondern ihre!«

»Ach, du meine Güte«, knurrte der Drache amüsiert. »Immer mit der Ruhe, mein Lieber. Also wirklich. Euch töten? Weshalb sollte ich Euch denn töten wollen?«

»Wir sind den ganzen Weg hierher gekommen, all diese Meilen«, sprudelte es aus dem Hobbnix hervor, »um Euch zu erschlagen und Euer Gold zu stehlen. Und es tut mir Leid, es tut mir Leid, es tut mir Leid.« Bebend holte er tief Luft. Durch den Aschenstaub, den er dabei unbeabsichtigterweise einatmete, wurde er davon abgehalten, noch weitere unglückselige Enthüllungen zu machen: Der kleine Hobbnix erlitt einen heftigen Hustenanfall.

»Du meine Güte«, sagte der Drache, nachdem das

schlimmste Gekeuche aufgehört hatte. Er zog noch ein paarmal an seiner Pfeife. »Die Dinge haben eine sehr ernste Wendung genommen. Es betrübt mich, das zu hören. Dürfte ich fragen, weshalb ihr den ganzen Weg gekommen seid, um mich zu erschlagen?«

Bingo setzte sich auf seinen Knien zurecht. »Da bin ich mir nicht sicher«, erklärte er. »Ich nehme an – ohne es aber tatsächlich zu wissen – dass Ihr ihrem Volk großes Leid zugefügt habt?«

»Und es handelt sich bei ihnen um …?«

Doch Bingo hatte beschlossen, bei seinen Antworten fortan umsichtiger vorzugehen. Er hatte dem Drachen bereits viel zu viel verraten. »Meine Reisegefährten«, entgegnete er. »Verzeihung, aber ich wusste nicht, dass man einen spezifischen Grund braucht, um einen Drachen zu erschlagen. Ist das nicht etwas, was die Leute einfach tun – Drachentöten, meine ich?«

»Ich wäre in einer schrecklich unangenehmen Lage, wenn dem so wäre«, erwiderte Schmauch. »Du meine Güte. Welch unangenehme Entwicklung. Ich zerbreche mir gerade den Kopf darüber, wen ich gekränkt haben könnte«, fügte er hinzu. »Aber mir will niemand einfallen.«

Bingo war noch immer äußerst nervös, was der Grund dafür sein mag, dass er dem Drachen Folgendes an den Kopf warf: »Die Einwohner von Essmabrot haben seit siebzig Jahren keine Kundschaft mehr gehabt – weil ihr die zahlenden Gäste vertrieben habt.«

»Du meine Güte«, erwiderte Schmauch, der ehrlich zerknirscht klang. »Habe ich das? Wie furchtbar! Das lag keinesfalls in meiner Absicht. Wobei ich nicht ganz einsehe, weshalb ich schuld sein soll, wenn die Leute Angst vor mir haben. Schließlich lege ich es nicht darauf an, Furcht erregend zu sein.« Er rauchte eine Weile schweigend seine Pfeife.

Die Unterhaltung mit dem Drachen verlief ganz anders, als Bingo es sich vorgestellt hatte. »Ich bedauere es«, meinte er, »wenn ich Euch gestört haben sollte, als ich einfach so in den Kamin gefallen bin. Und ... na ja ... das Gerede von wegen Drachentöten und so, das war wohl auch übertrieben und unhöflich.«

»Verratet mir doch, wer Eure Reisegefährten sind«, schlug Schmauch vor. »Vielleicht erinnere ich mich dann daran, ob ich ihnen Unrecht getan habe. Sind es Hoppler, so wie Ihr auch?«

»Mächtiger Schmauch!«, verkündete Bingo, der hinter den Stuhl gehuscht war und nun über die Lehne lugte. »Verzeiht mir, aber ich habe schon zu viel gesagt! Wenn meine Freunde wüssten, was ich Euch alles verraten habe, würden sie zutiefst verärgert über mich sein.«

»Tja, tja«, seufzte der Drache bekümmert. »Wenn Ihr es mir lieber nicht sagen wollt, verstehe ich das natürlich.«

Eine Zeit lang herrschte Schweigen in der Höhle.

»Ich bitte nochmals um Verzeihung«, grollte der Drache, »dass ich Euch keinen Tee anbieten kann.« Eine Weile sagte er nichts außer »Ts, ts, ts.« Dann fügte er in einer Stimme hinzu, die klang, als würde er zu sich selbst sprechen: »Interessantes Wort – Tee. Ich vermute, es stammt von *teek*, einer Ableitung von **steek*, dem altostländischen Wort für *Steak*. Weil eine Tasse Tee so wertvoll wie ein kleines Steak ist. Wunderbares Getränk«, sagte er abschließend.

Bingo war immer noch verängstigt und litt außerdem unter den diversen Wehwehchen, die er sich durch seine Kaminfahrt eingehandelt hatte. Dennoch dämmerte es ihm so langsam, dass Schmauchs Gefühle verletzt waren. Das hatte der Hobbnix nicht erwartet. Zorn, Feuer und Zerstörung – ja. Gerissenheit und Arglist – natürlich. Aber nicht diese gekränkte Miene zusammen mit ein paar trotzigen Zügen aus der Pfeife.

»Sir Schmauch«, setzte der Hobbnix vorsichtig an. »Ich fürchte, ich habe Euch gekränkt.«

»Ach wo, überhaupt nicht«, murmelte der Drache. »Nicht der Rede wert. Es ist nur ein wenig beunruhigend herauszufinden, dass es Leute gibt, die einen derart weiten Weg herkommen, nur um mich umzubringen. Oder etwa nicht?«

»Aber Ihr habt doch sicher viele Feinde«, sagte Bingo. »Ich meine«, fügte er rasch hinzu, denn seine Worte sollten nicht erneut beleidigend klingen, »jemand, der so großartig und furchtbar ist wie Ihr.«

»Feinde?«, fragte der Drache. »Ich glaube nicht. Lasst mich mal überlegen. Nein, nein. Einmal hatte ich ein kleines Scharmützel mit Brant dem Drachen aus den Eisebenen von Holunderbad. Aber das war im wahrsten Sinne nur ein Wortgefecht: Es ging um die korrekte Ableitung des Ausdrucks *wodwo*. Außerdem haben wir uns letztendlich freundschaftlich geeinigt. Ein fabelhafter Wurm, dieser Brant. Und so bescheiden.«

Er rutschte auf seinem Bett aus Gold hin und her und kratzte sich den Bauch mit den Krallen seines rechten Vorderlaufs. »Hmmm«, meinte er.

»Sprecht Ihr viel mit diesem Brant über Wortableitungen?«, erkundigte sich Bingo höflich.

»Wie? Wie bitte? Ach so, ja, das ist richtig. Angefangen hat alles damit, dass wir erforschten, wo einzelne Drachennamen herkommen. Schmauch ist natürlich einfach. Kommt aus dem Ostländischen von **Smyk*, nicht wahr?

Von da ist es linguistisch gesehen über Vokalverschiebung et cetera pp. nicht weit bis *Schmauch*. Wenn ich ein englischer Drache wäre, würde ich *Smoke* heißen, hihi. Ein wenig komplizierter sieht es da bei unserem Bekannten, dem Drachen Bernd, aus. Die westländische Variante des Namen, *Peer*, geht zurück auf die erste Person Singular Präteritum des Verbs **pürro*, was sich selbstverständlich ursprünglich von **fyr* ableitet, dem indowestländischen Wort für *kleine Feuerstelle in einer windstillen Ecke*. Nur wo der Name Brant herkommen mag, haben wir bisher noch nicht herausgefunden.«

»Haben alle Drachen Namen, die mit Feuer zu tun haben?«

»Aber nein, nicht wirklich. Das sind bloß die Namen, die man uns gegeben hat, müsst Ihr wissen. Die Leute neigen zu einer sehr wörtlichen, völlig phantasielosen Namensgebung.« Er schüttelte den großen Kopf. »Ich selbst nenne mich auch gar nicht Schmauch.«

»Wie nennt Ihr Euch dann, o Mächtiger Schma … äh … Drache?«

»Ach, als junger Drache war ich immer auf der Suche nach Abenteuern und schoss wie ein wütender Feuerball durch die Lüfte. Damals nannte man mich noch Red Bull. Doch es ist schon Ewigkeiten her, seitdem mich jemand so gerufen hat. Ja, ja, das waren noch Zeiten.« Er lachte in sich hinein und nahm einen Zug aus seiner Pfeife. »Ich kann nur hoffen, dass noch ein wenig dieser Energie in mir steckt. Es sieht so aus, als könnte ich sie brauchen, falls Eure Freunde tatsächlich versuchen sollten, mich zu erschlagen.«

»Es tut mir wirklich Leid, was meine Freunde vorhaben«, versicherte ihm Bingo erneut.

»Ach ja«, seufzte Schmauch. »Ich will versuchen, nicht

allzu wütend zu werden. Ein wutentbrannter Drache ist eine brenzlige Angelegenheit, müsst ihr wissen, hehe.« Sanft fügte er hinzu: »Wir Drachen sind eine missverstandene Spezies. Die Leute sehen immer nur den Rauch und das Feuer – manchmal auch nur den Rauch, aber Ihr wisst schon, wo Rauch ist ... Was sie leider nicht sehen, ist unsere *kreative* Seite.«

»Eure kreative Seite?«, erkundigte sich Bingo interessiert.

»Aber ja. Ohne angeben zu wollen, lässt es sich doch nicht leugnen, dass Drachen all das hier erschaffen haben.« Er machte eine ausholende Bewegung mit der rechten Klaue, wobei seine ledernen Flügel unter ihm raschelten.

»Diesen Raum?«, meinte Bingo. »Die Bücher?«

»Wie? Nein, nein. Das heißt genau genommen schon. Doch ich meinte die Welt als Ganzes. Alles.«

Bingo war sich nicht sicher, ob er Schmauch richtig verstanden hatte. »Drachen haben die Welt erschaffen?«

»Nun, also, ja«, sagte Schmauch, als sei es ihm peinlich. »Haben sie zum Leben erweckt, ihr Feuer und Leben eingeatmet. So hat die Sonne angefangen zu scheinen, und das ist der Grund, weshalb der Himmel blau ist. Weit oben ist alles Rauch – ich meine, *aither*, heiß und trocken. Die Luft weiter unten ist natürlich nicht blau, sondern klar. Und deshalb«, setzte er hinzu, »sind auch die Berge und Hügel hohl. Drachen haben die Landschaft geformt, so ähnlich wie Glasbläser. Aber ich möchte den Mund nicht zu voll nehmen. Unsere Spezies hat nicht alles erschaffen.«

»Nein?«

»Nein, nein. Manche Häuser wurden später von Leuten erbaut, nicht wahr? Nun muss es aber genug sein, ich möchte Euch schließlich nicht langweilen. Es war mir ein Vergnügen, mich mit Euch zu unterhalten.«

Bingo kam hinter seinem Stuhl hervor. Verlegen stammelte er, »Es kann nicht wirklich ein Vergnügen gewesen sein.«

»Tja, Vergnügen ist vielleicht nicht das richtige Wort«, räumte der Drache ein. »Vergnügen trifft es nicht ganz. Aber es war erbauend, ja, erbauend. Aber nun muss ich Euch wirklich bitten, zu gehen. Ich werde wohl besser einmal den Bewohnern von Essmabrot einen Besuch abstatten. Offensichtlich liegt da ein furchtbares Missverständnis vor. Ich fliege mal eben hinunter und versuche, die Sache ins Reine zu bringen. Ihre Kundschaft verschrecken? Nichts läge mir ferner. Am besten ich spreche mit ihnen, es wird sich bestimmt eine Lösung finden lassen. Du meine Güte, welch unglückselige Situation. Wirklich unangenehm. Nun, Mister Beutlgrabscher«, erklärte Schmauch, indem er sich langsam von seinem Goldbett erhob, »lebt wohl. Ich zeige Euch den Weg zum Haupteingang. Durch den Kamin werdet Ihr wahrscheinlich nicht noch einmal wollen.«

»Ja, Sir«, meinte Bingo. »Nein, Sir.«

Es war offensichtlich, dass der Drache ihre Unterhaltung für beendet hielt. Für einen Augenblick stand er auf den Hinterbeinen, die riesigen Flügel hinter sich ausgebreitet: ein beeindruckender Anblick. Schmauch war ein wirklich großer Drache. Selbst nach Lindwurmmaßstäben, meine ich. Die Ränder seiner Flügel waren mit scharfen Krallen bewehrt, sein perfekt aerodynamischer Körper war nicht einfach nur flugfähig, sondern gemacht, um damit die Luft zu durchschneiden. Erneut spürte Bingo Angst in sich aufsteigen und taumelte gegen die

Höhlenwand. Der Drache ließ sich auf seine Vorderläufe fallen und stolzierte auf einen Gang zu, dessen Decke gerade hoch genug war, dass er hindurchkriechen konnte. Dem kleinen Hobbnix kam der Stollen hingegen wie ein geräumiges Gewölbe vor, als er hinter dem Drachen herlief. Während Schmauchs Riesenschritte den Boden zum Erzittern brachten, musste Bingo rennen, um nicht zurückzubleiben. Sie kamen an etlichen Durchgängen und Abzweigungen vorbei, die in andere Höhlen, Räume und Gewölbe führten, doch der Hobbnix hatte keine Zeit, sich umzusehen.

»Sir Drache!«, keuchte er. »Ihr seid zu schnell!«

»Oh, Verzeihung«, erwiderte Schmauch, indem er einen Blick über seine Schulter warf. »Keine Angst, Ihr müsst nicht mit meinem Tempo Schritt halten. Ich lasse die Tür für Euch offen.« Dann sprang er mit einem gewaltigen Satz nach vorne, der ihn in die Luft außerhalb des Berges beförderte, wo er seine Flügel ausbreitete.

Bingo setzte sich auf den Felsboden, bis er wieder zu Atem gekommen war. Dann stand er auf und trottete den Rest des schier endlosen Ganges entlang. Das Eingangstor war mindestens so hoch wie zwanzig Hobbnixe. Bingo war schon fast wieder draußen an der frischen Luft, als sein Blick auf etwas Glitzerndes fiel. Auf dem Boden neben der Tür lag etwas, das sehr wertvoll aussah: ein riesiger Edelstein. Anderer wertvoller Plunder, etwa Goldstücke und juwelenbesetzte Tassen, lagen überall auf dem Boden verstreut, doch es war dieser riesenhafte Diamant, so groß wie Bingos Faust, der seine ganze Aufmerksamkeit fesselte.* Obwohl der Hobbnix so schnell wie möglich aus

---

* Die Geschichte rund um diesen Edelstein kann in der berühmten Erzählung *Der faustgroße Diamant* nachgelesen werden.

dem Berg kommen wollte, konnte er nicht an einem derart prächtigen Edelstein vorbeigehen. Als er sich darüber beugte, meinte er ein helles Leuchten zu sehen, das aus dem Herzen des Steins drang. Er nahm den Diamanten in beide Hände und hob ihn vor sein Gesicht.

»Chchrrr«, sagte der Juwel.

»Du bist der schönste Edelstein, den ich jemals gesehen habe«, erklärte Bingo. »Ich werde dich ... ausleihen. Vielleicht macht es Schmauch gar nichts aus. Was meinst du?«

»Chchrrrrr Chchrrrrr!«, erwiderte der Stein.

Doch Bingo achtete nicht auf die Warnung, sondern ließ den wunderschönen Juwel in seine Manteltasche gleiten, wo es mit einem sanften »Tzzzz« landete.

Bei dem Stein handelte es sich um den berühmten, verzauberten Schnarchstein, aber das wusste Bingo zu jenem Zeitpunkt natürlich nicht. Der Juwel hatte eine lange und außergewöhnliche Geschichte.[2] Außerdem war er einer der wertvollsten Edelsteine in ganz Obermittelerde und somit ein Fund, über den sich ein jeder Dieb nur freuen konnte.

Als Bingo durch den Haupteingang zu den Höhlen von Strebor ins Freie trat, machte sein Herz einen Freudensprung. Er hatte den Sturz durch den Schornstein überlebt, das Gespräch mit dem Drachen unbeschadet gemeistert und zu guter Letzt sogar noch einen wunderschönen Edelstein von ungeheurem Wert entdeckt. Alles in allem kein schlechter Tag, wie er fand. Das Sonnenlicht glitzerte verheißungsvoll in der Ferne auf dem Fluss. Bingo stellte zu seiner Überraschung fest, dass er nur wenige

---

* Vgl. vorherige Fußnote

Stunden innerhalb des Berges verbracht hatte. Die Sonne hatte ihren höchsten Punkt noch nicht erreicht.

Es dauerte jedoch länger als ein paar Stunden, bis er wieder bei den Zwergen ankam. Erst musste er über einen Felsvorsprung klettern und ein Tal durchqueren. Dann musste er um den Strebor herumwandern, bis er die Stelle wiederfand, von der aus die Truppe zwei Tage zuvor nach oben gestiegen war. Vor ihm lag ein mühsamer und schwieriger Weg.

Doch als die Sonne rot im Westen versank, hievte er endlich seinen Körper prustend auf das Felsplateau. Die Zwerge empfingen ihn freudig. »Bingo!«, rief Mori. »Hey, krass, du lebst noch, Mann!«

Sie versammelten sich um ihn.

»Hey, endkorrekt, dass du wieder da bist, Kollege«, sagte Mori und umarmte ihn. »Wir haben halt schon die Hoffnung aufgegeben, weißt?«

»Hey, wir haben uns unsere *brains* zerbrochen, was wir als Näschstes tun können«, erklärte Bofi.

»Und wir hatten null Checkung, *was* wir machen sollen, Mann«, fügte Bohri hinzu.

»Meine lieben Freunde«, sagte Bingo. Während er Wasser trank und sich mit einem Brötchen stärkte, machten die Zwerge ein Feuer. Anschließend setzten sich alle um die Feuerstelle, und Bingo berichtete ihnen von seinen Abenteuern – lediglich den Schnarchstein ließ er unerwähnt. Doch anstatt dem Hobbnix zu gratulieren, wirkten die Zwerge immer bestürzter, je weiter er in seiner Erzählung fortschritt.

»Hey, *was für story* hast du dem verzählt?«, wollte Mori ungläubig wissen.

»Du hast Drache gesagt, dass wir ihm *killen* wollen, hey?«, fragte Pralin schockiert.

»Nun ja«, entgegnete Bingo zögernd. »Deswegen sind wir doch wohl hier, oder? Ich gehe davon aus, dass dies das Ziel unserer Fahrt ist.«

Fünf Zwerge starrten ihn voller Entsetzen an.

»Ich weiß, ihr habt gesagt, dass es um *Gold* geht«, erklärte Bingo, mittlerweile selbst ein wenig verärgert. »Schon klar. Aber es war doch offensichtlich, dass ihr mir höchstens die halbe Wahrheit sagt. Dort unten gibt es übrigens eine Menge Gold«, fügte er hinzu. »Liegt einfach nur so herum. Wäre schade, es verkommen zu lassen.«

»Hey, du Vollidiot, Mann«, brach es aus Mori heraus. »V-o-l-l-i-d-i-o-t, o-d-e-r h-e-y?«

»Wie bitte?«

»Hey, checkst du, du hast Drachen verzählt, dass wir ihn krass *tot machen* wollen! *Warum* hast du ihn des verzählt?«

»Ich saß in der Klemme«, erwiderte Bingo aufgebracht.

»Und er ist zu Stadt geflogen?«

»Ja.«

Die Zwerge blickten nach Süden in Richtung Essmabrot. In der Dämmerung war nichts zu sehen außer einiger vager Schatten in der Landschaft und den Sternen, die einer nach dem anderen am Horizont aufblinkten.

»Aber du hast doch zumindest gesagt, dass du mit Zwerge unterwegs bist, weissu, wie isch mein?« In Moris Stimme schwang ein Hoffnungsschimmer mit.

»Nein«, erwiderte Bingo stolz. »Ich habe mich gerade noch am Riemen gerissen, bevor ich das auch noch ausgeplaudert hätte.«

Die Zwerge starrten ihn an. Man hatte freien Blick auf ihre Gaumensegel, so weit war einem jeden das Kinn heruntergeklappt.

»Überlegt doch mal …«, setzte Bingo an.

»Idiot! Idiot, Idiot, Idiot! Hey, du Erbsen*brain*, oder hey?«, schrie Mori. »Du hast ihm verzähln *sollen*, dass wir Zwerge sind, Mann! Dann tät er doch *niemals* glauben, dass wir hergekommen sind, um ihn zu *killen*, hey!«

»Nicht? Warum nicht?« Bingo blickte verwirrt von einem Zwergengesicht ins nächste. »Weshalb würde er das dann nicht glauben? Ich verstehe gar nichts mehr.«

»Ach«, meinte Mori trocken, »was du net sagst, Mann.«

Bingos Hobbnixärger war nun endgültig erregt. »Tja, meint ihr nicht, ihr schuldet mir eine Erklärung? Meint ihr nicht, dass ich nun schon lange genug im Dunkeln tappe? Vielleicht hättet ihr mir von Anfang an die Wahrheit sagen sollen, anstatt mir dieses Lügenmärchen aufzutischen von wegen Gold, Gold und noch mal Gold!«

Im Schein des Feuers konnte Bingo erkennen, dass Mori zu Boden blickte. »Hey, wenn wir dir Wahrheit gesagt hätten, wärst du nie mitgekommen, hey, isch schwör«, murmelte der Zwerg.

»Ich wünschte zumindest, ich wäre nicht mitgekommen!«, rief Bingo aufgebracht.

»Hey, weißt, des ist halt net so Sache, die wo ein Zwerg oder ein Zauberer einfach so verzähln tut«, sagte Mori nach einer Weile. »Ist krasse Privatangelegenheit. Hey, das soll net die ganze Welt wissen, oder? Wir wollten halt erst mal abchecken, wie du disch entwickeln tust, ob du ein korrekter Typ bist, weißt. Früher oder später hätten wir dir schon alles verzählt.«

Die anderen Zwerge nickten.

»Was hättet ihr mir erzählt?«, wollte Bingo wissen. »*Warum* sind wir den ganzen Weg durch all die Gefahren hierher zu diesem Berg gekommen? Nun, Mori, was war der Grund?«

»Hey, der Grund, Mann«, fing Mori an, bevor er abrupt innehielt und seinen Blick bedeutungsvoll über die Gestalt des schlafenden Zauberers gleiten ließ. Die ganze Gesellschaft betrachtete Ganzalt.

»Weißt, da ist dein Grund«, meinte Bofi. »Wegen dem da sind wir hier, checkst du?«

Bingo starrte entgeistert den Zauberer an.

»Hey, weißt, manchmal sind die Dinge halt voll krass anders, als wie es Anschein hat, weissu, wie isch mein«, sagte Mori leise.

»Ich dachte, er sei als unser Anführer mitgekommen, als eine Art Beschützer«, stammelte Bingo. »Um uns zu helfen, so wie bei den Gobblins oder den Wölfen. Und nun sagt Ihr, es sei genau umgekehrt gewesen? Wir haben ihn mitgenommen und nicht er uns?«

»Dem ist korrekt«, pflichtete ihm Mori bei. »Hast du denn die Indi... Indiz... hey, die Hinweise halt, net abgecheckt, oder was?«

»Welche Hinweise denn? Was ist los mit Ganzalt?«

»Der verwandelt sisch halt, weißt du, in ein Drachen«, flüsterte Mori.

Bingo ließ sich diesen Satz eine Weile durch den Kopf gehen. »Kapier ich nicht.«

»Mann, wo denkst denn du, wo Drachen herkommen? Meinst, ist krasse Aktion von Blumen und Bienen, oder was?«, fragte Pralin.

»Darüber habe ich mir nie Gedanken gemacht«, gab Bingo zu. »Ich dachte immer, ein Mamadrache und ein Papadrache würden zusammenkommen und, na ja ...«

»Hey, die *story* ist halt viel krasser, wie du denken tust. Des ist voll kompliziert, weissu? Und alles hängt irgendwie so miteinander zusammen«, erklärte Mori. »Weissu, so wie Ei von Insekt. Des wird zu Raupe, die was dann zu endkorrektem Tausendfüßler wird. Hey, und der Tausendfüßler verwandelt sisch in Schmetterling. So ist des halt in der Natur. Hey, oder? Und wenn des schon so krass kompliziert ist bei Schmetterlinge, was meinst du, wie krass des erst bei fett großen Flügeltieren ist?«

»Und das hätte ich aus irgendwelchen Indizien herauslesen sollen?!?«, fragte Bingo. »Dass Zauberer das Larvenstadium von Drachen darstellen? Wie um Himmels willen hätte ich das denn erraten sollen? Warum habt ihr es mir nicht einfach *gesagt*? Ich kann mir immer noch nicht vorstellen, was das für Hinweise gewesen sein sollen, die mir angeblich entgangen sind.«

»Hey, da war doch das Rauchen, Mann«, meinte Mori.

»Viele Leute rauchen«, stellte Bingo fest. »Nicht bloß Zauberer und Drachen.«

»Hey, aber der Alte ist doch krass taub.«

»Taub?«

»Ja, weißt schon, seine Ohren haben halt immer weniger funktioniert, hey oder? Drachen haben keine Ohren, die tun durch die Membranenteile an ihre Flügeln hören. Hey, hast du des net gewusst?«

»Ach, und Ganzalt hat *Flügel*, ja?«, meinte Bingo höhnisch, um von seiner eigenen Unwissenheit abzulenken.

»Mann, die tun halt fett wachsen. Während der Alte schläft, hey, isch schwör.«

Alle sahen den Zauberer an, der auf dem Rücken lag und friedlich schlief.

»Ich sehe noch immer nicht, wie ich das alles hätte ahnen sollen«, erwiderte Bingo stur.

»Hey, aber da ist doch die Magie, hey oder? Zauberer und Drachen sind die beiden Wesen, die was fett krass zaubern können. Hast du des vielleischt auch net gewusst, Mann? Hey, und dann war da des Feuer.«

»Das Feuer?«

»Hey, ja, oder? Als der Alte krass Feuer ausgeatmet hat und die Wölfe verbrannt sind. Hey, hast du da noch immer nix abgecheckt?«

»Ich bin eben davon ausgegangen, dass es sich um einen Zauber handelte«, murmelte Bingo.

»Hey, aber wo dem Ganzalt sein Bart abgefallen ist, isch schwör halt, da haben wir gedacht, dass jetzt alles klar ist«, erklärte Bofi. »Hey, du hast ja wohl noch nie ein Drache mit Bart gesehen, hey oder? Drachen haben halt kein Bart, weißt?«

»Das muss ich jetzt erst einmal verarbeiten«, sagte Bingo.

Er saß eine Weile nur da und lauschte den Geräuschen, die das Feuer machte. Es klang, als würden die langen roten Flammenfinger mit den Knöcheln knacken.

»Dann haben wir also Ganzalt zu Schmauch gebracht, um ... ja, weswegen? Damit er hier seine Verwandlung beenden kann?«

Die Zwerge nickten in der Dunkelheit.

»Aber warum habt *ihr* das getan? Weshalb kümmert es euch Zwerge, was mit einem altersschwachen Zauberer passiert?«

»Hey, bevor du dein *brain* überanstrengen tust, zähl isch dir lieber mal die fett vielen Ähnlischkeiten zwischen Zwerge und Zauberer auf, hey oder?«, meinte Mori. »Also, wenn man mal von Größenunterschied absehen tut, weißt du, sind da die Bärte ...«

Die Erkenntnis traf Bingo wie ein Blitz. »Wollt Ihr damit sagen, dass Zwerge eine Vorform der Zauberer sind? Ihr sagtet, Raupen zu Tausendfüßlern zu Schmetterlingen – seid ihr Zwerge Raupen? Zwerge verwandeln sich in Zauberer?«

»Hey, Kollege, wen nennst du hier eine Raupe, hey oder?«, erwiderte Mori aufbrausend, bevor er einlenkte: »Zwerge werden zu Zauberern, wenn sie alt genug werden, checkst du? Weißt, die Welt ist halt voll brutal und endgefährlisch. Wir Zwerge kommen aus dem Gestein, aus so Höhlen und Grotten – so wie wir jetzt hier vor dir stehen tun, weißt du, bloß halt kleiner und so. Wir wachsen fett langsam und viele verrecken halt, aber ein paar wenige verwandeln sisch, hey, und wachsen voll viel. Dann kommen die krassen magischen Kräfte, und wir sind endkorrekte Zauberer. Des Leben von ein Zauberer ist auch lang und krass gefährlisch. Hey, weißt, net viele leben so lang wie Ganzalt, der was übrigens mit ganze Namen *Mîthgânzâlthwèrg* heißen tut. Aber für die paar Respektzauberer beginnt dann zweite Verwandlung, weissu, wie isch mein? Hey, und letztes Jahr hat der Alte des halt gespürt. Also haben wir ihn hierher zu Schmauch gebracht. Schmauch soll sisch nach Verwandlung um ihn kümmern, weißt? Hey, und du solltest den Schornstein runterrutschen und Schmauch verzähln, dass er die Vordertür aufmachen soll. Das war *alles*, Mann.«

»Aber du hast halt Schmauch nach Essmabrot geschickt«, fügte Bofi säuerlich hinzu, »damit er da einen brutalen *fight* mit Leute anfangen kann, hey oder? Selbst wenn er des überlebt, glaubt er jetzt, dass wir ihn umbringen wollen! Lässige Aktion. Fett *merçi*, weißt.«

»Fett *merçi*«, fielen die übrigen Zwerge leise murmelnd ein.

Alle Augen richteten sich wieder gen Süden, wo in der zunehmenden Dunkelheit die Umrisse des Sees und der Stadt kaum mehr auszumachen waren.

Dart der Meisterschütze

Zehntes Kapitel

Feuerwasser

Wenn ihr erfahren möchtet, was sich zwischen dem mächtigen Schmauch und den Händlern von Essmabrot zutrug, müssen wir die imaginäre Erzählperspektive wieder gen Süden auf die trägen Wasser des Langweiligen Sees verlagern. Denn das war die Richtung, in die der Drache davongebraust war.

Schmauch flog mit schwerfälligen, ungleichmäßigen Flügelschlägen durch den mittäglichen Sonnenschein. Binnen kurzem kreiste er über Essmabrot und trieb mit seinen ledernen Schwingen heftige Windstöße durch die engen hölzernen Gassen der Stadt. Die Einwohner von Essmabrot liefen in panischer Angst durcheinander und riefen:

»Der Drache ist gekommen! O weh! O weh! O weh!«

»Hie hât daz mære ein ende: daz ist der Essmabroter nôt!«

Und: »Wer wird denn nun meine knackigen Äpfel kaufen? Äpfel! Frische Äpfel! Zehn für einen Taler! Sonderangebot!«

»Also, bitte«, erschallte Schmauchs dröhnende Stimme aus den Lüften mit der Kraft von hundert Donnerwettern.*

---

* Genau genommen klang das Ganze nach neunundneunzig Komma drei Donnerwettern. Ich habe lediglich um des Metrums willen aufgerundet.

»Verfallt doch nicht in Panik da unten! Ich bin bloß gekommen, um mit euch zu reden!«

Dart der Meisterschütze stand mit stolz geschwellter Brust da. In der Menge der jammernd umherlaufenden Leute war er der Einzige, der stillstand. Seinen festen Langbogen hielt er in der Hand. »Drache!«, rief er nach oben. Seine Stimme ging fast unter in dem Getöse, das die Drachenflügel verursachten (glücklicherweise haben Drachen jedoch ein besonders empfindliches Gehör). »Pfui, Drache! Seid auf der Hut!«

»Aber, aber«, erwiderte Schmauch. »Ich will euch doch nichts Böses. Können wir nicht einfach miteinander reden, so von Drache zu Mann? Nur Ihr und ich?«

»Ich habe meinen Bogen!«, brüllte Dart, wobei er besagten Gegenstand über seinem Kopf schwang.* »Und ich werde nicht davor zurückschrecken, ihn zu benutzen! Seid gewarnt!«

»Iiiii!«, rief die Menge. »O weh! Welch Unglück! Der Drache ist gekommen!«

»Äpfel! Äpfel!«, schrie der taube Apfelverkäufer.

Schmauch zog weiterhin seine Kreise über der Stadt. »Ich werde dort drüben auf der Brücke landen. Dann können wir miteinander sprechen«, verkündete er und deutete mit einer seiner gewaltigen Klauen in die entsprechende Richtung. »Ihr habt wohl nicht zufälligerweise Tee?«, fügte er hoffnungsvoll hinzu.

»O weh, o weh, o weh!«, klagten die Bewohner von Essmabrot.

Schmauch rollte die Enden seiner Flügel ein wenig ein

---

* Dabei achtete der Meisterschütze darauf, dass der Markenname auf seinem Bogen deutlich zu sehen war. (Liebe Sportartikelhersteller! Hier wäre Ihre Chance, sich eine dezente, aber umso wirkungsvollere Werbefläche in einem internationalen Bestseller zu sichern.)

und machte kreisförmige Flatterbewegungen. Auf diese Weise schuf er einen ausgleichenden Luftstrom, der es ihm erlaubte zu landen. Die Leute unter ihm stoben auseinander, als er sich auf der Hauptbrücke der Stadt niederließ. Dart näherte sich dem riesenhaften Untier. Er lief mit eingezogenem Kopf, wie es unter Menschen üblich ist, wenn von oben ein starker Wind weht. Die Balken der Brücke knarrten unter dem Gewicht des Ungeheuers.*

»Aaaah«, seufzte Schmauch, als er seine Flügel anlegte und nach seiner Brusttasche griff, in der seine wuchtige Pfeife steckte. »So ist es besser. Ich bin einfach nicht mehr so rüstig wie früher, müsst Ihr wissen. In der letzten Zeit habe ich meine Fitness ein wenig vernachlässigt. Du meine Güte! Ihr müsst wohl Dart sein, wie? Ich bin hocherfreut, Eure Bekanntschaft zu machen. Hocherfreut.«

»O Furcht erregender Wurm«, rief Dart und wedelte erneut mit seiner Waffe durch die Luft. »Hinfort mit Euch in Eure Höhle der Schändlichkeit! Pfui!«

»Tja«, erwiderte der Drache ein wenig verblüfft. »Ähm, ja, genau. Ich muss schon sagen, ihr habt diese Seestadt wirklich ganz reizend ausgebaut. Entzückend. Sind das da verkleidete Eichenbalken an der Fassade eures Rathauses? Wirklich bezaubernd.«

»Geschöpf der Dunkelheit!«, schrie Dart. »Ausgeburt der Hölle! Es gibt hier kein Durchkommen für Euch! Du kannst nicht vorbei!«

»So, so«, meinte Schmauch, wobei er einen Hauch an Niedergeschlagenheit nicht ganz unterdrücken konnte. »Ach ja, schön, Euch zu sehen. Ich dachte mir, ich schaue mal eben ...«

---

* Gemeint ist hier der Drache, nicht etwa Dart.

»Grrrr!«, sagte Dart.

»… schaue mal eben vorbei«, nuschelte Schmauch, der gerade im Begriff war, sich Tabak in seine badewannengroße Pfeife zu stopfen, »um unser kleines Missverständnis aus der Welt zu schaffen.«

Die Brückenbalken ächzten erneut unter dem gewaltigen Gewicht des Drachen.

Schmauch sog am Stiel seiner gigantischen Pfeife und paffte gemütlich vor sich hin. »Mir ist zu Ohren gekommen, dass sich seit meiner Ankunft am Einzigen Berg einige eurer Kunden – na, wie soll ich sagen? – ein wenig rar gemacht haben …«

»Böses Gewürm!«, rief Dart und legte einen Pfeil auf die Sehne. »Hinfort!«

»… Bitte glaubt mir, wenn ich Euch versichere, dass ich nicht die leiseste Ahnung hatte. Eine wirklich unglückselige Situation, höchst beklagenswert. Ich fühle mich dazu verpflichtet, eine Lösung zu finden und euren Handel wieder anzukurbeln. Deshalb würde ich gerne wissen, ob …«

Dart legte seinen Bogen an und zielte.

Doch da gaben die Stützbalken der Brücke unter Schmauchs Gewicht nach. Ein fünfzig Meter langer Teil der Brücke stürzte unter ohrenbetäubendem Splittern und Krachen ins Wasser. »Du meine Güte«, murmelte der Drache dröhnend, dann verschwand er mit einem apokalyptischen *Platsch* in den Fluten.

Die Gischt stieg mehrere Meter hoch. Riesige Wellen brandeten und wogten zwischen den Holzpfählen, auf denen Essmabrot ruhte. Die ansteigende Flut drückte gegen die Unterseite der Stadt, Wasser drang durch die Planken und überflutete Straßen und Häuser. Selbst als die Wogen nachließen, blieb ein Schleier aus Feuchtigkeit in der Luft zurück. Unzählige Funken leuchteten in allen Farben des Regenbogens, als das Sonnenlicht hindurchsickerte.

Die Einwohner von Essmabrot brauchten mehrere Augenblicke, bis sie ihrer kollektiven Erleichterung in einem Freudenschrei Ausdruck verliehen: »Hurra!«, riefen sie.

»Dart hat das schreckliche Ungeheuer erschlagen!«

»Der Drache ist tot!«

»Äpfel! Äpfel! Nur mit leichten Druckstellen!«

»Ehre sei Dart dem Drachentöter!«

»Essmabrot ist gerettet!«

Dart stand am Rand der zerstörten Brücke und starrte hinaus auf das Wasser. Die Wasseroberfläche hatte sich über dem versunkenen Körper des Drachen geschlossen, und die Wellen glätteten sich langsam wieder. Lange stand der Meisterschütze bewegungslos da und erwartete halb, dass sich das Ungeheuer in einem Sturm aus Rauch und Feuer wieder aus dem See erheben würde. Doch nichts geschah auf der mittlerweile wieder spiegelglatten Oberfläche des Gewässers. Da wurde es Dart bewusst, dass Schmauch tatsächlich tot war. »Denn ist nicht der Drache ein Geschöpf des Feuers?«, sagte er, mehr zu sich selbst als zu irgendjemand sonst. »Heißt es nicht, um einen Drachen zu töten, soll man ihn ertränken?« Er wandte sich zu seinem Volk um. »Die Fluten haben das Ungeheuer verschlungen! Der Fluch, der auf Essmabrot lastete, ist gebrochen!«

»Hurra!«, riefen alle.

Ein Dutzend starker Männer packte den Bürgermeister und trug ihn auf den Schultern durch die jubelnde Menge.

»Wenn ich bloß immer noch ein Barde wäre«, sagte Dart zu sich selbst. »Welch glorreiches Epos ich dichten würde über dieses Abenteuer! Immerhin habe ich einen Feuer speienden Drachen in fairem Kampfe besiegt.« Auch als er später durch die ganze Stadt stolzierte, dachte er angestrengt über eine angemessene poetische Verklärung seiner Heldentat nach – und darüber, wie viele Essmabroter Schönheiten er in nächster Zeit dank seines neu erworbenen Heldenruhms flachlegen würde.

Die Feierlichkeiten dauerten den restlichen Tag und bis in die Nacht hinein an. Die Sonne ging in grellem Rot unter, und der Mond erschien bleich am Nachthimmel. Fackeln leuchteten über dem stillen Wasser.* Alles sang, alles tanzte. Etliche Liebende versprachen einander die Ehe, während andere sie (in dunklen Eingängen und hinter Obstkisten) brachen. Es wurden viele Toasts ausgesprochen – und noch viel mehr gegessen, vor allem solche mit Schinken und Käse. Es war eine Feier, an die man sich noch lange Zeit erinnern sollte.

Die Brücke, die Essmabrot mit dem Festland verbunden hatte, war zerstört, doch die Bewohner fuhren in ihren Booten hin und her. Deshalb überraschte es auch niemanden, als mehrere Boote an einem der Ankerplätze anlegten und zwei Dutzend hoch gewachsener Gestalten heraussprangen. Es war ohnehin kaum mehr jemand bei Bewusstsein oder ausreichend klarem Verstand, um überrascht zu sein.

»Wo ist der Herrscher dieser Stadt?«, rief der Anführer der Fremden. »Bringt uns zum Herrscher dieser Stadt!«

---

* Gemeint ist hier nicht der Langweilige See, sondern die Gläser mit Mineralwasser, die vor den Feiernden standen. Mineralwasser mit Kohlensäure wird in Essmabrot nicht sehr geschätzt.

Die Neuankömmlinge liefen schnell, aber graziös durch die Straßen der Seestadt, bevor sie sich wieder bei den Booten einfanden. »Ach, herrje«, sagte einer. »Sie scheinen alle zu schlafen.«

»Übermäßiger Genuss alkoholischer Getränke, fürchte ich«, meinte ein Zweiter.

»Ich habe einen nach dem Weg gefragt«, berichtete ein Dritter. »Und er antwortete in Gobblinsprache! Lauter hässliche Gutturallaute und Plosive! Zuerst glaubte ich, die Gobblins wären vor uns angekommen und hätten die Stadt erobert. Doch dann wurde mir klar, dass der Kerl mir gar nicht wirklich antwortete. Er übergab sich ganz einfach.«

»Wie unerquicklich«, sagte ein Vierter.

»Nun, wie es aussieht, sind sie alle betrunken«, meinte der Erste. »Das erleichtert uns die Sache. Elfuhr, geh und hol den Rest der Armee. Die Brücke bauen wir morgen Früh wieder auf, um die Stadt mit dem Ufer zu verbinden. Lasst uns bis dahin unsere Stellung befestigen.«

»Selbstverständlich«, erwiderte die Gestalt, die soeben als Elfuhr angesprochen worden war. Er hüpfte in eines der Boote, wobei ein Schlitz in seinem Umhang kurz einen Blick auf die glitzernde Elbenrüstung darunter freigab.

Am Morgen stand Essmabrot unter neuem Kommando. Die Elben hatten die betrunkenen Einwohner in eine große Halle geschleppt und die Türen verriegelt. Dann hatten sie ihre eigenen Leute – mehrere hundert Männer, die alle ausgesprochen elegante Rüstungen trugen – in den besten Zimmern der Stadt untergebracht. Schließlich verzurrten sie etliche Essmabroter Ruderboote und Binnenschiffe miteinander und bildeten so eine Pontonbrücke bis zum Festland.

All dies wurde noch vor dem Frühstück erledigt. Während die Elben ihre delikaten Cracker zu sich nahmen und Earl Grey tranken, erlangten die Einwohner von Essmabrot einer nach dem anderen unter jämmerlichen Schmerzen ihr Bewusstsein wieder. Halbelf gab Anweisung, dass der Herrscher der Stadt zu ihm gebracht werde. Zwanzig Minuten später stand Dart höchstpersönlich vor dem Elben.

»Guten Morgen«, sagte Halbelf. »Wie ist das werte Befinden?«

»Was?«, erwiderte Dart mit einem grimmigen Gesichtsausdruck.

»Geht es Euch gut?«

»Was?« Er blinzelte, um dann wieder finster um sich zu blicken. »Was ist los?«

»Ich bin Lord Halbelf der Elbenkönig«, erklärte Lord Halbelf der Elbenkönig. »Zur Zeit stehe ich, sehr zu meinem Verdruss, an der Spitze eines mächtigen Heeres. Es liegt keineswegs in unserer Absicht, Euch Unannehmlichkeiten zu bereiten, das müsst Ihr mir glauben. Aber es mussten Quartiere für meine Männer gefunden werden.«

»Was?«, fragte Dart zum dritten Mal. »Wer seid Ihr?«

»Gebt dem Kerl etwas Tee«, befahl Halbelf.

»Das hier ist eine Invasion!«, rief Dart auf einmal. »Ihr habt Essmabrot erobert!«

»Ganz und gar nicht. Unsere Anwesenheit wird nur vorübergehend sein, das kann ich Euch versichern«, beteuerte der Elbenkönig. »Erlaubt mir, es Euch zu erklären. Unseres Wissens nach ist eine Truppe stämmiger Zwerge auf dem Weg zum Einzigen Berg hierher gereist. Wir gehen davon aus, dass sie etwas mit einem Drachen zu regeln hatten, der dort lebt ...«

»Schmauch!«, platzte Dart heraus. »Ich habe ihn getötet!«

Unter den Elben kehrte für einen Moment elegantes Schweigen ein.

»Tatsächlich?«, erkundigte sich Halbelf.

»O ja. Er kam gestern her, um die Stadt zu bedrohen«, sagte Dart und streckte sein Kinn schon etwas stolzer vor. »Ich habe mich ihm mit meinem zuverlässigen Bogen in den Weg gestellt – ich bin ein Meisterschütze, müsst Ihr wissen. Er ließ sich auf der Brücke nieder. Die Brücke stürzte ein, und er ertrank im See.«

»So, so«, meinte Halbelf. »Wie interessant. Der mächtige Schmauch ist also tot?«

»Ja«, entgegnete Dart. »Aber sagtet Ihr nicht etwas von Tee?« Er ließ sich kollegial neben dem Elbenkönig nieder. »Und vielleicht ein kleines kontinentales Frühstück?«

Halbelf bedeutete seinem Gefolge, das Nötige zu bringen. »Nun«, meinte der Elb nachdenklich, »wenn der Drache tatsächlich gestorben sein sollte, wirft das ein gänzlich neues Licht auf die Angelegenheit. Seid Ihr auch sicher, dass er tot ist?«

»Hundertprozentig«, nuschelte Dart über den Rand seiner Teetasse.

»Habt Ihr seine Leiche geborgen?«

»Nein«, erwiderte Dart leicht zögernd.

»Wenn er im See ist, wäre es doch sicher ein Leichtes, das Wasser nach ihm abzusuchen. Meint Ihr nicht auch? Um auf Nummer Sicher zu gehen?«

An dieser Stelle stimmte Halbelfs Gefolge ein Lied an.

Wenn sie den Drachen im See ertrunken finden,
Die Leiche des Monsters aus den Fluten winden

Und ihn mausetot auf die schwimmende Brücke legen,
Kann es keinen Zweifel über sein Ende geben.

Halbelf brachte seine Lakaien mit einem strengen Blick zum Schweigen. »Mister ... Dart, ja? Oder Lord? Muss es Lord heißen?«

»Bürgermeister«, stellte Dart richtig.

»Bürgermeister, fabelhaft. Glaubt mir, die Elben hegen nicht das geringste Interesse, Eure reizende kleine Seestadt zu erobern, wie Ihr zu sagen beliebtet. Wir sind hier als Eure Verbündeten, nicht als Eure Feinde.«

»Aber Ihr habt alle meine Leute in der großen Stadthalle eingesperrt.«

»Eine Vorsichtsmaßnahme«, erklärte Halbelf und machte eine wegwerfende Handbewegung. »Sobald sie vollständig ausgenüchtert sind und über die Lage Bescheid wissen, lassen wir sie wieder frei.«

»Über welche Lage Bescheid wissen?«

»Ihr wisst es also nicht? Tja, also in dem Fall, fürchte ich, bringe ich schlechte Nachrichten.«

»Schlechte Nachrichten?«

»Ja. Ein riesiges Gobblinheer hat sich versammelt, müsst Ihr wissen.«

»Gobblins?«, wiederholte Dart stockend.

»Ich fürchte, ja. Ein unermesslich großes Heer. Es wurden Gobblins von überall im Gebirge rekrutiert. Und sie befinden sich höchstens einen Tagesmarsch von hier entfernt.«

»Hier? Weshalb sollten Gobblins hierher kommen wollen?«

»Die Zwerge, die ich eben schon erwähnte. Anscheinend sind sie nicht sehr subtil vorgegangen, als sie durch das Nobelgebirge reisten. Sie haben einen großen Wirbel verursacht und einiges Unheil angerichtet. Außerdem gibt es da noch etwas. Ich wüsste nicht, weshalb ich es Euch nicht sagen sollte: Inmitten der Gobblins befindet sich ein Wesen, das nicht von Gobblingestalt ist – ein Philosoph von trauriger Natur, der Schmollum heißt. Von ihm haben die Gobblins erfahren, dass sich ein Gegenstand mit unvorstellbaren Kräften im Besitz der Zwerge befindet. Es handelt sich um eines der Dinge™, die der böse Saubua geschaffen hat. Diese Nachricht hat sich wie ein Lauffeuer jenseits des Gebirges verbreitet. Die Gobblins sind aus Rache, blinder Zerstörungswut und Goldgier gekommen – aber vor allem, um das Ding™ in ihre Gewalt zu bringen. Nicht auszudenken, welch Schreckensherrschaft sie errichten würden, sollte ihnen das Ding™ in die Hände fallen! Es ist an der Zeit, dass sich die freien Völker von Obermittelerde vereinigen und zusammen gegen diese schreckliche Bedrohung kämpfen!«

»Au Backe«, sagte Dart.

In der Nacht, in der die Einwohner von Essmabrot gefeiert hatten, hielten die Zwerge bis in den frühen Morgen am Berg Wache. Düster überblickten sie die Ländereien und den Himmel im Süden in Richtung der Seestadt. Sie warteten auf Schmauchs Rückkehr oder Nachrichten ihn betreffend. »Wenn es zu einem großen Kampf gekommen wäre«, warf Bingo ein, »hätten wir das nicht mitbekommen? Gäbe es nicht Flammen und Feuerspektakel?«

»Hey, vielleischt«, erwiderte Mori grimmig. »Vielleischt aber auch net.«

»Was sollen wir tun?«, fragte Bingo.

»Hey, ohne deine pralle Aktion bräuschten wir jetzt gar nix tun, hey, weissu, wie isch mein? Du brauchst net denken, dass wir das so schnell vergessen, Mann«, meinte

Mori bissig und zeigte dem Hobbnix dann die kalte Schulter. Kalt war die Zwergenschulter allerdings nur in einem metaphorischen Sinn. Eigentlich war sie warm, da Mori nahe am Feuer saß.

»Alles deine Schuld, hey oder«, murmelte Bohri.

»Du hast uns in ein schöne Lage gebracht. Fett *merçi*, escht«, setzte Bofi grummelnd hinzu.

»Mutter Beimer!«, keuchte Pralin. Doch er schlief, und sein Ausruf hatte nichts weiter mit der Angelegenheit zu tun.

Bekümmert starrte Bingo in das Feuer. Er beobachtete die glühenden Scheite und die sich windenden, bauchtanzenden Flammen, die daraus hervorschlängelten.

»N-n-nimmm es net z-zu sch-schwer, K-K-Kollege. D h-hattest halt k-keine Ahnung, h-hey o-oder?«, sagte Thothorin, der sich neben Bingo niederließ.

»Ich werde das Gefühl nicht los, dass etwas Schreckliches passiert ist«, entgegnete der Hobbnix. Sein Gewissen wurde noch dadurch erschwert, dass er bisher niemandem von dem Schnarchstein erzählt hatte. Der Diamant lag wie ein böses Geheimnis in seiner Tasche.

»E-etwas Sch-Schreckliches«, stimmte Thothorin ihm zu. »G-glaub isch au-auch, M-Mann. V-voll schade, d-dass wir net m-mit Sch-schmauch h-haben r-reden k-können, b-bevor er au-ausgecheckt hat, h-hey.«

»Was sollen wir jetzt tun?«

»D-der Ei-Eingang ist o-offen, h-hey o-oder?«

»Ja«, bestätigte Bingo. »Der Drache hat ihn offen gelassen, als er fortflog.«

»H-hey, K-Kollege, d-dann t-tragen wir d-den A-Alten in B-B-Berg, w-weißt du, w-wenn es h-hell ist, h-hey o-oder? A-auch w-wenn Sch-Schmauch ihm n-net helfen k-kann, h-hat er e-es da w-wenigstens f-fett b-bequem.«

Bingo sah zum hundertsten Mal die in eine Decke gewickelte, schlafende Gestalt des bartlosen Zauberers an. »Er wirkt tatsächlich größer«, stellte er fest. Ganzalts Kopf war gute zwanzig Zentimeter näher an einem Steinhaufen als zuvor.

»K-konkret«, antwortete Thothorin.

Der Schlaf kam nicht leicht in dieser Nacht. Kurz vor dem Morgengrauen schaffte es Bingo jedoch, acht Stunden zu schlafen. Er wurde allerdings von den Zwergen geweckt, die ihre Sachen zusammenpackten.

»Hey, komm schon, Beutlgrabscher«, befahl Mori unwirsch. »Isch schätze, wir können disch net einfach hier an Berg zurücklassen, Mann. Auch wenn wir des fett gerne machen würden, isch schwör halt.«

Sie stiegen den Weg hinab, den sie heraufgekommen waren. Dabei wechselten sie sich damit ab, den schlafenden Ganzalt hinter sich herzuschleppen, der von all dem nichts mitbekam. Der Abstieg war leichter als das Heraufklettern, aber immer noch schwierig genug: Ganzalt war um einiges schwerer als zuvor.

Mittags legten sie eine Pause ein. Den Nachmittag hindurch kämpften sie sich weiter nach unten vor, den Berg immer zu ihrer Linken. Den westlichsten Kamm, der den Eingang flankierte, erreichten sie, als die Sonne gerade unterging. Auf der Spitze des Hügels schlugen sie ihr Nachtlager auf.

Sie aßen schweigend. »Ich verstehe das alles noch immer nicht so ganz«, meinte Bingo.

Selbst wenn die Zwerge ihm noch nicht vergeben haben sollten, waren sie durch den Tagesmarsch doch zu erschöpft, um ihrem Zorn Ausdruck zu verleihen. »Hey, weißt, die Welt ist halt voll krass seltsamer, wie die meisten Leute glauben, kleiner Hobbnix«, erklärte Mori.

»Scheinbar. Wenn eine Hobbnixfrau und ein Hobbnixmann zusammenkommen, schaffen sie etwas Neues. Ich verstehe nicht, wie Zwerge oder Zauberer oder Drachen, die ja anscheinend alle Teil desselben Geschöpfes sind, also … ich verstehe nicht … wie ihr euch vermehrt.«

»Vermehren«, wiederholte der Zwerg nachdenklich. »Hey, des klingt voll *strange,* weißt. So die Welt mit Kopien von dir selbst überbevölkern, bis halt kein Platz mehr ist, hey oder? Sisch vermehren, hey, bis es nur noch krasse Wüsten auf Erde geben tut und die Leute endkrass verhungern, hey oder?«

»Nun«, entgegnete Bingo, »ganz so hatte ich es nicht …«

»Hey, Mann, bei uns ist es halt so: Wir checken genau ab, wie viele es geben tut«, fuhr Mori unbeirrt fort. »Der Schöpfer hat am Anfang so ganz bestimmte Anzahl Zwergenleben in Stein gehaucht, weißt schon, und wenn die zum Leben erwachen, geht es halt voll ab. Die Entwicklung geht los, checkst du, und eine Form tut die nächste ablösen, weissu, wie isch mein? Bis die Kristalle halt ihre endgültige Form erreischt haben – die Gestalt von den Schöpfer, hey oder? Also die Kristalle, die was bis dahin überlebt haben.«

»Das klingt ein bisschen sehr zyklisch für meinen Geschmack«, entgegnete Bingo ungnädig.

»Hey, was ist denn des für endblöder Text? Züklisch, oder was?«

»Kreisförmig«, fügte Bingo erklärend hinzu.

»Hey, Problem? Züklisch ist vielleischt endgut, hey oder? Weissu, so wie nach Frühling Winter und dann wieder Frühling kommt. So wie halt die Sonne untergehen tut und dann wieder aufgeht, Mann. Züklisch ist gar net so schlescht, Alter. Außerdem kann das Göttlische nur so an Existenz teilhaben, weissu, wie isch sagen will?«

»Und anders kann das der Schöpfer nicht?«

»Hey, streng doch mal dein *brain* an, Kollege«, sagte Mori, als würden sie über völlig klare Sachverhalte sprechen. »Schöpfer ist außerhalb von Schöpfung, hey oder? Der Alte kann net einfach Nase in Schöpfung stecken, weißt, sonst gibt es eine auf Schnauze.«

Diese metaphysischen Gedankenspiele bereiteten Bingo heftige Kopfschmerzen. Deshalb wickelte er sich schlussendlich in seine Decke und versuchte zu schlafen.

Der Morgen brach mit dem glorreichen, strahlenden Licht eines neuen Tages durch die musselinfarbene Wolkendecke. Bingo erwachte, als der Sonnenschein über seine geschlossenen Lider strich und sich warm an sein Gesicht schmiegte.

Als er die Augen aufschlug, sah er, dass die Zwerge längst wach waren und in einer Reihe vor ihm standen. »Was gibt es?«, fragte er und rieb sich die Augen, indem er sich sehr langsam und vorsichtig mit der Faust dagegen schlug. Er gähnte. »Was ist los?«

»Isch würd sagen«, meinte Mori und deutete in das Tal, das vor ihnen lag, »dass eine fett krasse Armee los ist.«

In dem Tal, das zum Höhleneingang von Strebor dem Einzigen Berg führte, hatte sich eine immense Heerschar versammelt. Die eleganten Rüstungen der Elben glitzerten wie goldenes Wasser. Ihre purpurfarbenen Banner mit ihrem Wahrzeichen, der purpurnen Nelke,* flatterten im Morgenwind. Neben ihnen standen die Männer aus Ess-

---

* Die zugegebenermaßen auf dem purpurnen Hintergrund des Banners nicht sonderlich gut auszumachen war.

mabrot in ihren Lederrüstungen (die auch als modische Sportbekleidung dienten) und schwangen ihre diversen Waffen, sodass die Markennamen* gut sichtbar waren.

Bingo ließ seinen Blick über die endlosen Reihen wackerer Krieger schweifen: alles in allem an die tausend Menschen und Elben. »Donnerwetter!«, sagte er.

* Liebe Sportartikelhersteller, erinnern Sie sich: Hier könnte der Name Ihrer Firma stehen!

Gobblinattacke

Elftes Kapitel

Der große Knall

»Schmauch soll wirklich tot sein?«, fragte Bingo bestürzt.

Die Zwerge und der Hobbnix waren in Lord Halbelfs stilvollem Seidenzelt versammelt, das man zwischen zwei Hügeln vor dem Haupteingang des Berges errichtet hatte. Bis an die Zähne bewaffnete Männer und Elben eilten hin und her. Immer wieder betrat jemand das Zelt oder verließ es. Man bereitete sich auf die bevorstehende Schlacht vor.

»Ja, in der Tat«, erwiderte Halbelf träge. »Ein glücklicher Zufall, wie ihr mir sicher zustimmen werdet. Das Gobblinheer umfasst zehntausend Krieger. Zusammen mit einem Drachen wären sie geradezu – ja, wie formuliere ich das jetzt am besten … hmmm – unschlagbar gewesen. Oder klingt *unbesiegbar* besser?«

»Hey, das zeigt mal wieder, dass ihr null Checkung habt, hey oder?«, sagte Mori und lehnte sich wütend nach vorne. »Hey, verstehst, der Drache hätte halt niemals für Gobblins gekämpft, Mann. Der hätte sich mit uns verbündet, checkst du?!«

»Zwischen Drachen und Elben hat es noch nie Freundschaft oder eine Allianz gegeben«, verkündete Halbelf.

»Nein«, sagte Dart. »Zwischen Drachen und Menschen auch nicht.«

»Bei Drachen und Zwergen ist das jedoch etwas anderes«, erklärte Bingo, während er den wutentbrannten Mori zurückhielt. »Ich denke, Mori hat Recht. Schmauch hätte auf unserer Seite gegen die Gobblins gekämpft und wäre ein mächtiger Verbündeter gewesen. Aber es ist sinnlos, sich über verpasste Gelegenheiten zu grämen. Verpasste Gelegenheiten helfen uns jetzt auch nicht weiter«, fügte er hinzu, wobei er eigenartig poetisch wurde: »Sie sind genauso verpasst wie der Bus, der eben um die nächste Ecke gebogen ist.«

Alle Augen waren auf Bingo gerichtet. Er blickte zu Boden. »Verzeihung«, murmelte er betreten. »Ich weiß selbst nicht, warum ich das gesagt habe.«

»Ja, doch wie Ihr eben schon erwähntet, Sir Hobbnix«, ergriff Halbelf wieder das Wort, »ob der Drache uns geholfen oder sich uns in den Weg gestellt hätte, ist disputabel.«

»Hey, was textet der?«, wollte Mori wissen.

»Disputabel.«

»Dispu...«

»...tabel. D-i-s-p-u-t-a-b-e-l.«

»Disputabel«, wiederholte der Zwerg, dem das Wort zu gefallen schien. »Disputabel, disputabel, disputabel.« Er ging in einem Kreis im Zelt herum und probierte mehrere Aussprachevarianten aus. Er dehnte das i, zog das a in die Länge, setzte den Hauptakzent auf die letzte Silbe. »Disputabeldisputabeldisputabel. Endkorrektes Wort, hey«, meinte er abschließend. »Gefällt mir. Disputabel, hey. Und was bedeutet es, weißt schon?«

»Es bedeutet, dass etwas strittig ist, dass noch keine endgültige Entscheidung getroffen wurde«, erklärte Halbelf.

»Disputabel, hey oder«, frohlockte Mori. »Hey, was

willst du für Frühstück?«, sagte er mit gespielter Fistelstimme. »Disputabel, hey«, setzte er in tiefstem Bass hinzu. »Hey, oder: Was war zuerst da, Mann, das Huhn, hey, oder das Ei? *Disputabel*, disputabel. Hey, Spieglein, Spieglein an der Wand, wer ist der krasseste Zwerg im Land? *Disputabel ist am krassesten, hey oder? Disputabel, disputabel*«, setzte der Zwerg seinen Singsang fort. »Hey, escht konkret, Mann«, sagte er dann in seiner normalen Stimme und wandte sich wieder an Halbelf. »Find isch fett gut. Weißt, isch werd halt versuchen, des in mein Wortschatz reinzuintegrieren, hey oder?«

»Hmm«, meinte Halbelf. »Davon einmal abgesehen müssen wir uns noch auf eine Strategie einigen. Es werden höchstens noch ein Tag und eine Nacht vergehen, dann haben uns die Gobblins eingeholt. Wir haben ein gewaltiges Elbenheer und ein gewaltiges Menschenheer. Tausend Kämpfer insgesamt. Werden die Zwerge an unserer Seite kämpfen?«

»Hey, klar, Mann, oder?«, erwiderte Mori entschieden. Dabei warf er Thothorin über die Schulter einen Blick zu. Der Zwergenkönig nickte. »Wir Zwerge *fighten* voll krass mit eusch.«

»Also wird ein mächtiges Zwergenheer zu uns stoßen«, verkündete Halbelf sichtlich erleichtert. »Wie viele Kämpfer sind in Eurem Heer, Sir Zwerg?«

»Äh.« Mori blickte angestrengt an die Decke, als wäre er um einen möglichst genauen Schätzwert bemüht. »Fünf«, sagte er schließlich.

Kurze Zeit herrschte Schweigen in dem Zelt.

»Hey, die sind voll *tough*, hey, weißt schon?«, fügte Mori hinzu. »Alle fünf, mein isch.«

»So, so«, entgegnete Halbelf mit bedrückter Stimme. »Sir Hobbnix, werden Eure Leute an unserer Seite kämpfen? Es mag wohl den sicheren Tod bedeuten, aber auch ewigen Ruhm – und die freien Völker von Obermittelerde heißen jeden Verbündeten in diesem Kampf gegen die bösen Gobblins willkommen!«

»Ja, klar«, antwortete Bingo, der sich gerade verwegen fühlte. »Warum nicht?«

»Dann besteht unsere mächtige Allianz aus vier Heeren!«, verkündete Halbelf feierlich. Er erhob sich von seinem Thron. »Ein Elbenheer, ein Menschenheer, ein«, er hüstelte leicht, »Zwergenheer und ein machtvolles Hobbnixheer! Schulter an Schulter werden wir gegen die Horden der zehntausend blutdurstigen Gobblins kämpfen!«

Im Zelt brach allgemeiner Jubel aus.

»Wie viele wackere Kämpfer zählt Euer Heer, Sir Hobbnix?«, fragte der Elbenfürst betont gleichgültig. »Euer Volk ist von kleinem Wuchs, doch ich bin mir sicher, auf dem Schlachtfeld seid ihr zäh, stark, tapfer und zielstrebig – schwer zu reizen, aber schrecklich in eurer Rache, wenn ihr einmal herausgefordert seid. Wie viele Männer sind in Eurem Heer?«

»Nur ich«, erwiderte Bingo.

»Ah so«, meinte Halbelf etwas pikiert. »Das ist ja dann wohl nicht wirklich ein Heer, wie?«

»Kommt vielleicht darauf an, was man genau unter einem Heer versteht«, konterte Bingo.

»Nein, kommt es nicht. Ach, was soll es. Ich habe verkündet, dass unsere Allianz aus vier Heeren besteht, und dabei bleibt es. Die Gelehrten und Geschichtsschreiber werden in ihren Berichten eben etwas Kreativität an den Tag legen müssen. Sei's drum.«

Die Elbenkundschafter gingen davon aus, dass die Gobblinhorde sie bald erreicht haben würde. Den neuen Verbündeten blieb nur sehr wenig Zeit. »Wir müssen uns für *fight* vorbereiten«, sagte Mori zu Bingo, »hey oder?«

Doch was wurde mit Ganzalt? »Hey, weißt, wir haben halt gehofft, dass der Drache die Verwandlung von den Alten beaufsischtigen tut. Aber Plan ist voll krass in Hose gegangen, weissu, wie isch mein?«, stellte der Zwerg fest. »Was weiß isch, wie des ohne Schmauchs Hilfe ablaufen soll. Hey, bin isch Hellseher oder was? Die Zukunft ist halt disputabel, weißt. Ganzalt ist disputabel.«

»Diskutabel?«, wollte Bofi verwirrt wissen.

»Hey nein, Mann, disputabel«, erklärte Mori eifrig. »Das ist neues Wort, was isch gerade gelernt hab. Es bedeutet unsischer.«

»Aha«, meinten die anderen vier Zwerge.

»Egal. Isch schlage vor, wir bringen Alten in Berg. Da hat er es gemütlisch, hey oder? Wir lassen ihn in Schmauchs Höhle. Dann kriegen ihn die Gobblins auch net zum Sehen, hey, isch schwör halt.«

»Außer die Gobblins siegen«, warf Bingo ein. »Dann werden sie in die Berge ausschwärmen und ihn töten.«

Mori zuckte mit den Schultern. »Hey, hast du irgendein Problem? Dann sind wir ja wohl alle tot. Also ist dem auch disputabel, hey oder?«

Alle fünf Zwerge und Bingo mussten gemeinsam anpacken, um den schlafenden Ganzalt zu ziehen. Er war zweimal so lang wie zuvor. Sein Körper war zwar nicht zweimal so breit geworden, hatte sich aber in der Mitte beträchtlich verdickt. Wie bei Jugendlichen, die sich im Wachstum befinden, waren seine Gliedmaßen und sein Oberkörper sehnig und schlaksig. Das Gesicht war länger geworden, doch obwohl man Ganzalt immer noch erkannte, sah er eigenartig und irritierend aus. Der Zauberer hatte die Decke gesprengt, in die man ihn eingewickelt hatte. Seine Kleidung war im Laufe des Wachstums ebenfalls zerrissen. Bingo nahm einen Fuß, Bofi den anderen. Die übrigen Zwerge postierten sich neben den zwei Meter langen Beinen des Zauberers. Gemeinsam zogen sie ihn aus dem Tal durch den Haupteingang und den Stollen entlang, der ins Innere führte. Die Zehennägel des alten Zauberers übten eine seltsame Faszination auf Bingo aus, der Ganzalts Knöchel umklammert hielt. Sie waren schwarz, standen weit hervor und begannen sich an den Enden zu Krallen zu krümmen. Es war kein schöner Anblick. Ganzalts Schultern waren ebenfalls eingedunkelt und aus den Schulterblättern waren zwei Dorne gewachsen, die an die Spitzen gefalteter Regenschirme erinnerten.

»Sollten wir ihn nicht vielleicht mit etwas zudecken?«, schlug Bingo vor, nachdem sie die schlafende Gestalt auf Schmauchs Goldberg abgelegt hatten. »Wird er so nicht frieren?«

»Hey, du glaubst halt immer noch, dass der Alte den gleichen Körper hat wie du«, entgegnete Bofi. »Dem ist aber net korrekt, Mann. Der ist jetzt voll bei Verwandlung, weißt?«

»Wie lange wird das dauern?«, erkundigte sich der Hobbnix.

»Des weiß halt keiner ...«, setzte Bofi an, doch Mori unterbrach ihn: »Des ist halt disputabel, weissu, wie isch mein?«, sagte er. »Disputabel.«

»Verstehe«, meinte Bingo.

Sie ließen Ganzalt in der Höhle zurück.

Als die Gesellschaft wieder aus dem Berg trat, erwartete sie draußen strahlender Sonnenschein. Im Tal vor dem Haupteingang exerzierten Elben und Menschen. »Hey, das Tor machen wir besser zu«, stellte Mori fest.

Zusammen schoben sie mit aller Kraft erst den einen, dann den anderen der riesigen steinernen Flügel zu. Langsam schloss sich die hundert Meter hohe Tür. Als der zweite Flügel donnernd zufiel, hörten sie ein weiteres Geräusch im Innern: Das Messingschloss war eingeschnappt. »Hey, den klaut uns keiner«, sagte Mori.

»Wie sollen wir wieder hineingelangen?«, wollte Bingo wissen.

»Hey, Kollege, du kannst doch Schornstein runterrutschen«, schlug Bofi vor.

Die Zwerge brachen in schallendes Gelächter aus. Bingo fiel nicht mit ein.

»Oder der Alte macht halt Tür auf, weißt du, wenn er fertig ist«, fügte Bofi hinzu.

»Hätten wir uns nicht im Innern des Berges verstecken können?«, fragte Bingo, während sie dort standen und auf die Heere der Elben und Menschen hinabblickten. »Wir hätten uns doch bestimmt da drinnen vor den Gobblins verstecken können.«

»Hey, nein, Mann«, widersprach Mori bekümmert. »Wenn sie gewinnen tun, weißt, dann brechen sie Tor auf und tun halt alles fett plündern. Hier draußen haben wir bessere Überlebenschance als da drinnen, hey isch schwör. Da drinnen sind wir wie Ratten in so Falle, weissu?«

»Dann lasst uns um Ganzalts willen bloß hoffen, dass wir siegen«, sagte Bingo.

»Hey, korrekt«, stimmten die Zwerge zu.

Jener Tag vor der Schlacht schien für Bingo der längste Tag zu sein, den er je erlebt hatte. Die Sonne wanderte nur schrittchenweise über das blaue Himmelszelt. Menschen und Elben fällten Bäume und spitzten sie an einem

Ende an, um sie in mehreren Reihen entlang des Flusses in die Erde zu rammen. Die Bogenschützen schnitzten neue Pfeile und wachsten die Sehnen ihrer Bogen. Der kleine Hobbnix hingegen hatte nichts zu tun. Er fühlte sich überflüssig, und das gefiel ihm gar nicht. Deshalb erbat er sich ein kurzes Schwert von einem der Waffenschmiede von Essmabrot. Er bezahlte das Schwert mit Drachengold. Etwa eine Stunde lang übte er am Nachmittag mit seiner Waffe, trotz der Hitze, trotz der unzähligen Mücken und trotz der pollengeschwängerten Luft. Er mähte lange Grashalme nieder, die auf den Wiesen nahe des Wassers wuchsen. Außerdem attackierte er die Rinde alter Bäume, bis sich kleine Holzstücke lösten. Nach einer Stunde Üben war er völlig verschwitzt, und sein Arm war schwer und lahm. Er stellte das Training ein.

Dann kletterte er auf den östlichen Ausläufer des Berges und beobachtete, wie die Sonne am Horizont über einem dunklen Meer aus Bäumen unterging. Doch sein Herz wog schwerer als die Sonne. Nach einer Stunde Kämpfen tat sein Arm so weh, dass er ihn kaum mehr heben konnte. Und er hatte nur Gras und Bäume angegriffen, also relativ wehrlose Zeitgenossen! Morgen würde er einen ganzen Tag lang *richtig* kämpfen müssen – und soviel er wusste (er wusste nämlich nicht sonderlich viel über Schlachten) auch noch die ganze Nacht. Der Gedanke, dass er erschöpft zusammenbrechen würde, bevor der Kampf richtig begann, war zu schrecklich! Er alleine war das Heer von Aualand, das Hoppler-Ahoi!-Bataillon. Bingo hatte noch nie zuvor gekämpft und wurde das dumpfe Gefühl nicht los, dass es ihm keinen Spaß machen würde. Über die mögliche Blamage wollte er lieber nicht mal nachdenken.

An jenem Abend entfachten die vier Heere zahlreiche Lagerfeuer. Wie sich herausstellen sollte, war es für etliche Krieger das letzte Abendbrot, das sie zu sich nahmen, und der letzte Wein, den sie tranken. Das Hobbnix- und das Zwergenheer saßen gemeinsam an einem Feuer. Alle sechs aßen schweigend und schwiegen dann auch weiterhin.

»Ich habe nachgedacht«, sagte Bingo schließlich, obwohl sich die Worte in seinem Mund schwer und unecht anfühlten. »Ich habe einen Plan. Sagt mir, was ihr davon haltet, Jungs. Also, ich dachte mir, es gibt doch immer noch das Ding™.«

Die Zwerge stöhnten.

»Ich weiß, ich weiß«, meinte Bingo. »Es hat uns keine besonders guten Dienste erwiesen und wird uns, wenn wir es nicht verhindern, in eine Katastrophe stürzen.«

»Das«, stimmte ihm Mori nachdrücklich zu, »ist *net* disputabel, Mann.«

»Aber vielleicht gibt es einen wasserdichten, hundertprozentig garantierten Siegeszauber, den wir durch das Ding™ sprechen können«, versuchte Bingo es erneut. »Ein Zauber, mit dessen Hilfe wir diese grässliche Schlacht beenden könnten, noch bevor sie beginnt. Na, was meint ihr?«

»Nein«, sagte Bofi.

»Nein«, sagte Pralin.

»Nein«, sagte Bohri.

»Nein«, sagte Mori.

»I-isch w-würde h-halt s-sagen, w-wir b-benutzen das T-T-Teil am b-besten g-g-gar net, Mann«, sagte Thothorin.

Bingo blickte eine Weile schweigsam vor sich hin.

»Schmauch ist also tot«, meinte er schließlich. »Wie

wäre es, wenn ich durch das Ding™ ›Schmauch ist tot‹ sagen würde? Würde das Schmauch nicht wieder lebendig machen? Dann könnte er uns helfen, die Gobblins zu schlagen – und danach könnte er sich um Ganzalt kümmern.«

Die Zwerge sagten nichts, was für Bingo ein gutes Zeichen war. Offensichtlich reizte sie diese Aussicht.

Doch Thothorin erhob Einwände. »N-nein«, sagte er entschlossen. »D-das D-Ding™ ist ein m-magisches T-Teil, u-und D-Drachen s-sind f-fett m-magische G-G-Geschöpfe, weissu, w-wie isch m-mein? M-man soll k-k-keine sch-schwarze M-Magie mit w-weißer M-Magie m-mischen, h-hey. Lass es s-sein, M-Mann.«

»Thothorin hat Rescht, hey isch schwör halt«, stimmte Mori ihm traurig zu. »Das Ding™ würde uns voll krass Strisch dursch Rechnung machen, weißt? Egal, wie wir unsere *brains* anstrengen, hey. Lassen wir es sein, Kollege.«

Lange noch saßen sie schweigend zusammen.

Bingo konnte nicht schlafen. Er warf sich unruhig hin und her, drehte sich von der linken auf die rechte Seite und von der rechten auf die linke. Keine von beiden war bequem. Als er sich eine dritte Seite zu wünschen begann, auf der er schlafen könnte, stand er endgültig auf. Er schlenderte bis zum Morgengrauen durch das Lager. Die Feuer flackerten hell, und die Krieger der Elben und Menschen schienen frohen Mutes zu sein.

Langsam brach die Morgendämmerung an. Erst verflüchtigte sich im Osten zaghaft die Dunkelheit, dann ging die Sonne in glorreichem Gold am Horizont auf. Bingo beobachtete das Naturschauspiel eine Weile. Da bemerkte er, dass sich die anderen drei Heeresführer mit ihren Standarten auf der Spitze des Hügels östlich vor dem Eingang von Strebor versammelt hatten. Er eilte dorthin, so schnell ihn seine Hobbnixfüße trugen.

»Ah«, sagte Halbelf, nachdem die Wachen Bingo durchgelassen hatten. »Hier ist ja der General unseres vierten Heeres. Seht Euch das an, General.« Er deutete nach Süden.

Von ihrem Aussichtspunkt aus konnte Bingo viele Meilen weit sehen. Verwirrt starrte er auf das Land vor ihm. Es sah aus, als wären die Wiesen entlang des Flusses über Nacht von knorrigem schwarzen Dickicht mit Dornenbüschen und kahlen, stabähnlichen Bäumen überwuchert worden. Doch dann erkannte er, was er da vor sich sah: Der Boden war bis auf den letzten Zentimeter mit Gobblinkriegern bedeckt. Zehntausend oder mehr warteten, bewaffnet und allesamt in Rüstung, auf das Zeichen zum Angriff.

»Eine Horde, meint Ihr nicht?«, fragte Halbelf.

»Eine Horde«, stimmte Bingo zu.

»Kämpft dagegen an, dass Euch bei diesem Anblick das Herz in die Hose rutscht, Sir Hobbnix«, sagte der Elb. »Seid unerschrocken.«

»Um mein Herz mache ich mir keine Sorgen. Aber ich fürchte ehrlich gesagt, dass mir etwas ganz anderes in die Hose rutschen könnte. Was sollen wir bloß tun? Dieses Heer erstreckt sich, so weit das Auge reicht. Zehntausend Krieger, sagtet Ihr – wie stark ist unser Heer?«

»Unsere *vereinigten* Heere«, verbesserte ihn Halbelf. »Ich führe eine Streitmacht von fünfhundert Elben an, Dart befehligt fünfhundert Männer. Die Zwerge, grimmig und zu allem entschlossen, sind zu fünft. Und Ihr, Sir Hobbnix, seid eine Streitmacht von einem.«

Bingo brauchte keine Rechenhilfe. »Oje.«

»In der Tat«, pflichtete ihm Halbelf bei. »Na ja, da kann man nichts machen. Die Geschwader mögen sich bereitmachen!«, rief er. »Trompeter, an die Instrumente! Zieht euch in Richtung Berg zurück, wenn der Ansturm zu groß ist, Jungs!«

Bingo versuchte zu schlucken, doch seine Kehle schien nicht länger zu funktionieren. *Der perfekte Zeitpunkt, um die Stimme zu verlieren,* dachte er. *Wie soll ich um Gnade flehen, wenn ich nicht mal laut jammern kann?*

Die Gobblins waren Tag und Nacht ohne Unterbrechung den ganzen Weg vom Nobelgebirge heranmarschiert. Angeführt wurden sie von ihrem schrecklichen König, Dschingis Ghack.* Sie dürsteten nach Feindesblut und waren von wilder Kampfeslust gepackt – von Kamm bis Fuß auf Kämpfen eingestellt. Man hatte die Krieger mit Geschichten über das Unrecht aufgehetzt, das den Gobblins durch Elben, Menschen und Zwerge widerfahren sein sollte. »Töten! Töten! Töten!«, riefen sie, da ihnen kein besserer Schlachtruf eingefallen war. Am meisten hatte man sie jedoch mit Erzählungen von dem Ding™ und seiner unvorstellbaren Macht angeheizt. Tief in ihren Gobblininnereien spürten sie den Ruf des Dings™. Denn wie das Ding™ waren auch sie von Saubua dem Bösen erschaffen worden. Sie waren aus demselben Holz geschnitzt.** Die Krieger sangen:

---

* Sohn von Dschingis Ghluck, der in den Nobelbergen von Thothorins Vater, Boah dem Bezwinger, erschlagen worden war.

** Selbstverständlich waren weder das Ding™ noch die Gobblinkrieger aus Holz geschnitzt. Ich habe rein metaphorisch gesprochen. Schließlich ist Saubua kein Michel aus Lönneberga, der nichts Besseres zu tun hat, als in einem Schuppen zu sitzen und Holzstücke zu bearbeiten. Saubua ist die Ausgeburt des Bösen, kein Hobbyhandwerker.

Bringt das Ding™!
Bringt das Ding™!
Wir wollen das Ding™!
Wir wollen das Ding™!

Die Verteidiger auf dem Hügel vor dem Höhleneingang konnten erkennen, wie König Ghack auf einem silbernen Podest an die Spitze der Horde getragen wurde. »Mit euch haben wir ein Hühnchen zu rupfen!«, riefen die Krieger aus den ersten Reihen der Elben- und Menschenheere. Sie hofften, den Gobblins Angst einzujagen. Doch die Gegner blickten ihnen nur finster entgegen und zischten wütend, während ihr König noch näher herangebracht wurde.

Er trug die prachtvollste Gobblinrüstung, die man sich nur vorstellen konnte. Seine Füße zierten weiße, mit etlichen Schnörkeln verzierte Pergamentüberschuhe, damit das Blut seiner Feinde nicht die Sohlen seiner Stiefel beschmutzen würde. Seine Rüstung bestand aus zwei enormen Brustplatten, die zu beiden Seiten seines Brustbeins angebracht waren. Dies sollte der Welt zeigen, dass seine Heldenbrust doppelt so groß und doppelt so muskulös war wie eine normalsterbliche Hühnerbrust. Der Raum zwischen der Rüstung und seiner Haut war mit Gräsern und Kräutern ausgestopft, denen man heilende Kräfte nachsagte. Sollte eine Klinge ihn verletzen, würden die Heilkräuter die Wunde wieder schließen und verheilen lassen. In einer Hand trug er eine zweizackige Mistgabel, in der anderen ein langes, poliertes Messer, das im Licht der Morgensonne glänzte. Während die Reihen der Gobblins sich öffneten, um die Träger mit dem König durchzulassen, riefen die Krieger in ekstatischer Erregung seinen Namen.

Ghack! Großer Ghack!
Ghack! Ghack! Ghack!
Ghack! Ghack! Ghack!
Großer Grohohoßer Ghack!
Ghack! Ghack! Ghack!

Und so weiter.

»Bogenschützen!«, rief Halbelf. Die Stille auf dem Hügel wurde von dem zischenden Geräusch unterbrochen, das die Schützen verursachten, als sie alle im selben Moment ihre Bögen spannten.

»Feuer«, kommandierte Halbelf. Hundert Pfeile schossen in den Himmel und zogen ihre tödlichen Bogen über den Gobblins.

Die Horde brüllte und preschte nach vorne.

Und so fing die Schlacht der fünf Heere an.

Bingos Erinnerungen an die Schlacht sollten lückenhaft bleiben. Doch den ersten feindlichen Angriff würde er niemals vergessen; genauso wenig wie die brennende, verzweifelte Panik, die sich von den Hüften bis zum Hals in seinem ganzen Oberkörper breit machte. Ebenso wenig würde er die ersten Kampfhandlungen vergessen: Wie die Vorhut der Gobblins den Hügel auf ihren unbeholfenen Beinen heraufgeprescht kam. Auf der rechten Seite ließen Elben schwungvoll ihre Schwerter niedersausen und schnitten Lücken in die herankommenden Wogen. Links stießen die Menschen mit ihren Waffen zu und parierten geschickt feindliche Stöße. In der Mitte hieben die Zwerge mit ihren Äxten auf die Gegner ein. Am höchsten Punkt ihrer Pendelbewegung fingen die Klingen das Sonnenlicht ein und leuchteten für den Bruchteil einer Sekunde auf. Bald schon war das Eisen schwarz von Gobblinblut. Der kleine Hobbnix würde auch niemals seine ersten eigenen Kampferfahrungen vergessen: Er stieß mit seinem Schwert unter den Beinen eines Elbenschwertkämpfers hindurch. Dabei traf er einen Gobblin seitlich in den Kopf. Bingos Klinge saß tief, und der Gobblin quiekte und zuckte. Als der Gobblin jedoch zu Boden ging, zog er Bingo mit sich, da das Schwert in seinem Schädel feststeckte. Bingo stolperte nach vorne und fiel auf die Leiche. Es dauerte eine Ewigkeit, bis er die Waffe aus den Schädelknochen des Gobblins gestemmt hatte. Der Hobbnix fiel mitsamt seinem Schwert nach hinten. Als er sich umblickte, stand sein Herz für einen Moment still. Die Gobblins waren überall, stachen mit ihren Spießen und gekerbten Klingen zu oder schwangen ihre Keulen. Die Menschen und Elben kämpften zwar tapfer, wurden jedoch von allen Seiten belagert, wie einzelne Felsen in einer stürmischen Brandung. Da sah Bingo genau vor sich einen Gobblin, der mit seinen gemeinen kleinen Augen nach links und rechts spähte, wobei der rote Kehllappen an seinem grausigen Hals hin und her baumelte. Bingo schwang sein Schwert.

Aber an das, was danach geschah, konnte er sich nicht mehr erinnern. Ihm blieben nur eine Reihe unzusammenhängender Erinnerungsfetzen: Bofi, der sich verzweifelt gegen eine ganze Gobblinschar zur Wehr setzte. Zwei hingen ihm jeweils an den Armen, jeweils zwei an den Beinen. Bingo lief zu ihm und versuchte die Gobblins mit dem Schwert wegzuschlagen. Außerdem erinnerte er sich daran, wie er in eine andere Richtung lief. Er versuchte mit einer Gruppe Elben Schritt zu halten. Er erinnerte sich daran, wie das Blau des Himmels immer und immer wieder von unzähligen Pfeilen zerpflügt worden war. Zeitweise waren es so viele gewesen, dass ihn das Gefühl beschlichen hatte, nicht im Freien zu stehen, sondern unter einem Dach aus Pfeilen. Er erinnerte sich, wie geköpfte Gobblins mit erstaunlicher Kraft wahllos in verschiedene Richtungen gelaufen waren. Er erinnerte sich daran, wie drei Gobblins einem Mann einen Speer von hinten in den Rücken gerammt hatten, sodass die Spitze schließlich aus dessen Brust ragte.

Ansonsten blieb ihm nur ein Strudel undeutlicher Eindrücke: der Geruch von Blut. Die schreckliche Müdigkeit in seinen Armen, die ihm sagte, dass er sein Schwert kaum mehr heben konnte. Die hartnäckige Angst in seinem Kopf, die ihn dazu brachte, das Schwert doch wieder zu heben. Angriff und Parade. Eine Klinge, die gegen einen Schild hieb. Bingo stieß sein Schwert in die Brust eines Gobblinkriegers, und die Klinge tranchierte Fleisch von Knochen.

Klar erinnern konnte Bingo sich erst wieder daran, als er keuchend neben Lord Halbelf und Mori und zwei Dutzend Menschen- und Elbenkriegern stand. Sie waren längst nicht mehr auf den Hügeln vor dem Haupteingang. Unter dem Ansturm der Gobblinvorhut hatten sich die vier Heere zurückgezogen. Mittlerweile hatten sie direkt am Berg Stellung bezogen, westlich des Eingangs. Bingo konnte sich nicht daran erinnern, wie sie zurückgewichen waren – aber hier waren sie nun einmal.

»Wie steht es, Meister Hobbnix?«, fragte Halbelf. »Anstrengende Arbeit?«

»Potz Blitz«, entgegnete Bingo, was seine Art war, dem Elbenfürsten zuzustimmen.

»Mylord!«, rief ein Subalterner, der mit Blut und Schmutz verschmiert war und eine klaffende Wunde an der Stirn hatte. »Mylord, die Gobblins haben die östliche Flanke des Berges erreicht. Ich fürchte, sie werden über das Haupttor klettern und uns von oben angreifen.«

»Trübe Aussichten«, erklärte Halbelf. »Wenn es ihnen gelingt, dort oben Stellung zu beziehen, ist es um uns geschehen. Bogenschützen!«, rief er. »Das Tor!«

Diejenigen Schützen, die noch lebten, begannen ihre Pfeile auf die Gobblins abzuschießen, die den mächtigen Türsturz des Haupteingangs entlang eilten. Bingo erkannte die Gefahr. Sobald eine ausreichend große Meute die schmale Felskante überwunden hatte, würden sie die höher gelegenen Berghänge beherrschen. Dann könnten sie ohne weiteres Geschosse, Felsbrocken oder sonst etwas auf die Verteidiger herunterregnen lassen. Mit wild klopfendem Herzen beobachtete er die Bogenschützen bei der Arbeit. Sie zielten genau, und etliche Gobblins stürzten in die Tiefe. Doch es waren viel zu viele Gobblins, um sie alle auf diese Weise aufhalten zu können. Scharenweise erreichten sie die oberen Hänge.

Bingos nächste Erinnerung stammte von einem späteren Zeitpunkt an jenem Tag. Er hätte nicht zu sagen vermocht, was in der restlichen Zeit passiert war. Als er sich umsah, stand die Sonne um einiges tiefer im Westen. Außerdem fühlte er sich viel, viel müder – so müde, wie er sich noch nie in seinem Leben gefühlt hatte. Sein Schwert war verbogen und schartig. Außerdem war es voller Blut. Ein riesiger Gobblin kam mit einem Beil auf ihn zugerannt. Halb duckte sich Bingo, halb fiel er, wobei er sich um die eigene Achse drehte und seinem Angreifer das Schwert von hinten in den Hals stieß. Sein Arm war so müde, dass ihn ein flammender Schmerz durchzuckte. Seine Muskeln gehorchten ihm nur noch widerwillig. Er konnte kaum mehr den Griff seiner Waffe halten.

»Bingo!«, schrie Mori. »Hey, Mann, Bingo!«

Der Zwerg taumelte auf ihn zu. Sein Bart triefte vor

Blut – schwarzem Gobblinblut und rotem Blut, das dem Bartträger gehörte. Mehrere Pfeile ragten aus seinem Körper. »Hey, fette Sensation, du lebst noch, Kollege!«, rief der Zwerg. Als er Bingo erreicht hatte, stolperte er und sank auf die Knie.

»Mori, seid Ihr verletzt?«

»Hey, alles *easy*«, erwiderte der Zwerg. »Des pikst nur bisschen, weißt du?« Er rollte auf den Rücken.

Gobblinpfeile landeten im Boden um sie herum und ragten wie tote schwarze Stängel aus der Erde. Da ließ Bingo sein Schwert fallen und packte den Zwerg an den Beinen. Mit aller Kraft schleppte er Mori weiter nach oben. Er erklomm einen schmalen Felssims, auf dem ein paar Elben und Menschen Schulter an Schulter standen. Überall auf den schmalen Pfaden lagen Tote. Von oben regneten Steine und Pfeile herab. Sechs Männer hielten als Deckung vor diesem tödlichen Hagel ihre breiten Schilde nach oben.

»B-Bingo«, sagte Thothorin, der dem Hobbnix entgegengeeilt kam, um ihm zu helfen, Mori unter das behelfsmäßige Schutzdach zu ziehen. »H-hey, f-fett k-korrekt, d-dass du n-noch am L-Leben bist, h-hey.«

»Und Ihr, Sir«, keuchte Bingo, der vor Erschöpfung den Tränen nahe war. »Was ist mit den anderen?«

»Hey, war f-fett brutaler T-Tag«, meinte der Zwergenkönig kopfschüttelnd.

»Dies ist unsere letzte Zuflucht«, erklärte Halbelf, der sich hinkauerte, um mit dem Hobbnix auf Augenhöhe zu sein. »Wir sind bis hierher zurückgedrängt worden – unsere Gegner sind einfach in der Überzahl. Es tut mir außerordentlich Leid, aber Lord Dart ist außer Gefecht gesetzt.«

»Tot?«

»Tot, mit vielen anderen heldenhaften Seelen.« Dann meinte er leichthin, »Ach ja, man kann nicht immer siegen.«

»*Nicht* siegen?«, jammerte Bingo. »Ist das wirklich wahr?«

»Sie hatten hinter dem Heer, das wir sehen konnten, noch eines«, erläuterte Halbelf. »Insgesamt zwanzigtausend Krieger. Wir hingegen hatten eintausendundsechs. Wir hatten im Grunde genommen nie wirklich eine Chance. Tja.«

Bingo ließ seinen Blick über die Ebenen südlich und westlich des Berges schweifen. Überall türmten sich unzählige tote Gobblins, doch sie wurden zahlenmäßig von den lebenden immer noch bei weitem übertroffen. Ganze Gobblinwogen bewegten sich hin und her. Manche Gobblins strömten auf den Berg zu, andere schienen nur ziellos in der Gegend herumzulaufen.

Der Geschosshagel von oben hatte aufgehört. Bingo sah, wie König Ghack durch die unzähligen Reihen seines Heeres getragen wurde. Langsam kam er über die Ausläufer des Berges auf sie zu. Seine Truppen sangen:

Bringt das Ding™!
Bringt das Ding™!
Wir wollen das Ding™!
Wir wollen das Ding™!

»Was sollen wir bloß tun?«, fragte Bingo, den eine schreckliche, jegliche Hoffnung ausschließende Verzweiflung gepackt hatte. »Wir können ihnen unmöglich das Ding™ geben. Sie würden unaussprechlich furchtbare Taten damit begehen. Wir können ihnen das Ding™ nicht geben!«

»Doch wenn wir es ihnen verweigern sollten«, bemerkte Halbelf, der nicht ganz Unrecht hatte, »werden sie uns einfach umbringen und es sich von unseren Leichen holen.«

»Was können wir tun?«

Tausend Gobblinschützen hatten um die letzte Bastion Stellung bezogen. Halbelf befahl seinen Männern, die Waffen niederzulegen. »Eine falsche Bewegung, und wir sterben in einem Regen aus Gobblinpfeilen«, bemerkte er.

Doch es war nicht einfach, der Anordnung Folge zu leisten. Ghack war mittlerweile in Schussweite, und ein einziger gut gezielter Pfeil hätte dem Gobblinkönig den Kopf gespalten. Er kam immer näher, während seine Anhängerschaft »Hack, hack, hack!« und »Ghack! Ghack! Ghack!« murmelte. Schließlich hielt das Podest an, auf dem er getragen wurde.

»Elben!«, verkündete Dschingis Ghack in seiner abscheulichen Stimme. »Menschen! Zwerge! Ihr seid besiegt!«

Triumphgeschrei erhob sich von den Gobblinhorden.

»Das Ding™ ist unser!«, sagte Ghack. »Gebt auf.«

»Wir geben auf«, erwiderte Halbelf sanft. »Unbedingt. Wir befinden uns nicht mehr im Kriegszustand. Darf ich Euch also an die Holunderbader Konvention erinnern …«

»Ruhe!«, kläffte Ghack. »Ihr befindet euch vielleicht nicht im Krieg mit *uns*, aber *wir* mit *euch* – und zwar für immer!«

Erneut erhob sich furchtbares Geschrei aus den Reihen der Gobblintruppen.

»Gobblins befinden sich immer und ewig im Krieg mit Elben und Menschen und Zwergen!«, schrie Ghack.

»H-hey, isch g-glaub, die w-werden uns *k-killen*, o-obwohl w-wir uns e-ergeben h-haben, h-hey oder?«, meinte Thothorin zu Bingo.

»Sieht mir auch so aus«, stimmte Bingo ihm bei.

»Eine äußerst peinliche Lage«, sagte Halbelf. »Was schlagt Ihr vor, sollen wir tun, o Hobbnix?«

Bingo ertastete das Ding™ in seiner Tasche. Wenn es jemals einen Zeitpunkt geben würde, es zu benutzen, war er jetzt gekommen. Doch seine Gedanken drehten sich im Kreis, und es fiel ihm nichts ein. Er suchte verzweifelt nach einem Zauberspruch oder einer Formulierung, die sie retten würde. Nichts. Sollte er sagen, *Die Gobblins siegen*, und hoffen, dass das Ding™ die Welt dementsprechend verändern würde, dass sie als Unterlegene dastehen würden? Tief in seinem Herzen ahnte er jedoch, dass das Ding™ wollte, dass die Gobblins triumphierten. Es würde seine Worte so verdrehen, dass Bingo zerstört würde, wenn er etwas Derartiges ausspräche. Vielleicht würde es den Sieg der Gobblins lediglich um ein paar Minuten verschieben. Dann kam ihm der Gedanke, das Ding™ zu benutzen, um das Ding™ zu zerstören. Was würde geschehen, wenn er durch das Ding™ sagte, *Das Ding™ existiert* – würde es aufhören zu existieren? Doch wenn es nicht länger existierte, hätte es sich auch nicht selbst zum Verschwinden bringen können, sodass es bestimmt erneut existieren würde. Doch dann würde es ja doch existieren und könnte sich demnach auch selbst zum Verschwinden bringen ... also würde es nicht existieren ... also würde es existieren ... und die Möglichkeiten schwirrten in Bingos erschöpftem Gehirn umher, bis er als einziges mögliches Resultat eines solchen Wunsches einen großen Knall sah und sich selbst, wie er tot auf dem Boden lag, während die Gobblins seine Leiche nach dem Ding™ absuchten.

»Wer von euch ist der Träger des Dings™?«, wollte Ghack wissen. »Ihr vielleicht, Elb?«

Bingo sah, wie die Gobblinbogenschützen anlegten und auf Halbelf zielten. »Ich bin es!«, verkündete der Hobbnix und trat einen Schritt nach vorne. »Bingo Beutlgrabscher, der Hobbnix. Ich bin der Träger des Dings™.«

Die gesamte abscheuliche Heerschar schien die Wörter »Tot! Tot!« zu murmeln, ein Geräusch, das wie Donner durch die Reihen rollte.

»Gebt mir das Ding™!«, verlangte Ghack.

»Wenn ich es tue«, sagte Bingo, »lasst Ihr uns dann gehen?«

»Ha!«, lachte Ghack. »Nein, Menschlein, natürlich werde ich das nicht tun. Aber wir werden euch schnell umbringen und eure Leichen verbrennen. Wenn Ihr mir das Ding™ verweigert, werden wir euch langsam töten und euch anschließend verspeisen.«

»Verstehe«, meinte Bingo, als müsste er die beiden Optionen abwägen. Er sah tausend Gobblinpfeile, die auf ihn gerichtet waren. Seine Gedanken überschlugen sich. *Die Pfeile sind nicht aus Zuckerwatte,* überlegte er bei sich. Würde sie das retten? Welche boshafte Wendung konnte das Ding™ in eine derartige Aussage hineininterpretieren? *König Ghack lebt,* dachte er. Doch wenn der König starb, würden seine Krieger sie einfach alle niedermetzeln. *Alle Gobblins sind kriegsbegeistert,* dachte er, bezweifelte aber, dass die magischen Kräfte des Dings™ ausreichen würden, diese Aussage umzukehren. Die fanatische Kriegsbegeisterung aus allen Gobblinherzen gleichzeitig tilgen? Unmöglich! Welche bessere Aussage fiel ihm ein? Keine.

»Sofort!«, kreischte Ghack. »Sofort! Oder ihr endet als Imbiss zwischen zwei Brötchenhälften!«

Bingos Hand glitt in seine Jackentasche. Er zog den Schnarchstein hervor, der im sterbenden Tageslicht glitzerte. Die Gobblinkrieger, die ihm am nächsten standen, machten »Oooooh!« und wichen ein Stück zurück.

Da kam es Bingo in den Sinn, dass die Gobblins nicht wussten, wie das Ding™ aussah. Woher sollten sie auch? Sie hatten es niemals besessen. Saubua hatte es einst in den Feuern von Mount Dumm erschaffen, und irgendwie war es an Schmollum gefallen.

»Hier«, rief er und hielt das herrliche Juwel in die Höhe. »Hier ist das Ding™!«

»Chchrrrrr«, machte der Schnarchstein.

Bingo warf den Edelstein von sich. Das Juwel segelte funkelnd wie ein Feuerwerk durch die Strahlen der untergehenden Sonne. Ghack höchstpersönlich streckte seine Hand aus und pflückte den Stein aus der Luft. »Das Ding™!«, schrie er und hielt den Schnarchstein triumphierend über seinem Kopf. »Das Ding™!«

Der Jubel der Gobblinheerschar war Furcht einflößend und hässlich.

»Nichts wird sich uns mehr in den Weg stellen können!«, schrie Ghack. »Das Gobblingeschlecht wird sich die ganze Welt unterwerfen!«

Der Jubel wurde noch größer und hässlicher.

Bingo versuchte nachzudenken. Dies war seine einzige und zugleich letzte Gelegenheit. Früher oder später würde Ghack sie alle töten lassen. *Alle Gobblins sind kriegsbegeistert*, dachte er abwägend. *Die Gobblins sind kriegsbegeistert*. War *die Gobblins* besser als *alle Gobblins*? Oder nur *Gobblins*? Vielleicht *Gobblins begeistern sich für den Krieg*? Aber *begeistern*? Was würde das Ding™ daraus machen? Vielleicht würde es die Kriegsbegeisterung aus den Herzen der Gobblins tilgen, aber dort stattdessen eine professionelle, desinteressierte Hingabe einpflanzen. Es könnte sich auf das Wort *Krieg* konzentrieren und die Gobblins statt für Krieg für Metzeleien begeistern – dann gäbe es keinen Krieg mehr, sondern das totale, blutige Massaker. Es war unmöglich vorherzusagen, doch tief in seinem Herzen wusste Bingo, dass es hoffnungslos war. Diese Aussage durch das Ding™ zu machen war falsch.

Bingos Finger umklammerten das Ding™. Es fühlte sich heiß an und schien in seiner Hand zu zucken und sich zu winden. Es war begierig, Bingo wusste das – begierig, von den Gobblins erbeutet zu werden. Sie würden damit tun, wofür es ursprünglich erschaffen worden war: Die Gobblins würden den bösen Kräften des Dings™ freien Lauf lassen, anstatt immer wieder zu versuchen, entgegen seiner Natur Gutes damit zu bewirken. Der kleine Hobbnix spürte, dass sich die Müdigkeit in ihm wie ein Sandsturm regte und von ihm Besitz ergriff. Er wollte sich nur noch hinlegen und schlafen. Wie sollte er in diesem Zustand einen Entschluss fassen?

Der Augenblick der Entscheidung war gekommen. Wie so oft bei wichtigen Entscheidungen in Bingos Leben traf er sie, ohne es zu wissen.

Das Ding™ war bereits in seiner Hand, und er hatte seine Hand bereits wieder aus der Tasche gezogen und an den Mund gelegt. Er erhaschte einen Blick auf Halbelfs angstverzerrtes Gesicht, als der Elb sah, was Bingo tat. So vieles konnte so furchtbar schief gehen.

Was sollte er sagen? Wie sollte er es formulieren?

Im entscheidenden Augenblick ließ ihn die Eingebung im Stich.

»Krieg ...«, sagte Bingo willkürlich. Das Wort driftete durch das Ding™.

Sein Herz hörte auf zu schlagen.

Dann schlug es wieder. Er holte tief Luft. Was hatte er getan?

Nichts hatte er getan. Alles war, wie es gewesen war. Seine wenigen übrig gebliebenen Kameraden waren entwaffnet, hatten sich ergeben und waren ringsherum von blutrünstigen Gobblins umzingelt. Immer noch waren tausend Gobblinpfeile auf ihre Oberkörper gerichtet. Ghack hielt immer noch den Schnarchstein in die Luft. Durch das gesamte Gobblinheer ging ein Raunen, ein dumpf dröhnendes Geräusch stolzen Triumphes.

»Was habt Ihr gesagt?«, zischte Halbelf. »Was habt Ihr durch das Ding™ gesagt?«

»Ich glaube, es ist kaputt«, antwortete Bingo. Seine Stimme klang hoffnungsvoll, denn falls er die magischen Kräfte des Dings™ tatsächlich erschöpft haben sollte, wäre es nicht mehr ganz so schlimm, dass Ghack die Schlacht der fünf Heere gewonnen hatte. Die Gobblins würden weit weniger Schaden anrichten können. »Ich habe etwas gesagt, aber es ist nichts passiert.«

»Was …?«, setzte Halbelf an, doch seine Worte gingen im allgemeinen Lärm unter.

Das Dröhnen war lauter geworden.

Bingo merkte, dass das Geräusch gar nicht von der Gobblinschar ausging. Es kam aus dem Boden unter ihm.

Ghack drückte den Schnarchstein an sich und blickte zum Berg auf. Da machte sein triumphaler Gesichtsausdruck zum ersten Mal so etwas wie Angst Platz. Bingo wandte sich um und blickte ebenfalls nach oben.

Von ihrem Standpunkt aus konnten sie gerade einmal das kleine Felsplateau sehen, wo die Zwerge noch vor ein paar Tagen mit Ganzalt und Bingo ihr Lager aufgeschlagen hatten. Dicke Rauchschwaden stiegen von dieser Seite des Berges auf.

»Der Schornstein«, rief Bingo überrascht.

Dann schoss Feuer aus dem Berg. Ein riesiger greller Strahl aus Licht und Hitze wuchs aus dem Fels in den Himmel. Kochende, spritzende Lava ergoss sich in großen Wogen von der westlichen Flanke des Berges die Spitze hinab, legte sich in Falten wie fließender Stoff. In hunderten einzelner Feuer gingen die Gräser und Büsche an den Berghängen in Flammen auf.

Ein zweites Mal brach Feuer aus dem Berg, und wieder floss geschmolzenes Magma von oben herab, doch dieses Mal ergoss es sich in weiten Bögen nach Norden, Westen und – wie Bingo mitverfolgen konnte – nach Süden. Lavaklumpen kräuselten sich in der Luft, bevor sie auf die Erde niederfielen.

»Das ist das Ende!«, kreischte Halbelf.

Es hatte tatsächlich den Anschein. Nichts schien die Welle aus flüssigem Gestein, die auf sie zukam, aufhalten zu können. Das Triumphgeschrei der Gobblinheerschar war Wehklagen und Angstgeheul gewichen. Die Bogenschützen hatten ihre Waffen zu Boden geworfen und versuchten zurückzuweichen, was jedoch die Gobblinmassen hinter ihnen unmöglich machten. Ghack höchstpersönlich öffnete den Mund, um etwas zu sagen, doch er sprach nie wieder. Ein hausgroßer Lavaklumpen traf ihn und seine Leibwächter frontal und riss die im Nu verbrannten Körper mit sich talabwärts. Bingo, Thothorin und die Elben und Menschen kauerten auf dem Boden und hielten schützend die Arme vor ihre Gesichter, während die glühende Hitze der Lava hundert Gobblinkrieger, die Ghack am nächsten gestanden hatten, nach hinten warf. Überall ging ein Sprühregen heißen Gesteins nieder, und dennoch traf keines der glühend heißen Stücke die Überreste der vier Heere. Doch immer mehr Lava flog durch die Luft und landete wieder und wieder inmitten der Gobblins.

Bingo blickte zum Berg hinauf und sah den sengend heißen Strom aus geschmolzenem Gestein auf sie zuschießen. Die Luft darüber war so heiß, dass es aussah, als würde sie vor Angst zittern. Der Himmel wurde von Rauch und Staub verdunkelt. »Es ist so weit«, sagte er. »Dieser riesige Feuerstrom wird uns alle verschlingen.«

Es kam aber doch anders. Der breite Strom aus flüssigem Stein traf ein Stück über dem Sims, auf dem die Überreste der vier Heere standen, auf einen Felsbrocken – und teilte sich. Der brennende Fluss stürzte links und rechts von Bingo in die Tiefe, pflügte durch die Reihen der Gobblins und verschlang sie mit seinem feurigen Atem.

Viele lange Minuten schob sich der Feuerfluss weiter, ergoss sich talabwärts und schlug tödliche Breschen in die Gobblinhorde. Sie schrien gellend, schlugen wie wild um sich, versuchten davonzulaufen, sie wurden aber von den Lavamassen und den Gobblinleichen, die diese transportierten, fortgerissen. Ein Magmastrom mähte sie nieder, ließ sie verbrennen und begrub sie unter sich.

Die wenigen Elben, Menschen, Zwerge und der eine Hobbnix, die auf dem schmalen Felsvorsprung überlebt hatten, hielten sich aneinander fest und versteckten ihre Gesichter vor der furchtbaren Hitze der Lava, die an ihnen vorbeiströmte. Die Hitze, die wie eine riesige Last auf ihren Rücken lag, schien nicht abklingen zu wollen. Schweiß rann Bingo wie Regen die Haut hinab. Seine Kehle war ausgedörrt und schmerzte. Er schmeckte nichts mehr außer heißer Asche und Tod, und es fühlte sich an, als würden die Augäpfel in seinem Kopf kochen. Seine Haare schwelten, als könnten sie jeden Moment

Feuer fangen – und tatsächlich verhinderte dies nur seine ungeheure Schweißproduktion.

Doch nach einer kleinen Ewigkeit begann die Hitze abzunehmen. Als Bingo es wagte, sich umzudrehen, sah er, dass die Feuerflüsse zu zwei riesenhaften schwarzen Felsbahnen erstarrt waren. Sie waren auch aus dieser Entfernung immer noch spürbar heiß, und Rauch stieg von ihnen empor. Gelegentlich glühten feurige Venen in dem Gestein auf und es bebte und veränderte seine Form, bevor das Feuer wieder erstarb.

Es war schwer, etwas durch den Dampf und die Rauchschwaden zu erkennen, doch hier und da sah Bingo ein grausiges Relikt der Gobblinhorde: ein in Stein eingeschlossener Arm. Verkohlte Pfeile, die wie Borsten aus dem schwarzen Gestein ragten.

»Es ist unglaublich«, sagte Bingo. »Ich glaube es einfach nicht.«

»Ist es vorbei, hey?«, fragte Mori keuchend vom Boden aus. »Haben wir gesiegt, Mann? Oder ist es disputabel?«

»Wir haben gesiegt«, verkündete Halbelf, dessen Gesicht völlig verrußt und schweißbedeckt war.

»Konkret«, meinte Mori, »hey oder?« Dann verlor er das Bewusstsein.

Stunden vergingen, bevor das neu gebildete Gestein sich so weit abgekühlt hatte, dass die Gesellschaft den Felsvorsprung verlassen konnte. Sieben Menschen, elf Elben, drei Zwerge und ein Hobbnix waren alles, was von den vier Heeren übrig geblieben war. Und von den drei Zwergen waren nur Thothorin und Bofi ansprechbar. Mori war weiterhin ohnmächtig. Er war schwer verletzt.

»Es ist unglaublich«, sagte Bingo zum neunzehnten Mal. Er kauerte auf dem Boden. Obwohl er müder war als jemals zuvor in seinem Leben, konnte er nicht schlafen. »Wie kann es sein, dass die Lava an uns vorbeigeflossen ist? Sie hat das gesamte Gobblinheer zerstört, aber *rein zufällig* wurde uns kein Haar gekrümmt? Das ist unfassbares Glück. Es ist unglaublich.«

»Ist es das?«, fragte Halbelf. »Was waren die Worte, die Ihr durch das Ding™ spracht? Ist dieser Vulkanausbruch durch seine Zauberkräfte zustande gekommen?«

»Ich ...«, setzte Bingo an. »Ich wusste nicht, was ich sagen sollte. Ich sagte nur ein einziges Wort.«

»Welches Wort?«

»Krieg.«

Halbelf setzte sich nickend neben den erschöpften Hobbnix auf den heißen Boden. »Ich denke, ich verstehe.«

»Ja?«, meinte Bingo.

»D-die k-krasse L-L-Lava stammt net v-von dem D-D-Ding™, s-sondern von G-Ganzalt«, stellte Thothorin fest.

»Ganzalt?«, sagte Bingo und sprang auf. »Wie das?«

»H-hey, K-K-llege, hehey. D-die V-V-Verwandlung von Z-Zauberer z-zu D-Drache i-ist halt v-voll k-krasse Aktion. E-Ein W-Wesen aus so E-Erde und W-W-Wasser w-wie du u-und isch w-wird zu W-Wesen a-aus F-Feuer und Luft wie h-halt ein D-Drache. Da w-wird f-fett viel Z-Z-Zauberkraft freigesetzt, w-weissu, wie isch m-mein?«

»Von Erde und Wasser zu Feuer und Luft«, wiederholte Bingo. »Hat das den Berg zur Explosion gebracht? Ist mit Ganzalt alles in Ordnung?«

»D-deshalb w-wollten wir, d-dass s-sisch ein e-erfahrener D-Drache u-um ihn k-kümmern t-tut, M-Mann«, erwiderte Thothorin. »K-keine A-Ahnung, ob der A-Alte i-in O-Ordnung ist, hehey.«

»Ich glaub halt, dass es ihm gut geht«, meinte Bofi.

»Der Alte ist net mehr des, was er mal war, weißt schon? Das Feuer hat den alten Ganzalt voll verbrannt, aber er ist halt jetzt ein neues Geschöpf, hey oder? Feuer kann ihm nix anhaben. Alles *easy*.«

»Er hat sich in einen Drachen verwandelt?«, wollte Halbelf wissen. »Wie interessant. Seine Transformation fand genau im richtigen Augenblick statt, was uns betrifft. Welch Zufall.«

»Hehey, k-konkret. V-voll der f-fette Z-Zufall«, stimmte Thothorin zu. »F-fünf M-Minuten sp-später u-und Ghack h-hätte uns a-alle *g-gegekillt*, h-hey oder?«

»Ich bezweifle, dass es sich um einen Zufall handelt«, meinte Bingo nachdenklich.

»Hey, Kollege, isch auch«, sagte Bofi. »Bingo hat des Wort Krieg gesagt, hey oder, und das hat halt dann *peace* gebracht, so Friede und so.«

Doch Halbelf schüttelte den Kopf. »Das Ding™ ist aber durch und durch böse und wendet alles zum Schlechten, wo es nur kann. Ich glaube nicht, dass es Frieden gebracht hat. Denn was ist Krieg, wenn nicht Kampf und Mühen und ruhelose Aktivität? Das Gegenteil davon ist der Tod.«

»Hey, Tod hat es ganz sischer gebracht, Kollege«, antwortete Bofi und ließ seinen Blick über das versteinerte Schlachtfeld schweifen.

»Halbelf hat Recht«, sagte Bingo. »Das Ding™ wollte nicht bei mir sein und meine Befehle ausführen. Es hat sich in meiner Hand regelrecht aufgebäumt, weil es frei sein wollte. Hätten die Gobblins es bekommen, hätte es in der Welt viel mehr Schaden anrichten können, und das war alles, was es wollte. Es *sehnte sich* nach den Gobblins. Ich habe sein Verlangen beinahe wie eine greifbare Kraft gespürt. Doch glücklicherweise befand es sich in meinem

Besitz und nicht in ihrem. Als ich das Wort Krieg durch das Ding™ sprach, verkehrte es die Aussage in ihr Gegenteil. Lord Halbelf hat völlig Recht – alle, die sich im Krieg befanden, mussten sterben. Unsere Rettung war, dass wir uns ergeben hatten. Wir befanden uns nicht im Kriegszustand, als das Wort gesprochen wurde, sonst hätte die Lava uns auch verschlungen.«

Bofi lachte schallend. »Hey, isch schwör, wenn der Gobblinkönig auf uns eingegangen wär, wär Krieg voll vorbei gewesen, weissu, wie isch mein? Dann hätte das Ding™ den krasse Gobblin net zerstören können. Hey, weißt du noch, was der gesagt hat: ›Hey, ihr seid's vielleischt net in Krieg mit *uns*, weißt, aber *wir* halt mit *eusch* – und zwar für immer!‹ Des war sein Fehler. Der Zauber von den Ding™ war halt nur noch Problem von ihm und sein Heer, hey.«

»Wahrlich«, sagte Bingo. Dann fügte er hinzu, »Ich werd verrückt.«

»Ihr sprecht wahr, Sir Zwerg«, erklärte Halbelf. »Der Stolz des Gobblinkönigs brachte seinen Niedergang. Er hätte unsere Kapitulation annehmen können, dann hätte er sich nicht länger im Krieg befunden und Bingos Wort hätte ihm nichts anhaben können.«

»D-das Di-Ding™ h-hat v-voll d-die b-b-brutale A-Art g-gefunden, u-um B-Bingos W-W-Wort u-umzukehren, h-hey o-oder?«, meinte Thothorin.

Sie trugen den immer noch bewusstlosen Mori über das warme Gestein auf den Haupteingang des Berges zu. Hier war keine Lava geflossen, da sich die Gobblins lediglich um ihren König gedrängt hatten. Der Zugang zu den Höhlen hatte sie zu dem Zeitpunkt noch nicht interessiert, das wäre später gekommen. Dann hätten sie das Steintor zerstört und hätten die Hallen dahinter geplündert. So lagen in der Nähe des Eingangs nur die Leichen derjenigen Gobblins herum, die während der Schlacht getötet worden waren. Außerdem sah man überall die Toten aus den Reihen der Elben und Menschen.

Als im Osten die Sonne aufging, fand Halbelf ein zertrampeltes Seidenzelt mit Krallenabdrücken und Fußspuren überall auf dem weißen Stoff. Mit den überlebenden Elben zog er es aus dem Schmutz und band die ramponierten Stangen wieder zusammen, die es einst gestützt hatten. Dann wurde es an eben der Stelle erneut aufgebaut. Man trug Mori ins Zeltinnere, wo seine Rüstung entfernt und seine Wunden versorgt wurden. Aber seine Verletzungen waren schwer.

Elben suchten die Felder im Westen ab und kehrten mit Kaninchen zurück, die sie am Vormittag kochten. Die Überlebenden tranken Flusswasser und schliefen dann. Bingo wurde nach ein paar Stunden von Thothorin geweckt.

»K-k-komm«, flüsterte der Zwergenkönig. »Nach d-drinnen, M-Mann.«

Im Zelt sah der Hobbnix, dass Mori zu Bewusstsein gekommen war. Doch seine Augen waren glasig und wanderten unstet hin und her. »Hobbnix?«, sagte er. »Hey, bist du des?«

»Ich bin hier.«

»Hey, Kollege, was geht? Haben wir gewonnen?«

»Wir haben gewonnen. Es war ein überwältigender Sieg. Der Berg explodierte und trug die Gobblinmeute mit sich fort, ohne den Überlebenden auch nur ein Haar zu krümmen.«

»Boah, Respekt!«, erwiderte Mori. »Hey, isch schwör

halt. Da fliegen ein paar Steine dursch Luft und schon haut es die Gobblins um, Mann.«

»Also eigentlich waren es mehr als ein paar Steine«, stellte Bingo richtig.

»Und was ist mit Überlebende, hey? Sind viele von uns draufgegangen, weissu, wie isch mein?«

»Ähm«, meinte Bingo unangenehm berührt. »Wir sind mit einem blauen Auge davongekommen; jedenfalls verglichen mit den Gobblins. Ja, und zumindest eines unserer Heere erlitt überhaupt keine Verluste.«

»Hey, konkret. Isch werd mir halt einreden, dass du vom Zwergenheer spreschen tust«, flüsterte Mori, dessen Stimme immer matter klang. Seine Augen wurden trübe. »Hey oder? Isch schwör halt, isch bin voll froh, disch kennen gelernt zu haben, Kollege.« Seine Stimme war kaum noch zu verstehen. »Fett *merçi* und so. Wohin geht es als Nächstes, hey?«

»Ja, wohin?«, murmelte der Hobbnix.

Mori ächzte. »Disputabel«, sagte er leise, bevor er starb.

Noch was, Leute!

Zwölftes Kapitel

Das letzte Kapitel: Der Weg zurück

Die Überlebenden der Schlacht der fünf Heere zählten nicht mehr als einundzwanzig. Aus der Zwergentruppe, die aus dem Aualand aufgebrochen war, waren nur Thothorin und Bofi übrig geblieben. Die Einwohner von Essmabrot hatten ihren Bürgermeister verloren. Es war ein düsterer Tag.

Der Vulkanausbruch des Strebor hatte die westliche und südliche Seite des Berges mit zerklüftetem schwarzen Felsgestein bedeckt. Es war ein trostloser, wüster Anblick. Doch die Wiesen am Fluss waren von der Lava unberührt geblieben, und das Wasser floss immer noch. Bingo, Thothorin und Bofi hoben ein tiefes Grab für Mori aus. Während des feierlichen Begräbnisses sang Bofi ein uraltes Klagelied der Zwerge.

Leb wohl
hey
Zwerg Mori.
Du hast
krass gekämpft,
hey, aber jetzt bist du tot.
Weissu, wie isch mein?

Bombls Mutter sagt halt dann,

du bist voll der Held
und krass drauf und so,
aber der Bombl,
der was ihr Sohn ist,
wär halt noch viel krasser drauf
wie du.

Dann lacht die Alte fett ab.
Ist net korrektes Verhalten,
find isch, hey.

Obwohl Bingo das Klagelied nicht verstand, trieb es ihm die Tränen in die Augen.

Die Überlebenden ruhten sich aus. Am zweiten Tag nach der Schlacht wurde jedoch klar, dass die Leichen, die noch überall verstreut lagen, beseitigt werden mussten. »Der Berg hat uns die meiste Arbeit abgenommen«, sagte Halbelf. »Zehntausende Gobblins sind in dem neuen Gestein eingeschlossen. Sehr hygienisch! Doch hunderte von Leichen hat die Lava nicht berührt – unter ihnen etliche unserer eigenen Kameraden.«

Sie verbrachten zwei Tage damit, unter den Leichen zu suchen. Es war eine schreckliche Arbeit. Jedenfalls dachte Bingo das anfangs. Doch schon nach wenigen Stunden hatte er sich daran gewöhnt, und es schockierte ihn nicht mehr, tote Gobblins fortzuschleppen. An einer Stelle hatte die Lava ein vierzig Meter langes und zwanzig Meter tiefes Becken gebildet. Dort hinein warfen sie die Gobblinleichen. Tote Menschen oder Elben wurden respektvoll ans Flussufer getragen. Am Abend des dritten Tages brachten Elbenboten Holz und Tauben aus dem nächstgelegenen Dickicht. Die siegreichen vier Heere aßen die Tauben und tranken vom klaren Flusswasser.

Bei Sonnenuntergang wurden die Leichen der Elben und Menschen im Rahmen einer Feuerbestattung verbrannt.

»Es tut mir Leid, dass wir keinen einzigen gefallenen Zwerg gefunden haben«, meinte Halbelf.

»H-hey, i-ist c-cool«, erwiderte Thothorin. »W-wir Z-Zwerge m-müssen in F-Fels b-b-begraben w-werden, w-weißt du – u-und der B-Berg hat das h-halt schon v-voll e-erledigt, h-hey.«

»Es ist ein bitterer und ein süßer Sieg«, sagte Halbelf.

»K-korrekt, hey.«

Am Morgen des vierten Tages, sieben Tage nachdem der Zauberer in seinen tiefen Schlaf verfallen war, regte sich Ganzalt der Drache in seinem neuen Zuhause. Er tappte auf seinen Drachenfüßen den Gang entlang und öffnete das Messingschloss am Haupteingang. Dann stieß er die gewaltige Flügeltür auf und streckte seinen immensen Drachenkopf in den Sonnenschein.

»Hallo«, rief er. »Was gibt es Neues?«

Bingo, Thothorin und Bofi waren überglücklich, ihn wiederzusehen, auch wenn er derart gewachsen und sich so verändert hatte, dass man ihn kaum wiedererkannte. Sie wurden von einem grauhäutigen jungen Drachen mit strahlenden Augen, schwarzen Flügeln und metallisch glänzenden Klauen begrüßt. Dennoch kam ihnen etwas an seinem Blick vertraut vor, und seine Stimme klang zwar tiefer und dröhnender als zuvor, erinnerte aber doch sehr an diejenige des Zauberers.

Er hockte auf einem Felsvorsprung, der im Laufe des Vulkanausbruchs neu entstanden war. Höflich lauschte der Drache Bofis und Bingos Erzählungen von der Schlacht. »Ojemine«, meinte er grollend. »Und das habe ich alles verpasst?«

»Ihr habt einen entscheidenden Beitrag geleistet«, erklärte Bingo. »Euer Feuer brachte uns den Sieg ein.«

»Fabelhaft«, erwiderte Ganzalt. »Einfach fabelhaft.«

Dann erhob er sich in die Lüfte und umkreiste den Berggipfel, um seine neuen Flügel auszuprobieren. Er flog über den Haufen der Gobblinleichen und verbrannte sie in einem reinigenden Strahl bläulichen Feuers. Anschließend flog er bis weit in den Norden und kehrte mit zwei jungen Kühen zurück, die er jeweils in einer Klaue seiner Hinterbeine transportierte. Ein Tier überließ er den Überlebenden der Schlacht, das andere verspeiste er selbst, nachdem er es in Feuerstößen aus seinen Nasenlöchern geröstet hatte.

»Genau das Richtige für den kleinen Hunger zwischendurch«, verkündete er. »Schließlich habe ich seit sieben Tagen nichts mehr gegessen.«

Die anderen brieten ihre Kuh an einem Spieß. Dann aßen die Kriegsveteranen sich herzhaft satt.

Am folgenden Morgen brachen die Männer von Essmabrot auf und begannen ihre Wanderung flussabwärts zurück in ihre Heimatstadt. Sie transportierten einen Teil der Schätze aus dem Einzigen Berg ab. Ganzalt hatte darauf bestanden: »Nehmt nur, nehmt nur. Was soll ich mit dem Plunder? Wann komme ich schon einmal zum Shoppen? Ich passe sowieso in kein Geschäft mehr. Bedient euch, bitte.«

Die Elben wurden ebenfalls belohnt und brachen über die neu gebildeten schwarzen Felsen und die Felder westwärts in Richtung ihres Waldes auf. »Da wohnt mein Vetter Elfmeter«, erklärte Halbelf. »Den ganzen Tag geht es um Sport, ein Turnier nach dem anderen. Eigentlich ist das nichts für uns Hedonisten, aber wir bleiben nicht lange, sondern ziehen weiter über das Nobelgebirge. Nachdem die Gobblins besiegt worden sind, sollte es um einiges ruhiger sein in unserem Gebiet. Lebt wohl!«

»Lebt wohl!«, rief Bingo.

Und so blieben nur Thothorin, Bofi, Bingo und Ganzalt am Einzigen Berg zurück. »Was habt ihr vor?«, erkundigte sich der Hobbnix.

»H-hier b-bleiben«, antwortete Thothorin. »H-hier isses u-ultrakokorrekt, w-weißt du? E-endviel P-Parkplatz u-und so. I-in den B-Berg p-passt ei-ein g-ganzes Z-Zwergenvolk, i-isch schwör. Und d-du?«

»Ich möchte nach Hause«, meinte Bingo. »Aber ich kenne den Weg nicht.«

»Ich werde dich tragen«, sagte Ganzalt grollend, wobei ihm Rauch aus den Nasenlöchern stieg. »Muss sowieso meine Flügel trainieren. Da ist ein langer Flug genau das Richtige.«

»Vielen Dank, Sir Drache«, erwiderte Bingo mit einer Verbeugung.

Die letzte Nacht verbrachte der Hobbnix im Berginnern. Er schlief auf einem immens großen Bett, das laut Bofi einst einem König gehört hatte. An den Wänden seiner Felsenkammer hingen antike Rüstungen, rostige Lanzen, Kettenhemden aus Gold und Silber sowie kunstvoll geschnitzte Gegenstände. Es war ein unheimlicher Ort, aber Bingo schlief tief und fest.

Am nächsten Morgen verabschiedete er sich. »H-hey, m-mach's gut, M-Mann«, sagte Thothorin. »U-und sch-schau mal w-wieder v-vorbei, w-wenn d-du i-in der *h-hood* bist.«

»Ebenso«, erwiderte Bingo. »Wisst Ihr, was?«

»W-w-was?«

»Meine Füße haben seit Wochen nicht wehgetan. Oder ich habe es jedenfalls nicht bemerkt.«

»D-das m-macht die B-B-Bewegung, K-Kollege«, sagte der Zwergenkönig weise. »W-wirkt k-krass W-Wunder.«

Schließlich kletterte Bingo Ganzalts Bein hoch und ließ sich zwischen den riesigen Schulterblättern des Drachen nieder. »Also dann«, meinte Ganzalt dröhnend. »Los geht's.«

Er machte einen großen Sprung und stieg in die Lüfte. Der Boden unter ihnen wurde kleiner, und schon bald brauste der Flugwind in Bingos Ohren. Der Hobbnix klammerte sich am Ansatz von Ganzalts linkem Flügel fest und lehnte sich zur Seite, um nach unten sehen zu können. Wenige Augenblicke später war der Fluss zu einem silbernen Band geschrumpft und die angrenzenden Felder waren nicht größer als Blätter. Der Langweilige See glitzerte wie eine Quecksilberpfütze in der Sonne. Selbst der gewaltige Strebor war zu einem kleinen kegelförmigen Etwas mit schwarzen Flecken an der West- und Südseite geworden. Von hier oben sah der Berg aus wie ein grauer Zauberhut mit Rußflecken. Als Bingo über die sich auf und ab bewegenden Schultern des Drachen blickte, konnte er den Dunkelwald sehen, der sich in seiner Gesamtheit wie ein grün-schwarzer Teppich vor ihnen erstreckte.

»Alles in Ordnung?«, fragte Ganzalt.

»Es ist fantastisch«, rief Bingo, dessen Stimme beinahe in dem tosenden Wind unterging, durch den sie flogen. »Einfach fantastisch!« Sie hatten die Erde weit hinter sich gelassen und bewegten sich nun durch Luft, Raum und Sonnenlicht. Die Sonne, die in ihrem Rücken aufging, war hier schärfer und klarer, ihre Strahlen wirkten eigenartig rein und blendeten den Hobbnix. Bingo kniff die

Augen zusammen und blinzelte eine Weile in Richtung Sonne. Fasziniert betrachtete er das Feuerwerk aus Farbe und gleißendem Licht. Als er den Blick wieder nach unten wandte, glitten dort Wolken wie Pfeifenrauch an ihnen vorbei und verschwanden in der Ferne. Um Bingo und Ganzalt herum war es blau – strahlendes Blau über ihnen und bläuliche Grüntöne weiter unten.

»Fantastisch!«, rief er erneut.

Sie flogen immer weiter.

»Ach ja, übrigens«, erklang donnernd Ganzalts Stimme. Der Drache drehte ein wenig den Kopf, um den Hobbnix aus dem Augenwinkel heraus betrachten zu können. »Thothorin hat mir von dem Ding™ erzählt.«

»Ihr selbst erinnert Euch nicht mehr daran?«, erkundigte sich Bingo.

»Nein«, meinte der Drache grollend. »Ich glaube, ich war längst nicht mehr Herr meiner Sinne, als Ihr den Zwergen erzählt habt, dass Ihr es besitzt.«

»Oh«, schrie Bingo.

»Darf ich es sehen?«, fragte der Drache. Bingo sah ihm ins Auge und zögerte. Doch er holte das Ding™ aus der Tasche und streckte es in die Höhe.

Der Drache bog seinen schlangenartigen Hals nach hinten und sein Kopf näherte sich Bingo. Die Nasenlöcher des Drachen glichen Tintenfässern, so breit und schwarz waren sie. Begierig schnüffelnd näherten sie sich dem Ding™. Bingo musste sich zusammenreißen, um das Ding™ nicht einfach wegzuziehen.

Schließlich bog Ganzalt seinen Kopf wieder zurück und flog eine lange Zeit schweigend weiter.

»Und?«, wollte Bingo wissen.

»Es ist, wie ich befürchtet hatte«, antwortete der Drache. »Ein schreckliches Instrument, das voller böser Kräfte steckt. Ich selbst habe jetzt viel stärkere magische Kräfte als noch als Zauberer, und ich kann viel Übel darin spüren – ich kann es geradezu riechen.« Er wandte seinen Kopf und blickte Bingo erneut in die Augen. »Aber ich kann Euch noch etwas sagen. Es ist schon lange getrennt von seinem bösen Schöpfer, dem gefürchteten Saubua, sodass die Zauberkräfte nur noch sehr schwach sind. Ja, sie sind so gut wie erschöpft. Es ist neulich benutzt worden, und zwar etliche Male. Jede Anwendung hat etwas von seinem magischen Potential gekostet. Ein kleiner Zauber noch, und es ist nichts mehr übrig.«

Bingos Kleidung flatterte im Flugwind. »Und dann wäre es ungefährlich?«

»Es wäre zumindest sicherer. Völlig ungefährlich nicht, denn Saubua könnte es wieder aufladen. Aber die Wahrscheinlichkeit, dass es in den falschen Händen Schaden anrichten könnte, wäre auf jeden Fall geringer.«

»Ein kleiner Zauber«, meinte Bingo nachdenklich. »Was muss ich sagen?«

»Ihr seid der Ding™-Träger«, antwortete Ganzalt. »Die Entscheidung liegt bei Euch. Sagt ›Meine Kleider sind grün‹ oder ›Fische haben zwei Augen‹ oder ›Gewürzgurken schmecken eklig‹, und das Ding™ wird versuchen, das Gegenteil davon wahr zu machen. Doch das wird es nicht schaffen, es wird all seine Kräfte verlieren und im Laufe des Versuchs den Geist aufgeben.«

»Bei so einem kleinen Zauber?«, rief Bingo ungläubig.

»Ich denke schon«, sagte der Drache und wandte wieder den Kopf nach vorne. »Es hat nur noch ein klitzekleines bisschen Magie übrig. So riecht es jedenfalls.«

»Und ein größerer Zauber? Was ist, wenn ich sage, ›Das Meer ist blau‹ oder ›Zwei und zwei macht vier‹? Was für Auswirkungen hätte ein größerer Zauber?«

»Ein größerer Zauber würde es mit noch größerer Sicherheit erschöpfen. Seine magische Kraft ist äußerst gering, es ist schwach – nur ein Schatten seiner selbst.«

Bingo dachte eine Zeit lang darüber nach. Er war nicht so zuversichtlich wie der Drache. Aus eigener Erfahrung wusste er, wie hinterhältig das Ding™ war. Konnte es seine wahren Kräfte vor Ganzalt verborgen haben? Schmiedete es vielleicht jetzt noch gemeine Pläne und hoffte, sein Träger würde sich dazu verleiten lassen, einen unvorsichtigen Wunsch zu äußern, der sich zum Schlechten wenden ließe? In Gedanken probierte er mehrere Aussagen aus.

Unter ihnen hatte der Wald aufgehört, dafür waren jetzt die scharf geschnittenen, weißen und blauen Linien des Nobelgebirges sichtbar. Zum ersten Mal konnte Bingo abschätzen, wie unendlich weit sich die Gebirgskette erstreckte. Es war eine ungeheure Barriere, die inmitten der Landschaft links und rechts bis zum Horizont reichte. Dann hob Bingo den Blick wieder und betrachtete den blauen Himmel und das strahlend helle Licht der Sonne.

Aus einem spontanen Impuls heraus hob er das Ding™ an die Lippen und sprach hindurch.

»Die Sonne scheint«, sagte der kleine Hobbnix. Und sie schien – in unveränderter, glorreicher Helligkeit.

*Hat euch Der kleine Hobbnix gefallen?**

Dann lest A. R. R. R. Roberts magische Fortsetzung in drei Bänden, *Der Herr der Sinne*!

Der Herr der Sinne Band I: Die Gelehrten

Wieder wird Bingo der Ding™-Träger aus seinem gewöhnlichen, friedliebenden Hobbnixleben herausgerissen und in die Machtkämpfe des bösen Saubua verwickelt. Eine Gruppe, na ja, mehr eine Truppe, eine – wie würdet ihr es denn nennen? – Gesellschaft, nein, Gruppe – ja, Gesellschaft, oder doch Truppe? – also eine Gesellschaft von Geschöpfen sämtlicher Völker aus Obermittelerde versammelt sich, um Bingo bei seiner Suche zu helfen: Er muss über das Meer segeln zum Wasserwirbel von Dschwrsch (ein Teil der Ozeane von Obermittelerde, der offensichtlich nach lautmalerischen Gesichtspunkten benannt wurde), um dort das Ding™ in die wirbelnden Flu-

* **Achtung:** Dies ist eine rhetorische Frage. NonWin Books übernimmt keine Haftung für Leute, die versuchen, diese Frage zu beantworten und sich im Laufe dieses Unterfangens Verletzungen zuziehen sollten.

ten zu werfen und die Welt von dieser tödlichen Gefahr zu befreien – für immer und ewig!!! (Oder nur *für immer*, wenn ich es mir recht überlege. Im Grunde ist *ewig* an dieser Stelle redundant, unnütz und vollkommen überflüssig. Es kann also ohne weiteres weggelassen werden. Das spart auch Platz. *Für immer* wird schließlich nicht dadurch länger, dass man noch ein *ewig* dranhängt. *Für immer* ist ja schon ewig! So viel dazu.)

»Aber wie sollen wir über die Wellen gelangen?«, fragte Bingo verdrossen. »Sind die nicht nass? Laufen wir nicht Gefahr, selbst auch nass zu werden? Von der Gefahr unterzugehen mal ganz zu schweigen?«

»Keine Angst, kleiner Hobbnix«, erwiderte Strudel. »In dem Land, aus dem ich stamme, lebte einst ein Mann, der *mit dem Schiff* über das Meer fuhr.«

»Erzählt mir von seinem Leben in diesem Land der marinen Abenteuer«, drängte Bingo.

»Euch von seinem Leben erzählen?«, fragte Strudel entgeistert. Beinahe verschluckte er das Teiggebäck, das er sich eben in den Mund geschoben hatte. »Wieso das denn? Ich kann mich ja kaum mehr an seinen Namen erinnern. Irgendein langweiliger Gelehrter eben. Leonardo Windschief oder so ähnlich. Weshalb wollt Ihr etwas über sein Leben erfahren? Was gibt es da schon groß zu sagen? Der alte Besserwisser bewies eben, dass es tatsächlich *möglich* ist, mit einem Schiff über das Meer zu segeln. Er hat das dann auch in einem grässlichen gelben Boot getan. Ihr, ich und der Rest der Gesellschaft werden es ebenso machen – wir chartern uns ein Schiff und segeln über das grüne Meer.« Nachdenklich runzelte er die teigige Stirn. »Hmm, das grünbläulichtürkise Meer.«

»Klasse«, meinte Bingo düster.

Der Herr der Sinne Band II: Das doppelte Türmchen

Nach Bingos schmählicher Niederlage, was die Zerstörung des Dings™ im Wirbel von Dschwrsch betrifft (*Achtung: Der vorangegangene Satzteil enthält einen Spoiler, der die Spannung von* Die Gelehrten *verderben könnte. Bitte nur lesen, wenn die Lektüre des ersten Teils der Trilogie bereits abgeschlossen ist!*), fällt das Ding™ an seinen entfernten Verwandten Frodeo.* Frodeo und sein treuer Gefährte Slam – sein, na wie sollen wir ihn den nennen … ähm … also … Diener? Oder einfach nur Freund? Ja, Freund, sein Freund. Also Slam war natürlich nicht *sein* Freund, sonder *ein* Freund. Ein besonders … äh … enger Freund eben, aber das war auch wirklich alles! Wo war ich stehen geblieben? Ach ja, Frodeo und Slam wandern durch eine Gegend voller rasiermesserscharfer Felsen und stehender Tümpel. Begleitet werden sie von Schmollum, einem garstigen, spindeldürren Philosophen – der wegen eines bösen Zaubers nicht länger als echtes Lebewesen existiert, sondern als *illuminatio cum illustratio* aus einem für seine Spezialeffekte berühmten uralten Manuskript. Trotzdem ist er schrecklich realistisch. Einige der Mönche, die diese Art von Kunsthandwerk betrieben, waren ja so was von talentiert! Manche waren regelrechte Genies. Obwohl wir natürlich nicht ihre Namen kennen, so wie bei Raphael oder Picasso und so weiter. Wie auch immer. Jedenfalls müssen die drei zu den beiden Türmen gelangen, in denen die legendären Kasslerzwillinge leben: Alice und Ellen Kassler (das *e* in *Alice* ist übrigens stumm, wie in *Ente*). Die tanzenden

---

* Mit entfernt ist übrigens nicht gemeint, dass Frodeo nur um sieben Ecken mit Bingo verwandt ist. Vielmehr darf Frodeo sich laut Gerichtsurteil Bingo nur auf 250 Meter nähern, was für einen Verwandten doch relativ weit entfernt ist.

Schwestern sollen ihnen dabei helfen, singend und steppend das Ding™ zu zerstören und die Welt von dieser tödlichen Gefahr zu befreien – für immer und ewig! (Nein, ohne das *ewig* – ach, Mist!) Unterdessen passt Strudel nicht länger in seine Lederhosen und gibt sich seinen Gefährten als der heimliche König Psstnichweitersagn zu erkennen. Die Überlebenden der erfolglosen Meerfahrt aus dem ersten Teil der Trilogie versammeln sich erneut.

»Wir können nur darum beten, dass die tanzenden Kasslerzwillinge Frodeo und Slam helfen können«, meinte Ganzalt.

»Na, solange sie nicht mit Frodeo und Slam tanzen müssen, sehe ich da kein Problem«, witzelte Strudel.

Ganzalt wandte sich an die gesamte Truppe. »Zu den Pferden! Wir müssen in das Land Helpmi Rhondor reiten und dort ein Heer ausheben, das Saubuas Horde blutrünstiger Gobblinkrieger aufhalten kann!«

Alle jubelten und sprangen auf ihre Pferde. Ganzalt selbst wollte auf sein Streitross Shadowemail, das schnellfüßigste, intelligenteste Tier in ganz Obermittelerde, springen. Aber weil das Ross eben so intelligent war, wich es blitzartig aus, und Ganzalt landete auf seinem Hintern. Welches kluge Pferd würde sich schon von einem Drachen bespringen lassen?

Der Herr der Sinne Band III: Die Rückkehr der Fortsetzung des königlichen Dings™: Der Sohn des Dings™ reitet wieder

Just in dem Moment, als ihr dachtet, die Geschichte könnte auf keinen Fall mehr weitergehen, eröffnet sich an dieser Stelle ein völlig neues Kaptitel der Ding™-Saga. *Die Rückkehr der Fortsetzung* ist der bisher aufregendste Teil der ohnehin überaus aufregenden Trilogie. Es stellt sich heraus, dass Scaryman der Böse – überraschenderweise und zum kompletten und fassungslosen Staunen aller, die ihn kannten und die dachten, er sei einer der Guten – in Wahrheit böse ist. Er verbündet sich mit Saubua und nennt sich fortan Scaryman der Ganz Böse. Ich war wie vom Donner gerührt, als ich es erfuhr. Huijuijui! Dann gibt es richtig viele Schlachten und noch mehr ein paar Schlachten mehr. Die Gobblins sterben wie die Fliegen, sage ich euch. Irgendwann habe ich aufgehört mitzuzählen. Zum Schluss müssen Frodeo und Slam ihre schicksalhaften Steppschuhe an den Nagel hängen und sich dem Herrn der Sinne höchstpersönlich stellen. Dabei decken sie ein Geheimnis auf, das Obermittelerde bis in die Grundfesten erschüttern soll. Bis in die Grundfesten! Ja doch, ich weiß – das ist alles ziemlich aufregend, nicht wahr?

Voll Entsetzen blickte er auf und sah einen Gobblin, der auf einem grässlichen Flügelwesen sitzend durch die Luft ritt. Es war der Herr der Seemöwen. Die Seemöwen von Saubua hatten die Heere der Guten schon des Öfteren in Angst und Schrecken versetzt. Sie ließen sich nicht davon abhalten, einem jeden Futter aus der Hand zu picken. Mal ganz abgesehen davon, wie unheimlich es war, dass sie auch dann am Himmel über dir auftauchten, wenn du Dutzende Meilen vom Meer entfernt warst …

Hat euch Der kleine Hobbnix gefallen? Dann lasst euch auf keinen Fall die anderen wunderbaren Werke von Professor Roberts entgehen!

> *Der Gurgl-de-Hwaet (revidierte Fassung von 1375)*
Ein angelsächsisches Gedicht von unvergleichlicher Länge, Themenauswahl und Eintönigkeit. Professor Roberts edierte dieses Poem noch an der Universität, lange bevor er als Geschichtenerzähler zu Weltruhm gelangen sollte. Nun hat es sein Verleger mit irreführender Umschlaggestaltung (so viele Schwerter und Zauberstäbe, wie eben auf das Cover passten) neu aufgelegt. Unter Roberts' Namen steht groß ›Vom Autor von *Der kleine Hobbnix* und *Herr der Sinne*‹. Enttäuschung garantiert! Kauft es, blättert darin herum und stellt es in euer Regal, um dann nie wieder einen Blick hineinzuwerfen!

> *O Schreck! O Graus!*
Bezaubernde und zauberhafte Gedichte von Professor Roberts, vertont von einem schrulligen Freund aus Oxford anlässlich eines Abends musikalischen Beisammenseins mit Tombola in 1951. Darunter so unvergessliche Meisterwerke wie *O verdreht den Sinn, auf dass es sich reimt!*, *O lasst uns dichten wie in uralten Zeiten!* (es ist tatsächlich, als hätte es Eliot, Pound, Wallace Stevens und die gesamte moderne Dichtung nie gegeben!) und *O horch die Vöglein*:

O horch die Vöglein!
Trinken aus Tröglein!
Zwitschern im Laubdach!
Wärst du doch nicht taub – ach!
Sing faldiralldiralldira!

Sie singen vom Frühling!
Als die Sonne noch schwül hing
Über den Bäumen,
Und unsren Träumen,
Über poetischen Grüßen,
Zeilen an unsere Süßen!
Sing faldiralldiralldira!

Nun wurde dieses Lyrikbändchen vom Verlag mit einer trügerischen Umschlagillustration versehen, die einen Drachen zeigt, der durch den Nachthimmel stürzt und Feuer und Zerstörung auf ein Heer grauenhaft aussehender Monster herabregnen lässt. Leider werdet ihr jedoch nichts in dem Buch finden, das auch nur im Entferntesten so aufregend ist wie dieses Bild. Unter Roberts' Namen steht natürlich groß ›Vom Autor von *Der kleine Hobbnix* und *Herr der Sinne*‹.

> A. R. R. R. Roberts: *Das große Hobbnix-Lexikon. Ein alphabetischer Wegweiser durch ganz Obermittelerde*
Dieser Band ist exakt genauso aufgemacht wie die übrigen Bücher von Roberts und hat ebenfalls den Namen des berühmten Autors auf dem Einband. Höchstwahrscheinlich werdet ihr es im Laden vom Regal genommen, bezahlt und nach Hause getragen haben, bevor ihr merkt, dass es überhaupt nicht aus der Feder des Meisters stammt, sondern von einem freiberuflichen Schreiberling namens Daniel Gibbons verfasst wurde, um zynisch auch noch schnell mit abzukassieren. Enthält enzyklopädische Einträge zu allen Hauptfiguren, Monstern und Ortsnamen. Allerdings kann aus rechtlichen Gründen nicht aus dem Originalwerk zitiert werden.

PlayWieBoxDS 2 präsentiert

Der kleine Hobbnix: Der Zorn von More&More

Wird es Bingo gelingen, im tödlichen Gewühl des Sommerschlussverkaufs möglichst viele Schnäppchen zu erjagen? Kann er das extrem heruntergesetzte Rüschenhemdchen ergattern, das so gut zu seinem Teint passt?!?

Ein unwiderstehliches Gameplay, das die intellektuellen und emotionalen Herausforderungen des Rollenspiels mit der atemberaubenden Atmosphäre eines überaus blutrünstigen Ego-Shooters verbindet! Der packende Genremix *Der kleine Hobbnix: Der Zorn von More&More* ist das erste voll lizenzierte Videospiel, das auf den Werken von A. R. R. R. Roberts basiert (abgesehen von *Herr der Sinne 1, 2* und *3, Rückkehr des Herrn der Sinne, Schmauchs Erbe: Der Zorn von More&More, Sim Hobbnix, Metal Gear Hobbnix, Quak, Dumm, Die Nacht der Hobbnixmutanten, Formel 1: Ponyrennen in Aualand*).

Der Spieler denkt, fühlt und handelt wie Bingo! In diesem intensiven Action-Abenteuer der Superlative habt ihr die totale Kontrolle über den tapfersten Hobbnix von ganz Obermittelerde (außer ihr entscheidet euch für eine der anderen, viel cooleren Spielfiguren)! Wählt euer Kampfwerkzeug aus einem neuen, ausgeklügelten Waffenarsenal (Streitaxt, Schwert, Speer, längeres Schwert, Schwert mit so einem komischen Haken am Ende, Säbel, Säbel mit so einem komischen Haken am Ende, größere Streitaxt, noch ein anderes Schwert, leichte Maschinenpistole, Plasmakanone oder Raketenwerfer). Die Devise heißt einfach nur – überleben und die schrecklichen Ausgeburten der Hölle in ein frühes Grab schicken:

- Begebt! – Euch auf einen schonungslosen Kampfeinsatz in Amcaipi und säubert die Drachengolftaverne von ganzen Horden betrunkener dämonischer Kreaturen!
- Zerhackt! – Die Elben in Brechtal und kämpft euch durch die 96 labyrinthartigen Level des Elbenreiches, ohne auch nur einen einzigen dieser nervigen Langweiler zu verschonen!
- Tötet! – Wahllos unschuldige Passanten auf der Straße nach Osten.
- Versucht! – Den Weg zu verlassen und den Wald zu eurer Rechten zu durchforsten, bloß um zu sehen, was dort ist. Schon nach wenigen Metern werdet ihr feststellen, dass euch euer Gamepad einfach nicht an einem unrealistisch wirkenden kleinen Holzzaun vorbeilässt!
- Versetzt! – Dem Zaun verzweifelte Hiebe mit eurem Schwert, um eure Wut und Frustration abzulassen!
- Passt auf! – Die Berge am Horizont kommen kein Stück näher, egal, wie weit ihr geht. Einmal hat ein Kumpel von mir den Gamepad am Boden mit einem Buch beschwert, sodass Bingo von Mitternacht bis zehn Uhr morgens die ganze Zeit nach Osten lief. Doch als er nachsah, waren die Berge immer noch am verflixten Horizont! Unglaublich, oder? Sie waren kein bisschen näher gekommen. Ich meine, wie schwer kann es denn sein, die verfluchten Berge so zu programmieren, dass sie im Laufe des Spiels ein Stückchen näher rücken, wenn man auf sie zugeht? Und wenn man die Trolle an diesem Flussfurtdings besiegt,

ist man auf einmal mitten im Gebirge, mit den Gobblins unter der Erde und so weiter und so fort. Wie soll das bitte schön gehen? Das ganze Spiel ist ziemlich unrealistisch, wenn ihr mich fragt!

- Gebt auf! – Weil ihr nach Level 2 sowieso nicht weiterkommt, und spielt stattdessen ein wirklich gutes Spiel – Minesweeper oder so!

»Dies ist der … gut … Spiel … auf jeden Fall« – *PlayWieBoxDS 2 Magazin*

»Und wieder ein dynamisches Ballerspiel. 97%« – *PlayWieBoxDS 2 Monatsmagazin, ›Die einzige PlayWie BoxDSZeitschrift, in der kein Spiel unter 90% erhält – egal, wie schlecht es ist!‹*

»Hunderte von Verwendungsmöglichkeiten: als Untersetzer zum Beispiel oder als Teil eines lustigen Mobiles« – *Recycling ist Fun! (Sonderausgabe 18: Tipps & Tricks zur Wiederverwendung von CDs und DVDs)*

Mit den Originalstimmen von Sir Ian McEllen und Lady Ellen McIan

Spielt *Der kleine Hobbnix: Der Zorn von More&More* mit euren Freunden im Multiplayer Modus oder spielt einfach an euch selbst herum!

Andere Klassiker der Kinderliteratur bei NonWin Books

BUH! EIN BÄR
Von A. R. R. R. Milne

Mit *Buh! Ein Bär* und dem Nachfolgeband *Buh! Ein Haus* schrieb A. R. R. R. Milne zwei der beliebtesten Kinderbücher der Welt und ist einem Millionenpublikum als Schöpfer des Hundertsorgenwaldes bekannt. Seite um Seite lernt der Leser die verschiedenen Tiere und ihre liebenswerten Eigenschaften kennen. Im Mittelpunkt steht natürlich Buh, ein unterdurchschnittlich intelligenter Bär mit einer ausgeprägten Essstörung, der aufgrund seiner Fresssucht zahlreiche vergnügliche Abenteuer erlebt. Außerdem gibt es im Hundertsorgenwald ein Ferkel, das unter zahlreichen Angstneurosen leidet, einen hyperaktiven Tiger, der so viel erträglicher wäre, wenn er nicht immer herumhopsen würde, eine alleinerziehende Kängurumutter, den permanent suizidgefährdeten und zeitweise sogar kastrierten Esel I-Ah und viele andere lustige Gesellen (darunter ein toter Spatz, der seit zwei Wochen im Fluss treibt, ein Pockenbazillus und ein konservativer Bundestagsabgeordneter).

In den Worten von Professor Roberts höchstpersönlich: »Meine Lieblingsepisode ist die, in der Pippi den Piraten entkommt, indem sie ihnen Fässer in den Weg rollt. Fässer sind literaturhistorisch gesehen eine fabelhafte Methode, um aus einer brenzligen Situation zu entkommen. Ich selbst habe diesen Kunstgriff auch schon in einem meiner eigenen Bücher angewendet. Tolle Sache. Einfach phänomenal.«

LARRY STOTTER
Von J. K. Row-Ling

Stellt euch einen kleinen Jungen vor, der schon seit seiner frühesten Kindheit misshandelt und schmählichst vernachlässigt wurde. Dieser Knabe findet nun im labilen Alter von dreizehn Jahren heraus, dass er über ungeheuer mächtige Zauberkräfte verfügt und über Leben und Tod anderer entscheiden kann. Selbstverständlich beschließt er nun, sich an all denjenigen zu rächen, die ihn sein Leben lang verspotteten und ohrfeigten, ihn demütigten und ihm prophezeiten, er würde es niemals zu etwas bringen. Sie haben ihn wie Schmutz behandelt, wie? Na, da haben sie sich verd***t noch mal den *falschen Jungen* ausgesucht! Schauen wir doch einmal, wie es ihnen gefällt, wenn ich ihnen mit meinen Zauberkräften jeden Knochen im Leib breche und ihnen ihre Glieder ausreiße! Ich werde sie einen nach dem anderen aufgreifen, während sie panisch davonlaufen, sich Schutz suchend niederkauern und um Gnade winseln – ja, *winseln*! Hahahahahaha! Wer ist jetzt der Rotzlöffel, wie? Na? Na!? Hahahahahaha. Ich hab das alles bei meinem Kumpel auf Video gesehen. Da *zerquetschen* sie mit ihren telepathischen Kräften, *den Kopf* von diesem Typen, hihi. Schauen wir mal, wie das in Wirklichkeit funktioniert, meine werten so genannten Eltern, ha! Ha! *Boom*! Ich bin die Rache! ICH BIN DIE RACHE! Die ganze Stadt soll büßen! Büßen! Jetzt tut es ihnen bestimmt Leid, das wette ich. Ich werde dafür sorgen, dass es ihnen Leid tut – HAHAHAHAHA! Sterbt! Sterbt! Sterbt ALLE!

(Dieser Auszug hat nichts mit dem tatsächlichen Inhalt des Buches zu tun.)

»Eine kafkaeske Achterbahnfahrt voller Witz, Esprit und mädchenhafter Unverfrorenheit. Vergessen Sie alle Anwärterinnen auf die diesjährige *Chick-lit*-Krone, denn das Diadem der frechen Frauenliteratur geht an ...« *Norddeutsche Zeitung*

(Dieser Text bezieht sich auf eine vergriffene oder nicht verfügbare Ausgabe eines völlig anderen Buches.)

TIMM DOLLAR
Von James Krass

Das Buch zum neuen Hollywood-Blockbuster!

Timm Dollar ist der Junge, der sein Lachen verkauft hat. Doch bald muss Timm feststellen, dass ein Mensch ohne Lachen kein richtiger Mensch ist – sondern ein Mensch ohne Lachen. Grund genug für den Jungen, vertragsbrüchig zu werden und sich nicht an seine Abmachung mit Baron Le Buffet zu halten. Ein spannendes Buch um einen Helden, der das Zeug zum knallharten Geschäftsmann hat und sich zum Schluss doch wieder ins Fäustchen lacht!

Neu verfilmt mit Luke Perry und Robert De Niro in den Hauptrollen.

(Dieses Buch ist eventuell schon vorher unter anderem Titel auf dem deutschen Buchmarkt erschienen.)

ALICE S. IM WUNDERLAND
Von Lewis Geröll

Eine Geschichte, die nur im Drogenrausch geschrieben worden sein kann (Weiße Kaninchen? Wasserpfeife paffende Raupen? Pillen, die groß und klein machen?)!

Die kleine Alice folgt dem Weißen Kaninchen – und es beginnt eine atemberaubende Reise durch ein Land, in dem nichts so ist, wie es zu sein scheint. Bei all ihren aberwitzigen Abenteuern mit Falschen Suppenschildkröten, Grinsekatzen und keifenden Herzköniginnen vergisst Alice jedoch nicht das eigentliche Ziel ihres Kampfes: die absolute Gleichberechtigung der Frau in der Gesellschaft. Denn sie weiß, dass man erst wirklich von einem Wunderland sprechen kann, wenn Barbie fortan Emma heißt und keiner mehr im Stehen pinkelt.

»Nicht so sehr ein Roman als vielmehr ein (Fortsetzung auf S. 17)« – *Haar & Make-up Revue*

Werde Mitglied im Hobbnix-Fanclub

Bist du auch total *crazy* und verrückt nach Hobbnixen?!

Träumst du von früh bis spät – und dazwischen – von A. R. R. R. Roberts' Büchern? Lebst und atmest du sie? Haben besorgte Familienmitglieder Bedenken geäußert, weil du deine Hausaufgaben, Freunde, Mahlzeiten, Spiele und Körperhygiene vernachlässigst, um so viel Zeit wie nur möglich diesem (wie sie es nennen) *seltsamen kleinen Buch* zu widmen? Bist du bereit, den zitternden Körper des dir liebsten Menschen auf dem blutbefleckten Altar deiner Hobbnix-Faszination zu opfern?

Würdest du gerne Leute treffen, die genauso *crazy* drauf sind wie du?

Schließ dich dem Roberts-Roboter, dem Fantasy-Fan, dem Obermittelerde-Maniac und dem Hobbnix-Hippie an und werde Mitglied im legendären HOBBNIX-FANCLUB!

Für nur 149,95 € im Jahr plus Mehrwertsteuer und Traumaversicherung kannst du Mitglied im HOBBNIX-FANCLUB werden und feststellen: Du bist nicht der einzige schüchterne Mensch mit Übergewicht und Pickeln, der auf der Toilette Selbstgespräche führt, dafür aber noch nie mit einem Mädchen geredet hat! Werde Mitglied und du kannst mit verwandten Seelen darüber diskutieren, wie großartig *Der kleine Hobbnix* ist – und dass ›die anderen‹ es einfach nie begreifen werden.

Triff dich zweimal im Jahr mit Mitgliedern des HOBBNIX-FANCLUBS und

- Verkleide dich als deine Lieblingsfigur aus A. R. R. R. Roberts' magischer Hobbnixwelt.

- Wiederhole Sätze wie »Es ist das absolut beste Buch aller Zeiten«, »Meine Lieblingsstelle ist (*bitte persönliche Lieblingsstelle einfügen*)«, und »Also dieses andere Buch über die Söldner im Feenland, das hat mir nicht annähernd so gut gefallen.«
- Seufze und blicke verschämt zu Boden.

Wie Professor Roberts selbst sagte: »*Fan* leitet sich, wie wir alle wissen, etymologisch von dem Begriff *fanatisch* ab. Und bis zum heutigen Tage ist der Fan eine Besorgnis erregende Erscheinung: Er ist völlig besessen, der Wahnsinn sieht ihm aus den Augen, er ist fundamentalistisch, realitätsfern und gehört in psychiatrische Behandlung – oder meiner Meinung nach am besten gleich weggesperrt. Du meine Güte, ja.« Roberts vergaß hinzuzufügen, »Und der Fan ist voll *crazy* drauf und hat mehr Spaß als jeder andere!«

Lasst die Wirklichkeit hinter euch und taucht ein in diese moderige, zwanghafte Fantasywelt – noch HEUTE!

NEU BEI NONWIN BOOKS

Der kleine Knollnix

Lest diese urkomische, sorglose, durch und durch ehrerbietige, kein bisschen aus finanziellen Motiven geschriebene **Parodie von A. R. R. R. Roberts' Klassiker** *Der kleine Hobbnix*. Auf jeder Seite ein Lacher – oder Geld zurück! (Diese Garantie gilt nicht in Deutschland, der Schweiz, Österreich, den EU-Staaten, dem Commonwealth, Nordamerika, Südamerika oder Ländern nördlich sowie südlich des Äquators.)

Das ideale Geschenk für jeden, der bereits eine Ausgabe von Roberts' *Der kleine Hobbnix* besitzt! Sie möchten jemandem etwas Persönliches schenken, keine Socken, Handschuhe oder dergleichen langweilige Präsente? Etwas, das ihm tatsächlich gefallen wird? Das einzige Problem ist, dass Ihnen nichts zu dieser Person einfällt, als dass sie *Der kleine Hobbnix* mag – aber den hat sie leider schon? Hier ist die Lösung!

In dieser respektlosen, glänzenden Parodie *sind alle Figuren … Kartoffeln!!!*

Bingo .... Kartoffelchips
Ganzalt .... eine Pellkartoffel
Mori der Zwerg .. eine Bratkartoffel
Halbelf .... Rösti

Wird Schmauch, der Pommes-frites-Drache, sein *Fett abbekommen?!?*

Ein knollig-gutes Vergnügen!

Ab sofort in allen guten Buchhandlungen – gut im Sinne von *krass* (= Jugendsprache für *gut*)!!!

»Da haben wir den (Kartoffel-)Salat« – *Das Literarische Quintett*